My first
summer
in the
Sierra

John Muir

夏季走过山间

[美] 约翰·缪尔 著

刘路易 刘英凯 译

中国友谊出版公司

图书在版编目（CIP）数据

夏季走过山间／（美）缪尔著；刘路易，刘英凯译．－－ 北京：中国友谊出版公司，2013.10（2023.5 重印）
ISBN 978-7-5057-3214-8

Ⅰ.①夏… Ⅱ.①缪… ②刘… ③刘… Ⅲ.①日记－作品集－美国－现代 Ⅳ.①I712.65

中国版本图书馆 CIP 数据核字（2013）第 158115 号

书名	夏季走过山间
作者	[美] 约翰·缪尔
译者	刘路易　刘英凯
出版	中国友谊出版公司
发行	中国友谊出版公司
经销	新华书店
印刷	北京通州皇家印刷厂
规格	889×1194毫米　32开 7.125印张　160千字
版次	2013年10月第1版
印次	2023年5月第3次印刷
书号	ISBN 978-7-5057-3214-8
定价	49.80元
地址	北京市朝阳区西坝河南里17号楼
邮编	100028
电话	(010) 64668676

版权所有，翻版必究
如发现印装质量问题，可联系调换
电话 (010) 59799930-601

John Muir

昨天溪流从群山各处汇集到一起，吟唱着雄浑的乐曲，就连宏伟的巨岩也为之撼动，演出的音乐似乎能把天使诱出天堂，可是我看到的大部分人都低头下视，好像对他们周围发生的一切毫无察觉。

目录

《夏季走过山间》的随想 / 01

第 一 章 /	与羊群一起穿越山麓丘陵	/ 001
第 二 章 /	在默塞德河的北支流露营	/ 023
第 三 章 /	面包荒	/ 055
第 四 章 /	向高山进发	/ 063
第 五 章 /	优胜美地	/ 085
第 六 章 /	霍夫曼山和特纳亚湖	/ 109
第 七 章 /	一次奇妙的经历	/ 129
第 八 章 /	莫诺山道	/ 141
第 九 章 /	血峡和莫诺湖	/ 155
第 十 章 /	托鲁姆涅营地	/ 167
第十一章 /	回到低地	/ 184

译后记 / / 193

《夏季走过山间》的随想

一、关于约翰·缪尔

约翰·缪尔（John Muir，1838—1914），1838年4月21日出生于苏格兰的丹巴（Dunbar）。缪尔在他的自传《我的青少年生活》(*The Story of My Boyhood and Youth*，1913）中写道："在苏格兰，当我还是个孩子时，就十分喜爱一切带有野性的东西，这种对荒野景物的热爱伴随了我的一生，有增无减。"他从童年开始，就在父亲的严格要求下每天阅读《圣经》，最终，他把3/4的《旧约全书》背了下来，而《新约全书》则能百分之百地背诵。1849年他11岁时，随全家移民至美国的威斯康星州温泉湖，然后迁至波蒂奇（Portage）附近的山核桃山（Hickory Hill）农场，在那里缪尔度过了他的少年时期。他钟情于大自然的一草一木，醉心于与植物动物为友。1860年他22岁时，开始就读于威斯康星大学麦迪逊分校（国内的学者只是说他就读于"威斯康星大学"）。国内学者的介绍几乎众口一词，说缪尔大学学习成绩优异，原因一方面有可能是想当然,认为像他这样的优秀人物自然应该学习优异;一方面有可能出于"为贤者讳"的心理。事实上缪尔半工半读,独立支付读书费用,在4年的时间里只读了两年的书。而他"读了两年书,其排名从来没有高出于一年级的学生"。档案记录表明他在班级的地位属于"逾越常规的男生"(irregular gent),其原因是缪尔不循规蹈矩,他"选课异乎寻常",属于戛戛独造、与众不同的"另类"。这使人想到,有人艰辛劳瘁,不遑暇时,却是书虫——只知道死啃书本,因此矻矻终日,兀兀穷年,苦不堪言,却所获有限。可是,另外一种所谓"读书种子",善于独辟蹊径,学习生活有张有弛,每天看似轻松潇洒,却深得读书三昧;他们举重若轻,乐在其中,却能终成大器。我们觉得,缪尔正是后一类特立独行、善于读书的创造性人才。他虽然最终也没能大学毕业,但是他所有的朋友和为他写传记的作家及史学家都认为,他两年的大学学习已经让他掌握了足够的地质学和植物学的知识,为他日后在漫游中时时进行的地质学和生物学思索以及他后半生的研究和写作打下了坚实的基础。

在他一生的辉煌成就中,次要的一个方面就是他的发明。他是一位天才的发明家,直到现在,在威斯康星州的历史学会所组织的缪尔发明展览所展出的43个展品中,有27项都是他的独立发明。而且所标的年份大多集中在他还没有离开大学的1863年。他于1866年3月开始在印第安纳州首府印第安纳波立斯(Indianapolis)的一家生产载客马车部件的工厂当工程师。他在改造机器、改善工艺流程和工人生活等方面做出几项发明,都对工厂贡献良多。这说明他的创造性才能使他不断取得成功。1868年在优胜美地,他设计了水动力的铣刀,专用来切割倒伏于地的树木。他还沿着优胜美地溪建造了一座小木屋，让溪水流经屋中的一角，使他可以听到溪水流动的淙淙声响。他在这一小屋中度过了两年的光阴，1870年才离开。

缪尔于1871年首次提出，峡谷的出现源于冰川运动。这一观点挑战了当时的主流观点：峡谷源于地震。当时，美国地质学的领军人物路易斯·阿加西（Louis Agassis）认同缪尔的观点，并称赞他是"我所发现的第一位具备充足冰川运动概念的人"。就在当年，缪尔在默塞德峰（Meced Peak）下面发现了一处活跃的高山冰川，这一发现使得他的冰川理论得到证实。

除了地质学的极高造诣之外，缪尔还用了两年的时间考察内华达山区的西翼，研究高达300多英尺，直径为10～15英尺的巨型红杉（giant sequoia）树林的分布和生态。1876年，他把考察结果以论文的形式发表，这又为他确立了作为植物学家的地位。

缪尔还以探险家的身份著称于世。1864年春天他26岁时，离开学校，前往加拿大，在忽伦湖（Lake Huron）一带的森林和沼泽地徒步旅行，搜集植物。这是他成年后的第一次探险性旅行。1867年9月，他开始了从印第安纳州到佛罗里达州长达1600千米的旅行。一路上，他尽量寻找"最荒凉、最多树木、最杳无人迹的路"。缪尔于1879年和1897年两次在阿拉斯加探险旅行。几十年的光阴里，他的游踪遍及美国、加拿大以及欧洲、南美的绝大部分国家、非洲的一半以上的国家、澳大利亚及新西兰。在亚洲，他到过西伯利亚、海参崴，到过中国的满洲里和香港，还到过朝鲜、日本、印度、斯里兰卡、新加坡、印尼、菲律宾，等等。

缪尔生前出版了9卷著作,去世后又出版了5卷著作(这14卷著作包括他发表在各类杂志上的300多篇文章)以及两卷书信集。他的"生态作家"的地位正如罗德·米勒所说,"对美国文化有着永远的影响"。美国总统西奥多·罗斯福认为,亨利·梭罗、约翰·缪尔等人的作品是"可以并存于书架上的自然文学典范"。

缪尔对美国文化以及全世界的最大贡献是他数十年如一日地对自然环境保护的宣传及由此而产生的极大成效!缪尔痛恨出于经济利益的考虑而掠夺大自然、破坏森林的行为。1889年6月,他与在美国有着重大影响的《世纪》(Century)副主编约翰逊(R. U. Johnson)一起在优胜美地地区的托鲁姆涅草场露营,他让约翰逊看到了羊群对草地的极大破坏。约翰逊从此在《世纪》上发表缪尔所有主张禁止在内华达高山地区放牧的论文。缪尔还利用自己的影响力,向国会提交议案:模仿黄石国家公园,将优胜美地地区列为国家公园。1890年9月30日,国会根据缪尔在《世纪》上发表的两篇文章通过了这项议案。1892年5月28日,缪尔组建了环保组织"塞拉山友学会"(The Sierra Club),被选为首任会长,并且连任到他逝世为止。缪尔在1898年出版了他的第一本书《加利福尼亚的山峦》,1901年把他在刊物上发表的论文和文章以"我们的国家公园"为题出版了,以后连续6年6次再版,该书的主题就是保护荒野。他的呼吁以及在上述的多卷书中直接或间接表达的观点造成了重大影响。1903年春天,西奥多·罗斯福总统请求65岁的缪尔带他旅行4天。在优胜美地,他们在帐篷中度过了促膝长谈的一个夜晚。他对缪尔说:"我们建设自己的国家,不是为了一时,而是为了长远。作为一个国家,我们不但要想到目前享受极大的繁荣,同时要考虑到这种繁荣是否建立在合理运用的基础上，以保证未来的更大成功。"正是由于得到了总统等人的支持，在缪尔生前就由国会立法，圈起了6个国家公园，使得这些地方保有原始生态，制止了垄断集团掠夺和浪费自然资源的现象。美国人亲切地称缪尔为"我们的国家公园之父"；一致认为他是美国"最著名的、最具影响力的环境保护倡导者"。事实上，他也是全世界环境保护的先驱。

19世纪末叶和20世纪初期，美国的精英人物都开始认识到环境保护的重要性，但是在同一环保阵营有两个派别，一个是以缪尔的朋友——先后担任国家林业调查委员会主任和国家林业长的平肖（Gifford Pinchot）所代表的节约（Conservation）派，另一个就是以缪尔为代表的保留（Preservation）派。节约派尊崇的是人类中心主义（anthropocentric）的环保伦理，认为"万物都是为人类服务的"；科学能帮助人们改造自然；主张对自然资源进行"明智的利用和科学的管理"，森林收归国有不只是为了保护它们，而是让它们得到合理的开发。概而言之，他们是资源保护主义者。而缪尔的保留派信奉的是超越功利的生态中心主义（ecocentric）的环保伦理观点。他们认为，万物"和我们一样有生存的权利"；"没有人，世界将是不完全的；没有栖息在我们自负的眼睛看不到的和认识范围之外的那些微小的动物，世界也是不完全的"。他们坚持"地球第一"（Earth First）的主张，认为"大自然的系统具有独立于人类功用之上的内在价值"。概而言之，他们是自然保护主义者。请思索：我们现在的口号"我们只有一个地球"和"保护所有物种！拯救濒危物种！"不都是脱胎于缪尔的这些超前的观点吗?! 缪尔的保留派还主张让人们到国家公园这类地方，去认识大自然的美学价值。而这正是与工业等有着同等重要性和经济价值的旅游业思想的滥觞！可是，19世纪末叶是美国经济高速发展的时代，如何让自然资源满足发展的需要是居于首位的硬道理。所以缪尔的思想在当时还很难成为主流思想。可是100多年过去了，越来越多的美国人认识到缪尔思想的超前和超卓。据2003年的一项统计，到这一年为止，缪尔创建的"塞拉山友学会"已经有65个支部，365个地方组织，130万会员，是一个对政府政策有着最大影响的民间环保组织。仅以一例说明这一学会影响的卓著。上世纪60年代，为了防止建造大坝，使大峡谷的一部分被淹没，该组织在《纽约时报》和《华盛顿邮报》上用整页图文并茂的广告抗议国家开发局意欲建造两个大型水坝的政府行为，导致全国的抗议信如雪片般地递交国会，最后阻止了大坝的兴建。上世纪50年代，我们国人把麻雀当成四害之一，敲锣打鼓，使之不能停落，让数以万计的麻雀在飞行中累死；想一想我们为了贯彻"以粮为纲"，几十年围湖造田，使湖泊面积大量减少；毁林造田，造成森林的破坏，甚至还有什么"围海造田""围滩造田"……上周我读过一篇《绿色的悲怆：大炼钢铁武宣毁绝千里原始森林纪实》，讲的是在大炼钢铁的狂热中，广西柳州武宣地区千里原始森林被毁的经过；还读过一篇报道，该报道说，"云南生态环境的忧心主要来自于两个方面的事实：第一件，全球最大造纸企业即印尼的金光纸业集团（APP）大规模进入云南；第二件，云南澜沧江、怒江、红河等大大小小河流上大规模的极其盲目的破坏性水电开发热潮。"我们甚至至今还在使用耗费森林资源的一次性木筷。反思和面对这一切，我们真是愧对100多年前缪尔的这些真知灼见。

为纪念缪尔，美国人和苏格兰人在20多个地方以他的姓名命名。例如美国人分别为加利福尼亚州、田纳西州和威斯康星州的3条山路命名为"缪尔小径"，在阿拉斯加州有缪尔冰川，在威斯康星州有约翰·缪尔公园，在华盛顿州的润涅山国家公园有缪尔营地；在加州有缪尔海滩、缪尔树林国家纪念碑、缪尔山、缪尔杉树林、缪尔莽原、约翰·缪尔学院、约翰·缪尔医疗中心，还有挨着沙斯塔山（Shasta）的缪尔峰；在加州、俄亥俄州和威斯康星州有4所约翰·缪尔小学；在加州和威斯康星州有4所约翰·缪尔中学，还有一颗小行星命名为128523 Johnmuir。苏格兰的缪尔家乡丹巴有约翰·缪尔国家公园、东洛锡安（East Lothian）有约翰·缪尔路，在爱丁堡的赫里奥－瓦特（Heriot-Whatt）大学有缪尔生命科学学院大楼。

1964年，美国发行了约翰·缪尔纪念邮票；2005年发行的加州25美分纪念币上刻着加州神鹫、优胜美地国家公园里面的半穹隆丘（Half Dome）以及约翰·缪尔的形象。在印第安纳波利斯市环保百合花奖章的背面，刻有缪尔的一段名言。2006年12月6日，加州州长施瓦辛格及其夫人玛丽亚·施莱佛将约翰·缪尔请入位于加州历史、妇女、艺术博物馆的加州名人堂（California Hall of Fame）。直到今年，即2010年4月9日——不到1个月前，苏格兰政府和塞拉山友学会还为庆祝"苏格兰的光荣儿子暨塞拉山友学会创建者约翰·缪尔光辉一生和遗产"联合举行一次植树的特殊庆典。

二、关于《夏季走过山间》

1868年3月,缪尔到达三藩市①。不久之后就开始了他前往优胜美地的一周旅行。这次旅行使他深深爱上了这个地区。1869年6月,曾经雇用过缪尔几周的牧场主德莱尼(P. Delaney)再次雇用缪尔。在随后这一年夏天的3个多月的时间里,他一直跟羊群在优胜美地区域活动。我们翻译的这本书就是他这3个月的山中日记,这本日记到了43年后的1911年6月才正式出版。我想通过下面几个方面谈一下本书的特点。

1. 对大自然的热爱和激情

正如上文所述,缪尔是最早抛弃人类中心主义观点(当代的观点认为,这实际上就是人类沙文主义②)的学者,他认为,人类与万物是相互依存的关系。他说:"岩石、山峦、溪流、植物、湖泊、草坪、森林、花园、鸟雀、野兽和昆虫似乎都在召唤我们,邀请我们到它们中间去,去学习它们的历史和相互的关系。"(0901日记,下面的援引均省略"日记"二字)这本书处处表现了缪尔对大自然中万物的热爱。例如"森林,还有湖泊、草地和快活歌唱的溪流也似乎非常熟稔,似乎亲密无间。我愿意永远生活在它们之间。在这里,只要有面包和水,我就能心满意足了。即使不允许我漫游或者攀登,而是将我绑在哪片草坪或者树丛间的树桩或者树枝上,我也能永远感到满足。每天沐浴在这样的

---

① 三藩市:今译旧金山。
② 沙文主义:带有侵略性的民族主义。

美景下,观看群山变幻无穷的表情,欣赏低地人永远梦想不到的闪烁星斗,体味四季的轮回变换,倾听水、风和鸟儿的歌声,那陶然之乐是无涯无际的。"(0820)对自然美的感性体认和浓浓的爱意能达到如此程度是十分感人的。此外,他对水滴(0719)、对瀑布(0804)、对各类松树(0727)、对蜥蜴(0613)、对松鼠和林鼠(0701)、对蚂蚱(0721)、对鹿(0722)、对花栗鼠(0731)、对高山鹌鹑等鸟(0801)近距离的描述也表现他对大自然的激赏、赞叹,对维护自然生态重要性的理性思考,同时也揭示了他细腻的感觉和他精致的笔触。

2. 杰出的批判精神

缪尔对人给大自然造成的损害持严厉的批判态度。他说人是熊的"险诈兄弟"(0721);他认为放牧给草地造成极大的破坏,所以他把羊叫作"长蹄子的蝗虫"(0616)和"长着羊毛的蝗虫"(0618;0710);他直接批评淘金热给土地造成的伤害(0616)。有时候他在描述动物时会像挥舞镰连枪似的,顺便钩上人类的劣根性:"狮子、豹子、狼、土狼和美洲狮因饥饿所迫也会吃人。但是在正常情况下,也许在陆地动物中,老虎可以说是唯一的一种吃人的动物,当然,我们没把人类自己也计算进去。"(0814)这种对人的批判是何等的入木三分!缪尔的笔尖蘸着对自然万物的无尽的爱,但是有时候他会借着描述动物的机会间接地批判人类。例如他描写山中的小黑蚁,说"它们那弯曲的像冰钩(ice-hooks)一样的颚占据了身体的大部分,让这些武器派上用场似乎是它们生存的主要目标和乐趣。……我不能理解它们凶残的勇气有什么必要,似乎毫无道理可说。……它们却是无时无刻不在战斗,在任何能找到下口的地方撕咬。"这与我们人类中"与天奋斗,其乐无穷"的"斗争"心理何其相似乃尔!缪尔继续评论:"当我思忖着这样凶残的生物能够分布得如此广泛,壁垒如此森严牢固之时,我认识到,要想把世界置于全面的和平和友爱的规则之下,我们似乎还有很多事情要做。"(0613)这种批判的矛头是十分尖锐的。一天,有一群羊走失了,找到他们的时候,缪尔写道:"我们来到那怯生生挤作一团的沉默羔羊身边。很明显,它们在这个地方待了整整一夜加上整整一个上午,不敢出去觅食。就像我们知道的某些人一样,它们虽然逃离了管束,却又害怕获得的自由,不知道该拿自由怎么办,所以似乎很高兴地回到原来熟悉的牢笼中去。"(0617)这种对普世价值的直接评论说明缪尔不是浑浑噩噩或者良知匮乏的精神聋瞽。他是正义人类普世价值的热情歌者!

3. 渊博知识和科学精神

"云占了整个天空的百分之……",缪尔常常用这样的方式记录每天天空的云量,让人有一种感觉:他是在写科学报告。他每到一处都要估算山峦的高度、溪流和瀑布的长度和流动速度,丈量各种树和花的高度和直径,甚至一一统计某种花所开的总数。他这种一丝不苟的科学精神在如下的记录中表现得淋漓尽致:"我发现了另外一棵华美的金杯橡树(goldcup oak),直径有 6 英尺;另外,我还发现了一棵道格拉斯云杉(Douglas spruce),直径有 7 英尺,同时还有一株蔓百合(strppholirion),枝茎身长 8 英尺,开了 60 朵玫瑰色的花。"(0615)。他如数家珍地记录和描述百种以上的花卉、几十种不同的树种以及各种林中动物和鸟雀。上文谈到过,他于 1871 年首次提出的峡谷的出现是源于冰川运动的理论在这本书中也有不少具体而微的描述:"湖泊和草场,位于古老冰川流经航道的最陡峭部分的底部;在那里,冰川当年对大地挖凿铲轧得最为严重。……圆顶丘、山脊和横岭的形状也显示了冰川所带来的影响……冰川在或覆盖似的扫荡,或流经,或向下铲磨时产生的最大压力和气势,造成了它们现在的形貌;它们得以幸存,要么是抵抗力最强大,要么就是位于最有优势的地理环境下。"(0901)这样的学术论断充分表现了缪尔作为优秀地质学家的学术自信。

4. 高超的文学才能

缪尔的文笔有时候十分幽默,例如"特别是他的裤子,由于油脂和树脂的混合物所起的作用,变得格外有黏着力,所以松针、树皮的薄片和纤维、头发、云母片、石英石和角闪石的微粒等,羽毛、种翅、蛾子和蝴蝶的翅膀、无数昆虫的腿或者触须,甚至整个的昆虫,如小甲虫、蛾子和蚊子,花瓣、花粉的粉尘,简直可以说,这整个地区的动物、植物和矿物质的小块都黏附在他的裤子上,并且非常牢固地嵌在里面。尽管他远不是什么博物学家,可是他收集了所有东西的残缺标本,变得很富有,这是他所不知道的。而且,由于空气纯净,标本又都压在松脂的含有沥青的'温床'中,所以其保鲜都还过得去。人类是一个小宇宙,起码我们的牧羊人,或者说他的裤子表明了这一事实。他这套珍贵的工作服从没脱下来过,没人知道这裤子他穿了多少年头了,不过我们可以根据裤子的厚度和同心圆的结构猜出一二。这裤子没有越穿越薄,反而越来越厚,其逐渐堆积的层理在地质学上的意义可是不小的。"其文笔的诙谐和风趣难道不让人拍案称奇？

有时候缪尔会夹叙夹议，"现在，我们身处群山之中，群山也融入我们的体内，点燃我们的热情，拨动我们的每一根神经，填满我们的每一个毛孔和细胞。我们这血肉之躯对于身边的美似乎像玻璃一样透明，仿佛真真切切地成为美不可分割的一部分，同空气、树木、溪流和岩石一起在太阳的光波中震颤。我们与大自然融为一体，既非老态龙钟，也非青春年少，身体既非罹病，也非康健，一切都进入地老天荒的永恒之中！就在这个时刻，我同大地和蓝天一样，没有食物或者呼吸那样的肉身需求。这是多么神秘的突变啊！如此幡然，如此彻底！过往的形骸物欲之累在记忆中已经恍惚，依稀只是作为立身阅世的凭依。此时在生命的卓异新境中，我们似乎从来都是如此历久弥新！"（0606）这段融记叙、描写和议论于一身的文字间流露出他细腻的情感和高超的文笔。至于他几乎无处不用的隐喻尤其表现出他丰富的想象力和自出机杼的诗人情怀！

5. 诚挚的宗教热情

人类一切伟大的信念都来自于信仰，一个信仰真空的国度必然是腐败充斥！必然是对自然环境的无休止的破坏！上文讲到，缪尔自幼接受了严格的宗教训练，他对上帝的信仰是发自内心的纯真热情。例如"在它的光照下，万物都似乎同样神圣，仿佛打开了千百扇窗户让我们看到上帝"（0623）；"这是收获颇丰的一天，没有刻意的预计就开始了，又结束了。尘寰中的永恒，仁慈的上帝送给我的一份礼物"（0721）；"念及这一点，不由感慨生命的如斯短暂。不过，没有关系。在这样神圣的天国荣耀中哪怕停驻一天，那么生活、辛劳和挨饿也都是值得的"（0804）。而下面的评论尤其令人深思："这些山丘和树林是上帝的第一圣殿。越是砍倒树木建成各类大小教堂，上帝本身似乎离得越远，身影越是模糊。用石头做的教堂也是一样的后果。"（0724）缪尔在这里把大自然当作"上帝的第一圣殿"，把环境保护、生态保护同上帝的旨意合而为一！而把上帝还原为大自然本身的这一思想正是19世纪斯宾诺莎泛神论的重要思想。我们可以不信上帝，可以不信斯宾诺莎，但是对大自然怀有一颗敬畏之心也是国粹的题中应有之意，"上天有好生之德"以及"天之道，利而不害"是从正面阐述"敬天"的道理；而"天地不仁，以万物为刍狗"以及"天施地化，不以仁恩，任自然也"都是强调要尊崇自然之道，不要一味地追求"人定胜天"，一味地"与天奋斗，与地奋斗"，一味地"向大自然进军，向大自然索取"！环境保护的重要性我们已经有了明确的认识，重要的是不要"口惠而实不至"，要超越一时一地的经济利益，在促进人与大自然的和谐方面一点一滴的具体行动中，作一丝不苟的努力。在这个领域，约翰·缪尔的思想是全人类的精神食粮。

刘英凯

第一章
与羊群一起穿越山麓丘陵

在加利福尼亚广袤的中央谷（Central Valley）地区只有两个季节——春天和夏天。春天总是伴随着每年的第一场暴风雨开始，这通常都是在十一月间。几个月后，植被妙境毕现：绿色翁郁中一片花团锦簇。到了五月底，它们又都了无生气，干燥，焦黄，仿佛每一株植物都已经在烤箱里面烘烤了一番似的。

随后，那些懒散委顿、气喘吁吁的羊群和牛群被人赶往凉爽爽、绿油油的内华达山区（Sierra Nevada）的高山牧场。我正渴望着这个时候能去山区，但是由于囊中羞涩，实在没有办法想象怎么能维持我的生计。面包问题对于流浪者是件令人烦扰的事儿。我在为吃喝问题焦灼地冥思苦想，甚至努力地认定我可以学会像野生动物那样生活：一、可以这儿拣点种子，那儿拣点浆果来凑足营养；二、可以摆脱金钱和行李的负累，快乐地闲逛和攀缘。就在这时候，德莱尼先生登门造访。德莱尼先生是一位养羊牧主，我曾经帮他打了几个星期的工。他要雇我和他的牧羊人一起赶羊到默塞德（Merced）和托鲁姆涅河（Tuolumne Rivers）

的源头——这恰恰是我最朝思暮想的地方。我当时的心情是,只要能让我到山上去,随便什么工作我都愿意接受。因为去年夏天,我在优胜美地(Yosemite)山区亲自领略过山区的绝好景致。德莱尼先生解释说,羊群会随着积雪的融化,慢慢地顺着绵延的林带往高处走,在所到的最好的地方停上几个星期。我觉得,这正好能让我以营地为中心,向周围8~10英里为半径的距离多来上几次畅快的短途旅行,研究植物、动物和石头。德莱尼先生向我保证,我有完全的自由留在那儿从事研究。然而,我权衡后判定自己绝对不是做这件事的合适人选。于是我坦率地介绍了我的缺点,承认我完全不了解较高山区的地形,不了解那些我们必须要穿越的河流,那些吃羊的野兽,等等;简而言之,我担心熊,丛林狼(Coyote),河流,峡谷和荆棘遍布、令人容易迷路的灌木丛会让他羊群中的一半或者更多的羊都走丢或丧命。幸运的是,我的这些短处对于德莱尼先生似乎微不足道。他说,重要的是得有一个他可以信任的人,能在营地上监督牧羊人工作时做到尽忠职守。他向我保证,那些看似十分棘手的困难在进程中会自然消失;他还进一步鼓励我说,牧羊人会处理所有的放牧活计,我可以研究植物、岩石和风景,想怎么干就怎么干,而且他还要亲自陪我们到第一个主营地去,以后还会隔三差五地到更高的营地探望我们,补充供给,看我们的生活如何蒸蒸日上。于是我决定前往,虽然在看到那些憨羊从家里狭窄的羊圈门中一只一只蹦出来,让主人清点数目的时候,心里仍然忐忑不安,担心着,这2050只羊中有不少会再也回不来了。

我非常幸运,得到一只优秀的圣伯纳德犬(St. Bernard)当伙伴。他的主人,与我只是泛泛之交的一位猎人,听说我夏天要到内华达山区去,就马上跑来,求我带上他最钟爱的狗——卡洛(Carlo)一起上路。因为他担心如果卡洛不得不在平原地区度过整个夏天,这里的酷热会要了它的命。"我相信你一定会好好待它,"他说,"我也担保它一定会对你有用。所有的山区动物它都熟悉,它会守着帐篷,帮你管羊,在哪一方面你都会发现它既能干又忠诚。"卡洛知道我们在谈论它,它观察着我们的脸,聚精会神地听我们讲话,甚至让我感觉它听懂了这些话。我叫着它的名字,问它愿不愿意跟我走。它直视着我的脸,眼睛里闪烁着奇妙的灵性光辉,然后转向它的主人。它的主人朝我挥了挥手,允许我带走它,又爱抚地轻轻拍拍它,跟它道别。于是它就安静地跟着我走了,似乎它参透了我们所有的对话内容,并且一直就和我熟识着呢。

1869 年 6 月 3 日

今天早晨,我们的食品、露营用的水壶、毯子、花草标本轧制器等都在两匹马的背上捆绑停当。羊群朝着茶褐色的山麓丘陵行进,我们也在滚滚飞尘中从容前行。德莱尼先生个子高高,瘦骨嶙峋,他那像被刀削过的鲜明侧面轮廓看起来很像堂吉诃德。他在前面带领着驮载用品的马,紧随着的是高傲的牧羊人比利,一个中国人和一个掘食族印第安人(Digger Indian)头几天要帮我们在灌木丛生的山麓丘陵里赶羊行进。我跟在后面,腰带上拴着一本笔记本。

我们出发的农场在托鲁姆涅河的南面,靠近法兰西沙坝(French Bar),那里变质的含金板岩构成的山麓丘陵,往下延伸到中央谷积层矿的地形之下。我们才刚刚走过 1 英里,羊群中一些领头的老羊就开始时而奔跑,时而向前张望,这一过程表现出来的急不可耐和兴致勃勃的神情让人们看到，它们是想起了去年夏天享用过的甘美牧草。霎时，整个羊群似乎都因为希望而躁动起来。母羊呼唤着小羊，小羊回应着，声调里美妙地带着人类的绸缪情意，它们温情脉脉、颤颤巍巍的叫声因为匆匆拽食了满嘴枯草而时断时续。羊群汹涌漫向山坡，在这片扰攘的咩咩叫声中，每只母羊和小羊都能辨认出彼此的声音。一旦哪只疲倦的小羊在灰尘滚滚中半睡半醒，没能回答它妈妈的呼唤，母羊就会飞奔着穿过羊群，回到小羊最后一次回应母亲呼唤的地方。母羊拒绝任何抚慰，直到最终在1000只小羊中找到她的那只才安定下来，虽说在我们眼中，羊的样子都一个样儿；在我们耳中，羊的咩咩叫声也没有什么两样！

羊群以大约每小时1英里的速度前行，分散成一个不规则的三角形，底部宽约100码[①]，长约150码。歪歪扭扭、不断变幻的前端由最强壮的几只觅食羊组成，它们是"领袖"，它们和分散在三角形的"主体"上参差不齐的两侧那些最活跃的觅食羊，在石头和灌木丛的缝隙处急切地搜寻着草叶和树叶；而那些小羊羔和孱弱的老母羊懒散地跟在后面，是三角形所谓的"底边"。

快中午的时候，酷热令人难熬；可怜的羊都已气喘吁吁，令人矜怜。它们到每个树荫下都想驻足乘凉。我们则饥渴地透过暗淡但又炙热的日光，搜索白雪皑皑的山峦和溪流，然而视野里什么也没有。映入眼帘的，就是蜿蜒的山麓丘陵。灌木、树和支棱外露的板岩四下散布，使山麓丘陵显得高低不平。这里的树大部分是蓝橡树（*Quercus*

[①] 码：英美制长度单位。1码等于3英尺，合0.9144米。

douglasii），大约30～40英尺高，浅淡的蓝绿色树叶衬托着白色的树皮，在最贫瘠的土壤或者野火烧不到的岩石缝隙中稀稀拉拉地生长着。在很多地方，板岩突兀地耸立在黄褐色的草叶之间，被青苔覆盖的尖锐板岩就像是没人光顾的乱葬岗上的墓石。除了橡树和其他四五种石兰科植物（manzanita）和美洲茶属植物（ceanothus），这里山麓丘陵的植被与平原上的没有什么太大区别。我在早春的时候来过这个地区，那时候到处是鸟飞蜂鸣，百花烂漫，俨然一个迷人的公园。现在，灼热的气候已经使得万物都变得萎靡不振。地面龟裂了；蜥蜴在岩石上四处滑动似的爬行；数目惊人的蚂蚁，微小的生命火花似乎伴着酷热燃烧得更加明亮，它们排着长队奔跑着奋战并收集食物，这时，它们不可遏止的精力正在精彩地扑腾！暴露在如此火烧一样的阳光下，这些蚂蚁居然没有在几秒钟内被烤成干儿，实在是不可思议。几条响尾蛇盘着身子躺在偏僻的地方，但是很少能够见到。一向聒噪喧扰的喜鹊和乌鸦，这会儿也安静了，同羊群混杂在一起站在最阴凉的树下，喙都大张着，翅膀耷拉着，呼吸困难得发不出声来；鹌鹑们也在少数几个微温的碱性池塘附近找到阴凉处躲着不走；棉尾兔（cottontail rabbits）在美洲茶属灌木丛的阴凉处蹦来跳去；偶尔还能看到长耳朵的野兔在更为开阔的林间空地上优雅地慢跑。

中午，我们在一片树丛里小憩了一会儿后，继续驱赶着饱受尘熏灰呛之苦的可怜羊群向前翻越灌木丛生的小山。可是，我们一直走着的那条模糊不清的山路在最需要的时候居然消失了，我们被迫停下来，观察周围，辨别方向。那个中国人似乎认为我们迷路了，用洋泾浜英语絮絮叨叨地说着灌木丛太多太密之类的话。那个印第安人则安静地扫视层层叠叠的山脊和峡谷,寻找着出路。在穿越荆棘遍布的丛林之后,我们终于发现了一条前往考尔特维尔(Coulterville)的大道。于是在太阳下山前的一个小时,我们就一直在这条路上走,直到找到一座干燥的农场后,才扎营准备过夜。

在山麓丘陵里同一群羊一起露营,简单而又容易,不过与愉快舒适相比倒是大相径庭。直到太阳下山,牧羊人监督着羊群在附近寻找吃的东西。我们其余的人则要做捡柴、生火、煮饭、拆包和喂马等活计。黄昏的时候,疲惫不堪的羊群被赶到营地附近最高点的空地上,在那里,它们高高兴兴地挤在一起。每只母羊都找到了自己的小羊,并给它们喂了奶。然后所有的羊都安歇下来,直到早晨都不再需要照料。

随着"开饭了"的一声喊,晚饭开始了。每个人都端着个锡做的盘子,自己动手从小锅和平底锅里面把食物盛出来,一边聊着与露营有关的话题,例如喂羊啊、矿藏啊、丛林狼啊、熊啊,或者聊一些可以大赚一笔的淘金时代的难忘冒险经历。那个印第安人总是在不起眼的地方一言不发,好像他属于另外一个物种。饭吃完了,狗也喂了,抽烟的人靠着篝火抽烟。在吃饱喝足和烟草的作用下,他们脸上呈现出一种近乎神圣的平静,就像是圣人脸上出现的那种柔和的、入定似的沉思冥想之光。然后突然间,好像从梦境中惊醒似的,每个人叹口气或者咕哝了一句什么,把烟灰从烟斗里磕打出来,打了个哈欠,片刻间注视了一下篝火,说:"好了,去睡觉了。"话音一落就都进了自己的毯子,消失在视线之外。篝火闷烧着,忽明忽暗地闪烁着,一两个小时后才熄灭;星星更加明亮;浣熊(coons)、山狗和猫头鹰不时发出的叫声打破了夜晚的静谧;蟋蟀和雨蛙(hylus)奏起了欢快的持久音乐,非常和谐完美,犹如夜晚本身的一部分。不协调的仅仅是,不知哪个睡着的人发出的呼噜声,或者是哪些羊因为嗓子里进了灰尘而咳嗽起来。在星光下,羊群像是一床灰色的大毯子。

6月4日

营地在黎明的时候骚动起来。我们的早餐有咖啡、腌肉和豆子,然后大家迅速地洗餐具,打包捆绑。在日出时分,羊的咩咩声到处响起来。母羊刚一起来,小羊羔就蹦蹦跳跳地靠过来,用头顶啊、蹭啊地从妈妈那儿要早餐吃了。等那上千只小羊羔吃完了奶,整个羊群就开始啃起草,散布开来。那些躁动不安的阉羊饿得发慌,最先开始行动,但是还不敢离羊群太远。比利、印第安人以及那个中国人拢着羊群,沿着那令人感到疲惫的路往前走,把它们控制在1/4英里的范围内寻觅星星点点可吃的东西。因为好几拨羊群已经在我们之前经过这里,所以,不管是绿色的还是枯干的叶子都鲜有孑遗。我们必须把这饥饿的羊群赶过这些光秃秃的、酷热的山丘,到达大约20到30英里以外的那个最近的绿色牧场。

驮着东西的两匹马由"堂吉诃德"牵着,他肩上扛着沉重的来复枪以防熊和狼的袭击。这一天和第一天一样,酷热难耐又灰尘滚滚。我们翻越一道道坡度平缓的棕褐色丘陵。沿途除了样子奇怪的塞宾松树(*Pinus sabiniana*)外,植被与此前的大同小异。这里的塞宾松树要么形成了一丛丛小树林,要么分布在蓝色橡树中间。它们的树干在15~20英尺的高处分出两支或者更多的枝丫,或斜生,或长得几近笔直,上面长着许多凌乱的枝杈和长长的灰色针叶,几乎形成不了什么树荫。就一般长相而言，这种树与其说像松树，倒不如说像棕榈树。松塔大约有6～7英寸长，直径约有5英寸，很重，从树上掉下来以后很长时间都不会腐烂，所以树下的地面上铺满了这些松塔。它们可以用来烧成不错的篝火，富含松脂，照明效果好，仅次于我所见过的最好的燃料——玉米穗。"堂吉诃德"告诉我，掘食族印第安人大量收集它们，把里面的松子作为食物。它们的大小以及壳的硬度都和榛子相去无几——供奉众神的食品和燃料，居然可以来自于同一种果实！

6月5日

今天早晨，我们出发后缓慢地攀登了好几个小时，云朵般的羊群随着我们移动。我们终于到达了皮诺布兰科山（Pino Blanko）侧面第一块轮廓分明的台地。我对塞宾松树产生了极大的兴趣。它们潇洒挺立的身姿，棕榈树般的奇怪外形，让我特别想要为它们画画素描。然而在像发烧一样的兴奋之余，所画的效果却无足称道。不过，我总算在那里停留了足够的时间，最后完成了一张还说得过去的素描，画的是在西南一侧视域下的皮诺布兰科山峰景致。那里有一小块田地和葡萄园，灌溉它们的是一条小溪，溪流沿着路边的峡谷奔流而下，形成了一帘瑰丽的瀑布。

登上第一个台地的开阔顶部以后，由于身处海拔1000英尺有余的高度而感到一种天然的兴奋。即将看到的景观刺激起了多种憧憬。莫塞德山谷有一段地带，坐落在人们称为马蹄弯地（Horseshoe Bend）的地方。这个地带雄浑壮阔，现在已经豁然地尽收眼底。这片气势磅礴的莽原似乎正用1000种旋律优美的声音发出它的呼唤。峭拔、陡峻的斜坡上,像羽毛似的装饰着松树和一丛丛的石兰科常绿灌木,它们之间的空地布满阳光。斜坡和空地构成了大部分的前景。而稍远和更远一点的地方,是层层叠叠、体貌优美的山丘和山脊,它们绵延着渐行渐高,融入远处的山峦般的空蒙之中。山间覆盖着一簇簇沙巴拉灌木生态群(chaparral),大部分是藜科属植物(adenostoma),它们奇妙地彼此挨着生长,密集的程度甚至看起来就像是柔软丰厚的毛绒,其间没有一棵树,没有裸地。放眼望去,连绵起伏的绿色海洋向前方延伸,显得规则而又持续,有如苏格兰石南荒原(heaths)展现的绿海。大地这份雕刻作品的主线条同它色彩浓郁的富丽细部都同样别具意匠;雄伟的高山壮观地集合在一起,还有水光潋滟的那条河在其间的衬托点缀,无一不镌刻进流利而又优雅的皱褶里,没让哪怕是岩石的一个夹角裸露在外,就仿佛从变质板岩中雕琢而出的每个凹槽装饰和凸脊结构都曾用砂纸仔细打磨过似的。整个地貌呈现出的设计,就像人类出神入化、巧不可阶的雕塑作品!这种艺术美的震撼力是何等神奇啊!带着敬畏的心,凝视着眼前的景观,我宁愿为此而放弃一切!我也愿意乐融融地穷竭心力去探寻,是一些什么力量造就了这些特色、这些岩石、植物、动物以及奥妙的天气!不可思议的美无处不在,上穷碧落,下到山间,已经造就的、正在造就的,万古千秋,生生不息!我凝视啊凝视,渴望啊憧憬,直到遍身尘土的羊群已经远离我的视线,才在怔惚间记了下笔记,画了个素描,可是这一切似乎均属多余,因为这片神乡圣境的色彩、线条和风貌已经深印脑中,长镌心底,永远都不会消泯。

这让人陶醉的一天到了晚间,清凉、幽静、无云,却有我以前从没有见过的某种闪电反复在天上跃动,这些云状的光团劈入下面的树群和灌木丛之中，看起来更像是在威斯康星州牧场里的那种飞快振翼的萤火虫，而不像所谓的"野火"。向四面八方支离开来的马尾长毛和毛毯上闪闪的火星都表明，空气中充斥着静电。

6月6日

在翻越过小波小浪般起起伏伏的许多小山后，我们终于到了这条山脉中被称为第二块台地或高地的地方。这里的植被当然也出现了相应的变化。在一些开阔地，生长着许多低地植物，一些美丽的大百合（Mariposa tulip）和其他几种引人注目的百合科植物仍然有待我们去找；然而山麓丘陵上典型的蓝色橡树却留在了低处，由一种又美又大的树种——加州黑栎树（Quercus Californica）取而代之。这种年年落叶的树种叶子像手掌一样深深分裂开来，形成裂片；树干在上方分开，挺秀如画；树冠宽阔、厚实，也形成裂片，造型秀丽标致。在这海拔约有2500英尺的高处，我们来到了很大的一座针叶树林的边缘，树林里生长的大部分都是黄松（yellow pine），还有一些糖松（sugar pine）。现在，我们身处群山之中，群山也融入我们的体内，点燃我们的热情，拨动我们的每一根神经，填满我们的每一个毛孔和细胞。我们这血肉之躯对于身边的美似乎像玻璃一样透明，仿佛真真切切地成为美不可分割的一部分，同空气、树木、溪流和岩石一起在太阳的光波中震颤。我们与大自然融为一体，既非老态龙钟，也非青春年少，身体既非罹病，也非康健，一切都进入地老天荒的永恒之中！就在这个时刻，我同大地和蓝天一样，没有食物或者呼吸那样的肉身需求。这是多么神秘的突变啊！如此幡然，如此彻底！过往的形骸物欲之累在记忆中已经恍惚，依稀只是作为立身阅世的凭依。此时在生命的卓异新境中，我们似乎从来都是如此历久弥新！

从松林间的一块牧场空地望去，我看到了优胜美地上方莫塞德河源头附近那白皑皑的山巅。在蓝色天空上，或者更好的说法是，在蓝色的空气中，它们看起来近在咫尺！它们的轮廓是何等清晰鲜明！因为它们似乎已经同蓝色的天空和空气融为一体。它们施展的撩拨引诱具有何等令人无法自持的强烈勾魂作用啊！我可否得到允准趋前探视呢？为此我将日日夜夜地祈祷。可是这样的机会实在是过于美好，让人无法相信它的真实！某位贤达之人，有能力承担这项至圣的使命，自然可以前往；而我，只能在这爱情纪念碑般的大山间流浪漂泊，在这神圣的莽原中欣然地去做那个最卑微的仆从。

我在考尔特维尔附近一丛藜科植物的背阴处发现一枝媚人的卡勒修图斯属百合（Calochortus albus），还有一株智利铁线蕨（Adiantum Chilense）在它身边做伴。这种白色的百合花，花瓣底部的内侧呈淡紫色，像雪的晶体一样纯洁，令人印象极为深刻，过目不忘。这花是花中的圣品，让人不能不爱上它，并且每次一亲芳泽，心灵就会变得更加纯净。它能让最粗鄙的登山人变得行为检点起来。即使没有别的植物存在，光是这棵植物也能够让整个世界丰饶富足！有这样的植物站在路边向我宣扬布道，要我追赶上如云的羊群实属不易。

下午，我们经过了一块非常不错的草场，周围环绕着的挺拔堂皇的松树，大部分是箭镞形的笔直黄松，还有零星的几棵形貌高贵的糖松，它那羽翼般的枝丫高高向外伸展，覆盖其他松树的枝头，与它们这些同宗伙伴形成鲜明的对比；这些尊贵糖松的松塔约有15到20英寸长，在枝丫的末端像流苏般摇曳着，起着超华丽的装饰作用。我在格里利锯木厂（Greely Mill）看到过这个树种的原木。除了底部因砍伐而留下了残端的几处支棱和参差外，整个原木都浑圆匀称，就像是经过车床加工过一样。整个锯木厂和伐木厂都氤氲着松汁那甜丝丝的味儿。糖松的下面铺满了厚厚的纤细松针和硕大的松塔，显得何等绚丽啊！松塔身上掉下来的鳞片似的鳞针（scales）啊、种子的翼瓣（seed-wings）啊、果壳啊都成堆地铺在每棵树的脚下，一直是松鼠们大饱口福的好去处！松鼠们顺着鳞针那规则的螺旋状排列顺序，从底部一一剥落，嗑出松子。每层鳞针的底部有两颗松子，一棵松塔就可能有一两百颗松子，它们肯定就是松鼠上好的甘汁美味！道格拉斯松鼠（Douglas squirrel）把黄松松塔和大部分其他种属松树的松塔在地上倒立着慢慢滚动，直到整个松塔裂开为止。大概是为了安全起见吧，松鼠坐着的时候，通常是背贴着树身。说来也怪，它们从来不会把树胶弄得浑身都是，甚至连爪子和腮边髭须也都不会弄脏，而且它们把丢弃的松塔壳和屑等垃圾堆放成像古代人把贝壳和陶器堆积成贝当堆（kitchen-middens）那样的文化遗迹一样整洁利索，颜色又赏心悦目。

我们现在已经逐渐走近朵朵白云和清凉溪流相接相绕的地区了。壮观的积云在中午时分出现在优胜美地山区的上空。飘浮般流动的泉水，滋润了这片壮阔的莽原；碧空中的山峦之间，道道溪水在珍珠色的小山和溪谷里发源，赐给大地清凉的云影和甘雨。无论岩石地形的雕塑线条多么变化多端，造型多么精致细腻，也不能与此处天空中的云端景致相比。云彩形成的穹顶和山峰生起着，膨胀着，仿佛是最优质的大理石那样洁白而又轮廓鲜明,又像是世界初创的展示过程那样令人魂牵梦绕。每一片雨云,即使转瞬即逝,仍能留下痕迹,不仅使万树千花的生命脉搏跳动得更快,使溪流和湖水更加充盈丰沛,而且无论我们能否察觉得到,雨云还在岩石上留下了深深的印迹。

我一直在仔细观察一种奇特并令人萦怀的藜科灌木丛(adenostoma fasciculata)。我第一次注意到它是在马蹄弯道附近。它们在靠近考尔特维尔的第二台地那儿的较低山坡上生长得非常葱茏蓊郁,形成了繁茂的几乎无法穿越的丛林,在远处看起来就是黑黝黝的一片晦暗。这种灌木属于蔷薇科(rose family),高约6~8英尺。其长约8~12英寸的白色小花按照总状花序(in racemes)排列;叶子呈圆形针状;树皮则略带红色,随着树龄的增加,上面逐渐出现斑驳的条纹。这种灌木丛生长在烈日暴晒的山坡上,像草地一样经常遭受蔓延野火的戕害,却又可以从根部迅速再生。混杂地生长于其间的任何其他树种,最终都被野火扫荡净尽。毫无疑问,这种灌木丛最终形成连绵不断的广阔灌木林带,而没有其他植物厕身其间,其秘密就在这里。几种石兰科植物也能像它们一样,可以从根部浴火重生,所以得以与它们共存。另外,灌木丛中还有几种组成部分——一些菊科,比如巴夏利属(baccharis)和麻苑属植物(linosyris),以及一些百合科植物(liliaceous),大多为卡洛修图斯属和布罗迪亚属(brodiaea)植物,因为它们的鳞茎埋在土壤最深处,所以可以免受火舌的吞噬。许多鸟类和彭斯所说的"小巧、油亮、怯生生的胆小动物"在这片灌木丛最深处找到自己栖身的好场所。而地处主林带边缘的那些空旷洼地和小径,在冬天为被暴风雪从高山牧场上驱赶下来的那些鹿群提供了临时避难所和食物。多么让人钦佩的植物啊!现在它们正值花期,我喜欢把漂亮而又香气馥郁的花束插在我的扣眼上。

另外一种迷人的灌木丛欧洲杜鹃(Azalea occidentalis),生长在这一带清凉的溪流边和比优胜美地区的地理位置高得多的区域。傍晚,我们在格里利锯木厂上方几英里处准备扎营过夜的时候,我发现了盛开着的这种欧洲杜鹃。它们是北美杜鹃(rhododendrons)的近亲,妖娆得似乎卖弄风情,而又芳香郁郁。每个喜爱它的人肯定都不仅仅是痴迷于它自身的姿色,还因为长伴在它左右,有着多阴的桤树(alders)和柳树,布满蕨类(ferny)的草地以及潺潺的流水。

今天我们还遇到了另外一种针叶类(conifer)植物——香肖楠(Libocedrus decurrens)。它树形高大,暖黄绿色的树叶呈扁平的羽毛形状,与树皮呈肉桂色的岩柏属松树(arborvitae)的叶子相似。老树的树干由于没有枝丫,阳光沿林间的空隙恰巧照射到它们身上的时候,它们在树林里高耸着犹如令人瞩目的根根支柱,与君主般高贵的糖松和黄松为伍也毫不逊色。这种树神奇地吸引了我。那纹路细密的棕色木头同那鳞状的小叶子一样,都散发着芳醇的气味;那重重叠叠的扁平羽状叶子,既可以用来铺舒适的床铺,也可以用来做雨棚,起着很好的防雨作用。倘若有人为暴风雨所困,能够在这样高贵、好客而又诱人的大树下面躲雨会十分惬意!它那宽大的枝丫如帐篷般弯弯垂下,遮风挡雨;如果用掉下来的干树枝生一把火,马上就会有香气袅袅升起;我们还会在头顶上听到真诚的风之颂歌。不过,今天晚上林中很静,而我们的营地只是一个牧羊的营地而已。我们现在身处默塞德河的北支流附近。微微夜风正诉说着高山上的奇景,诉说着雪中的泉水和花园、森林和树丛;调子里其至还跃动着这里的地形地貌。而繁星呢,是永恒绽放的夜空百合花,在我们终于远离了低地的尘土后,繁星现在是多么澄莹浏亮啊!无数尖塔似的松树之墙环绕并装饰着地平线,每一棵松树与另一棵别的松树和谐匀整地排列在一起,形成了确定无疑的符号,就像是阳光挥洒而成的象形文字。我是多么希望读懂、参透这神圣的文字啊!溪水潺潺地流过蕨类植物、百合花和桤树身边,流过帐篷,演奏着甜美悦耳的音乐;但是,一棵棵松树环绕着天的边际,各就各位,谱写出更加赏心惬意的美好乐章。一切都美得神圣,都是神圣的美!哪怕只靠面包和清水,一辈子在这里生活,我都不会感到寂寞;对万物的爱在递增,有这样的爱,不管我与所爱的朋友和邻居之间有多少路程和重山的阻隔,我都感到与他们更加贴近了。

6月7日

昨晚,羊群病了。到目前为止,很多羊仍然没有好转,几乎没有办法离开营地,它们咳嗽、呻吟,显得可怜兮兮,让人同情。它们生病是因为都吃了该诅咒的杜鹃花(azalea)叶子。至少牧羊人比利和"堂吉诃德"都是这么说的。自从离开了平原,羊群能吃的青草就不多了,它们实际上在挨饿,于是无论碰到什么绿色植物都吃进肚里充饥。养羊的人把杜鹃花称为"羊的毒药",并且对造物主为什么要创造这么一种植物感到迷惑不解。——养羊业变得仿佛处于绝境般的盲目与退化之中,尽管我们看到的书中表示,在美好的古代岁月里,这是一个有着高雅教化作用的职业。现在呢,既然放牧几乎可以分文不花,气候如此宜人,因此不需要准备冬天的饲料,不需要修建遮风挡雨的羊圈,也不需要谷仓,加利福尼亚养羊牧主于是急于致富,并且也常常能够成功。很少的费用就可以养大群大群的羊，利润非常丰厚，据说投资的钱每两年就可以翻倍。如此迅速积累的财富通常会激发对更多财富的欲望。于是这些可怜人的眼睛就像让羊毛遮住，几乎每一个值得看的东西他们再也看不清或者看不到喽。

至于牧羊人，情况则更等而下之。冬天，他们独自一人居住在小木屋里的时候情况尤其糟糕。虽然有朝一日像他们的老板一样拥有羊群并发财致富的种种希望不时地激励着牧羊人，但是与此同时，他们所过的生活却很可能让他们堕落，而极少有人能最终成为养羊牧主，取得尊严，得到其中的好处——或许毋宁说是坏处。牧羊人堕落的原因并不难发现。他们一年的大部分时间都是孤独一人，而孤独对于大部分人来说都难以忍受。他们很少做动脑子的活计，也很少有看书的消遣。晚上回到他们羊圈似的邋遢简陋的小屋后，木讷懵然而又疲惫不堪，找不到什么东西可以调和自己，让生活同周围的世界拉平，做到彼此相抵。什么也找不到！跟在羊群后面拖过了乏味的一整天后，他们还得吃晚饭；但是做饭的活计他们很可能懈怠地对付过去，有什么吃什么，填饱肚子就算完事儿。也许没有已经烤好的面包，于是，在他那没有清洗过的平底锅上烙几张脏兮兮的煎饼，煮一点茶，也许还煎几小条变了味儿的腊肉。小屋里通常会有些桃干或者苹果干，但是他们也嫌麻烦，懒得再经一经火，在锅里做一遍。胡乱地把腊肉和大饼吞进肚子里后，剩下的时间就靠烟草带来的那种陶然忘机的麻醉感打发过去。然后，常常连白天穿的衣服也来不及脱掉，就上床睡觉去了。他的健康状况当然就会受到伤害，继而影响到他的心理健康；再加上几个星期甚至几个月见不到什么人，他最终可能变得有些半痴半颠，甚至完全精神失常。

而苏格兰的牧羊人除了做牧羊人之外，很少想到要干别的职业。牧羊很有可能是从宗族那儿传承过来的职业，他们承袭了对牧羊业的拳拳之情和应具备的本领，几乎就像他们的体大毛长、头部尖瘦的柯力牧羊犬（collie）一样杰出。苏格兰牧羊人只管一小群羊，能常常和家人啦、邻居啦见见面。天气好的时候他还有时间阅读点什么。他经常带着几本书到野外去，书读过之后他还可能和书中描绘过的一些国王作些精神交流。我们看过的书上说过，东方的牧羊人给羊起名字，用名字召唤他们的羊；那些羊也都能识别他的声音，跟着他走。羊群肯定不大，羊才好管，牧羊人才可能在小山上吹吹笛子啊，才有充裕的闲暇看看书啊，思考思考啊。然而，无论在别的时代、别的国家，牧羊业有多么幸运美好，但根据我的所见所闻，加利福尼亚的牧羊人从来就不会让心智颇为健全清醒的状况挺上很长时间。大自然的声音五花八门，羊的咩咩叫声却大约是他们能听到的唯一声音。如果用心聆听，丛林狼的嗥叫声和它们特有的"喊——吆嘶"声音也不啻是上帝赐下的天籁之声啊。可是羊肉和羊毛模糊了他们的听力，大自然中的万籁对他们起不到一点作用。

羊群的病情开始好转了，牧羊人比利谈论起这些高山牧场上潜藏着的各种有毒之物——杜鹃花、石南科植物（kalmia）和碱土（alkali）。穿过默塞德河的北支流后，我们转向左边，朝着派勒峰（Pilot Peak）前进。在布满岩石和灌木丛的山脊上往上坡爬了相当长一段时间之后，我们来到名叫"布朗平原"（Brown's Flat）的地方，这里是自从离开平原地区后，羊群第一次可以尽情享用丰茂绿草的地方。德莱尼先生打算就在这附近找一块地方扎下营盘，住上几个星期。

中午之前我们经过了凉亭山洞（Bower Cave），这山洞像一座令人欢悦的大理石宫殿。洞内既不黑暗，也没有水滴滴答答。阳光从它朝着南面的宽大洞口倾泻而入，遍布了整个山洞。洞里面有一泓小湖既美且深，湖水清澈；布满青苔的湖岸，掩映在阔叶的枫树之间。这一切都处于地下，与我见过的所有山洞都迥然不同。肯塔基州在大部分地界上都有着密如蜂窝般的山洞，即使在那个州我也未见过如此奇观。这个夐夐独造的地下景观位于一条大理石石带上，而这一石带据说是从这道山脉的北端一直延伸到它的最南端为止。两端之间的石带上还有许多别的洞穴。但是据我所知，再没有第二个山洞像它一样，既拥有户外的明亮阳光和绿色植被，又拥有地下世界这水晶般的瑰丽。有一位法国人宣称自己拥有这个山洞，用栅栏封住了洞口，在小湖的湖面上停泊了一艘船，在枫树下那青苔密布的湖岸上摆放几把椅子，收取 1 美元的门票。前往优胜美地山谷有多条线路，这个山洞地处其中之一，因此在夏日旅游旺季里，许多游客都会到此一游，把这里看成是为优胜美地多处胜境增光添彩的又一个有趣景点。

毒橡（poison oak）或称毒藤（poison ivy），学名叫毒漆（*Rhus diversiloba*），既是灌木的一种，又是攀缘类植物。它可以向上攀附到树上和山岩上，从山麓丘陵到海拔至少 3000 英尺的高地之间所有的地带上都很常见。由于这种植物会使皮肤和眼睛发炎，对大部分旅游者来说，颇为讨厌。然而它们与周围的植物"伙伴"却能和谐共存，许多妩媚迷人的小花信任地依偎在它们身上，求得庇护和阴凉。我经常能看到一种奇特的蔓百合（Stropholirion Californicum）攀爬到它们的枝条上，没有 丝的恐惧，更像是意气相投的伙伴。羊吃了它们没有明显的病状；马虽然不喜欢吃，但在某种程度来说，吃了也没事儿；甚至对很多人来说，也是无害的。像其他对人类没有明显用途的很多东西一样，它们也没有什么朋友。因此如下这样盲目的问题就会不断地有人问起："造物主为什么要把它们创造出来？"这些人从来都不曾想过，也许首先，创造它们全然就是为了创造它们。

布朗平原是地处默塞德河的北支流和牛溪（Bull Creek）的分水岭顶部的一道肥沃浅谷，让人们无论从哪个方向都可以把下面的壮观景色一览无余。这儿就是探险先驱大卫·布朗（David Brown）多年来的大本营，他的时间都花在淘金和猎熊两件事情上。独来独往的猎人若想离群索居，哪里还有比这儿更好的地方呢？在森林里狩猎，在岩石间寻找金矿，在清新的空气中感受健康和心情的振奋，而且天空中的色彩和云层随气候的千变万化也源源不绝地给人以各种灵感。老练的大卫先生像其他大部分拓荒者一样，不尚虚而求实，甚至达到了苛刻的程度，可是他对自然风光却不同寻常地一往情深。十分了解他的德莱尼先生告诉我说，他非常钟情于爬到视野空阔无垠的山脊顶端极目远眺，让视线越过森林，看白雪覆盖的顶峰和河流的源头；让视线越过近处的山谷沟壑，根据小屋的炊烟和篝火，斧头的声音等来判断哪里还有矿工在开工，哪里的矿山所有权已遭遗弃；听到来复枪响时，他可以猜到在他宽阔的地盘上打猎的是印第安人还是偷猎者。他的狗叫桑迪（Sandy），他走到哪儿，桑迪就跟到哪儿。这个毛茸茸的登山小能手熟识、深爱它的主人和它主人的依归。猎鹿的时候，桑迪需要做的事儿不多，当主人慢慢穿越森林时，小心翼翼，免得踩在干树枝上的脚步太重，它就小跑着跟在后面；它扫视灌木丛间各片空地的动静，因为那里是猎物在清晨和日落时分吃东西的地方；到一些新的瞭望点时，桑迪会审慎、兢兢业业地观察山脊和各个绿草如茵的溪流岸边地带。可是，一到猎熊的时候，小桑迪就变得重要多了，而布朗正是以猎熊而出名的。德莱尼先生曾经多次在布朗孤零零的小木屋里过夜，因而了解他的轶闻旧事。按照德莱尼先生的描述，大卫的狩猎方法就是，带着狗、来复枪和几磅面粉，慢慢地、悄悄地穿越熊最常出没的那些草场，直到找到熊的新足迹，然后穷追不舍直到猎物毙命，从来不计较所需要的时间。不管熊走到哪里，他都能在小桑迪的带领下追逐其后。小桑迪嗅觉敏锐，即便在怪石嶙峋的路面上也从来没有跟丢过。在抵达地势较高的开阔地后，他们就会谨慎认真地检查最有可能藏匿猎物的地方。猎人能够根据季节变换，约略地判断熊出没的地点。春天和初夏时分，熊常常在溪畔和泉水边的开阔空地上吃青草、苜蓿（clover）和羽扇豆（lupines），或者在干燥的草地上享用草莓；临近夏末时节，它们会在干燥的山脊处，享用石兰科植物的浆果，它们蹲坐在地上，用前爪子拽下果实累累的枝条，把它们挤压在一起，吃上满满的一口，毫不在意里面掺杂了多少细枝和叶子；小阳春（Indian summer）时分，它们在松树下面咀嚼松鼠咬掉的松塔，或者偶尔也爬到树上去咬断果实累累的枝条；到了深秋，橡树果成熟了，"熊先生"[①]最喜欢进食的地方是公园般的峡谷平原上的加利福尼亚橡树（Californian oak）树林。老谋深算的猎人总是知道该到哪里去找熊，很少会意外地碰上"熊先生"。有时强烈的气味显示危险的猎物就在附近时，猎人就会静立良久，不慌不忙地扫视一下周围复杂的地形

---

① 《列那狐传奇》中的 Bruin。——译者注

和植被，看能否瞥见那个毛茸茸的游走的动物，或者至少能够判断出它最有可能的所在。猎人布朗说："我只要在熊看到我之前先看到它，无论什么时候，猎杀它绝对不是问题。我只要先研究一下地形，然后不管距离多远，我都要绕到它的下风位置，然后再慢慢朝上移动，把距离缩小到离它几百码，找一棵我可以轻松爬上去但对熊来说太小的树，待在树下。仔细检查来复枪，脱下靴子，准备好。情况需要时，我能够迅速爬到树上去。接着，就是等待，等着熊侧身转过来，让我可以确保一枪击中，或者起码给它致命的一枪。熊一旦表现出攻击性来，我马上爬到树上它够不着的地方。不过，熊反应缓慢，而且由于视力不济而显得笨拙，况且我处于下风处，它闻不到我的气味。我一般会在它察觉到硝烟味之前，就已经打出了第二枪。通常，受伤的熊都会逃跑，藏在灌木丛中。为了安全起见，我会让它先跑上一段时间，然后才追出去，桑迪保准都会找到它的尸体。如果熊还没死，桑迪就会朝它狂吠，吸引它的注意，偶尔还冲上去咬它一口，分散它的注意力，这样我就可以进入安全距离，给它最后一枪。嗯，没错，只要照着安全的方法去做，猎熊是相当安全的。当然像所有别的行业一样，有时难免会发生意外，我和我的小狗也有过千钧一发的时候。熊一般来说都会避开人类，但是，如果是一头又老又瘦、饥饿难耐的母熊，又带着几只小熊，在它们自己的地盘上碰到一个人，我想它都会尽力抓住这个人并吃了他。不管怎么说，只有这样才算公平，因为我们人是吃熊的啊。不过，我知道，这周围到现在还没有哪个人让熊给吃了。"

在我们到达之前，布朗已经离开了他山中的家，不过在平地边缘，仍有很多掘食族印第安人恋恋不舍地逗留在他们用雪松树皮搭建的窝棚里。他们最开始是受这个白人猎人的吸引到这儿来的,他们渐渐地开始敬重他,而且需要他的指引和保护,从而对抗他们的敌人帕-犹他族印第安人(Pah Utes),帕-犹他人有时候从山脉东边向他们发动进攻,劫掠相对弱小的掘食族印第安人储存的物品,并偷走他们的妻子。

第二章
在默塞德河的北支流露营

6月8日

吃了大量青草的羊群现在温顺起来,在派勒峰山脊脚下朝默塞德河北支流的山谷慢慢地啃食着一路向前走去。那是"堂吉诃德"为我们选定的第一个中心营地,是河流转弯处汇聚的多个山坡形成的一个风景优美的漏斗状凹谷。我们在河岸边的树荫下搭建了几个放餐具和食品的架子;每个人又根据个人喜好,用蕨类植物的叶子,雪松的羽状叶子和不同的花给自己铺了床,在后面开阔的空地上给羊群围建了羊圈。

6月9日

昨晚睡在大山深处,是何等深沉酣甜啊!在群树和繁星之下,瀑布发出的肃穆声响和周围仿佛喁喁私语般细微而又和谐的甜美声音——是对人心的娓娓抚慰,是让安宁在絮絮演示……这一切反倒更显幽静和悄然。我们第一个纯粹的山中之日,温和、安详、万里无云。这是怎样茫无涯际,怎样宁静而又原始啊!我几乎记不起来这一天是怎么开始的了。在河岸边,在山丘上,在大地间,在天空中,春天正愉悦热情地运作,新的生命、新的美丽在这郁郁葱葱、欣欣向荣的勃勃生机中伸展、铺开——巢中的幼鸟,空中初次振翼的生灵,新吐的嫩芽,初绽的花朵,舒展着、闪耀着,无处不洋溢着喜悦的气息、喜悦的情感!

营地周围的树紧紧相依,为蕨类植物和百合花撑开了丰赡充裕的树荫,在河岸的后边,阳光能照到大部分地面,呼唤着、照拂着列阵似的一丛丛粲然炫目的花花草草;高高的燕麦草(bromus)如同竹子般摇曳,繁星般的各种菊科花、香蜂草(maonardella)、蝴蝶百合(Mariposa tulip)、羽扇豆、吉莉草属植物(gilias)、紫罗兰,都是光的快乐儿女。很快,每一片蕨类的叶子都舒展开来,河岸边是一大坛、一大坛常见的凤尾蕨(pteris)和狗脊蕨(woodwardia);阳光普照的岩石上圆形排列着一圈圈的旱蕨(pellaea)和碎米蕨(cheilanthes)。一些狗脊蕨的叶子现在已经有 6 英尺高了。

熊蓿(Chamoebatia foliolosa)是属于蔷薇科的一种漂亮的小灌木,在糖松下面铺开了一片黄绿色的斗篷,不间断地迤逦数英里,没有别的植物掺杂其间。但是间或也能看到几棵华盛顿百合(Washington lily),从平整的表面上探出头来轻轻颔首般地摇曳,或者是一两束高挑的燕麦草侍立着,仿佛为了装潢门面。这样漂亮的地毯般的灌木出现在大约海拔 2500 或 3000 英尺的地带,高度约可及膝,枝丫是棕褐色的,最大的树茎直径也只有 0.5 英寸。浅黄绿色的叶子,呈三瓣羽状,分割的叶瓣裂纹精美,看起来很像色彩浓艳的蕨类植物,叶面上遍布点点的微小腺体,分泌着一种特殊的悦人香气,同周围松树的芳香气味和谐地融在一起。它的花是白色的,直径 5/8 英寸,看起来像草莓的小花。这片小灌木丛让我心生喜悦。它们是内华达山这部分地区中唯一的毯状灌木。而石兰科植物、美洲茶和大部分的美洲茶属植物只能像边缘参差的粗糙垫毯或者花边，根本不配称为平整柔软的毛毯或斗篷。

羊群似乎不是很喜欢它们的新牧场，也许是因为座座小山把牧场包围得太过严密了吧。它们一直都没有放心轻松地休息过，昨天晚上还受了惊吓呢，可能是有熊或者丛林狼在山上逡巡，谋划过如何来一顿丰盛的羊肉大餐。

6月10日

天气非常暖和。我们在小瀑布下面的岩潭里汲取营地的生活用水，这里的小瀑布是河水湍流直下而形成的，秀丽如画。瀑布在潭中沸沸扬扬，激荡喧嚣，却并不激起混浊的泡沫。这里的岩石是黑色的变质板层，在河道中被水流冲蚀成一个个光滑的圆石。与此相映成趣的是：飞泻而下的瀑布水流是晶莹的、灰白色的，瀑布在上方滑动、掠过，形成有网眼图案的床单似的水幕和麻花辫子一样的纠结重叠的飞流，最后落入岩潭之中。一丛丛莎草（sedge）长在露出水面的圆形石头上，生出一种柔美迷人的效果，它们那修长而富有弹性的叶子小拱门似的垂向四面八方，最长的叶尖弯弯地垂入流水之中，把因耸起的岩石而分拨开来的水流切分成更加纤细的纹理，同莎草相互衬托辉映，使那欢快的溪流不知有多么旖旎动人！美妙还不止于此。在圆形石头的小岛上还生长着高挺的虎耳草（saxifradge），它们牢牢地扎根在岩石中，展示着其宽大的圆形伞状叶子，它们或是炫耀似的自成一群，或是高踞在莎草之上。虎耳草的花是紫色的，形成高大的带有腺体的总状花序，在树叶长出之前就已经勃勃绽放。肉色的根状主干紧紧扣在岩石缝隙和凹穴中，即使偶尔有洪水暴发，它们仍能屹然挺立。这一惹眼的物种似乎是大自然雇用来的，雇用的目的就是为了让清凉澄澈的溪流中最妙趣横生的部分显得更加千娇百媚。营地附近，树木在两岸边形成拱形的绿叶通道，里面的阳光因为枝条的遮蔽而温软柔和，而穿流其下的清新河水唱着歌，闪着光，就像一个快乐的鲜活生灵。

我听到内华达山的高处几道雷声隆隆响起，看到松林后面厚厚的凸状白色积云悠悠升起。这时已经接近中午时分了。

6月11日

我在河流东边的一条支流上发现了一些迷人的小瀑布，每帘小瀑布底下都有水潭。白色的飞流奔腾而下，岩壁上几丛灌木和苔属植物曼妙地斜垂下来，一大朵一大朵的橙色百合花成团、成簇地盛开在水潭边肥沃的河床上。

营地附近没有大片的牧场或者绿意葱茏的平原，无法给我们那上千头不停啃咬的羊提供充足的牧草。它们主要依赖的食物是山上的美洲茶属植物、四下散布的小块草地上的丛生青草以及阳光充沛的空地上生长着的花朵之间的那些羽扇豆和豆藤（pea-vines）。大片大片的植物已经被啃光，或者所剩无几了，饥肠辘辘的可怜羊群被迫分散开来，四处觅食，牧羊人和牧羊犬也跟着受罪，只能靠最快的奔跑才能把它们控制到固定的范围之内。德莱尼先生已经带着印第安人和中国人回低地平原去了，他留下的话是，在这儿或这儿附近放牧羊群，直到他回来为止。他承诺说不会耽搁得太久。

天气多好啊！我想不出还能有什么比这更像天国的美妙天气了。风儿是如此轻柔！这安静的气流简直不该称之为风。它们就像是大自然的呼吸，向自然界每个生灵低吟着安宁平静。在营地的小山谷里，树梢纹丝不动，大多数情况下，连叶子也凝滞了。虽然百合花高挑地立着，哪怕是最轻的微风也能让它摇曳，可是我想不起什么时候见过哪怕是一株百合花随风起舞。这些百合花的钟状花冠多么富丽啊！有些大得足以给小孩当帽子了！我一直给这些百合花画素描，很高兴地勾勒它们有着宽阔闪亮螺纹的叶子以及每片弧形、带斑点的花瓣。没有比这更瑰丽、保养得更好的花园了。这儿的百合是豹纹百合（Lilium pardalinum），5～6英尺高，轮生叶有1英尺宽，亮橙色的花朵大概有6英寸宽，花喉处有紫色的斑点，花瓣向外翻卷——百合确实是一种高贵的植物！

6月12日

今天下了小雨，稀稀落落的雨滴，噼噼啪啪，溅着雨珠，有力地拍打在叶子和石头上，落入花朵中。积云向着东方生起，上面浮雕般珍珠色的云朵漂亮极了！它们与地面上凸起的岩石颇为协调。天空中的云山，样子坚实，好像经过了精雕细刻，其万千仪态中每一种的轮廓都美轮美奂。我从来没有看见过形态和质地都如此充实丰厚的云朵。几乎每天中午时分，这些云朵就以其清晰可见的动感态势膨胀着升到天空中，仿佛一个个新的世界正在创造。它们又是怎样用它们清凉的云影和甘霖，一往情深地呵护并照拂着花园和森林的上方，让每片花瓣和叶子都保持健康和快乐呀。我们也可以想象云朵本身就是植物，它们响应太阳的呼唤，让美丽与时俱增，直到全盛时分的绽放，它们撒放雨水和冰雹犹如散播自己的浆果和种子一样，然后凋谢、陨灭。

山青栎（mountain live oak）普遍生长在这里及1000英尺或更高的地区，不光是外表、树叶、树皮、枝丫蔓延的习性，连原木的坚硬、结瘤多和难于劈砍的特征都与加利福尼亚长青栎非常相像。最大的山青栎独自矗立，周围有足够的延伸空间，在靠近地面的树身处，直径有7～8英尺，树高有60英尺，树冠与树身一样宽，甚至更宽。叶片很小，不分叉，边缘大部分都不呈锯齿或者波浪的形状。不过有些新生嫩叶却带有锋利的锯齿般的边缘，所以两种形态的叶子在同一颗树上都能看到。栎实的壳身中等尺寸，壳的凹斗很浅，壳壁很厚，壳壁表面覆盖着一层金黄色的细小绒毛。有些山青栎几乎没有主干，在靠近地面的部分分裂成四散的巨大分枝，这些分枝又再抽出新枝，如此反复分裂，生出新枝，直到最后在末梢蔓生出绳索般低垂的长长细枝，很多几乎垂近地面。无数浓密闪亮、树叶繁茂的小树枝形成圆形的树冠，太阳光照射的时候，看起来就像是一团积云。

另外一种有明显特征的植物是灌木罂粟（bush poppy，学名是 *Dendromecon rigidum*），是在营地附近炎热的山坡上看到的，它是我历次散步过程中见到的唯一一种木本罂粟植物。它们长有明亮的橙黄色花朵，宽1～2英尺，果荚细长弯曲，长3～4英寸，罂粟灌木丛大概有4英尺高，有许多又细又直的枝条从根部呈辐射状伸展出来，周围有石兰科常绿灌木和其他喜光的灌木丛与它们相依相伴。

6月13日

今天是内华达山中又一个灿烂的日子，我们似乎已经融化于山间，并为之吸收，脉搏将永远跳动，不知止于何时何地。生命似乎已经无所谓长短，我们像树木和星斗一样，不再需要留意节省什么时间，不再需要行色匆匆。这是真正的自由，一种真正实在的、美妙的永恒。云像白团团的大地又在远方的空中升起来了。黄松的尖顶和糖松棕榈般的树冠印在那光滑洁白的穹顶形的天空中，轮廓了了分明。听！巨雷隆隆，滚滚而来，翻越过一个又一个山脊，忠贞不贰的阵雨接着就追随而至。

许多草本植物从遥远的平原来到高山地区，现在正值花期，比起它们低地的近亲晚了两个月。今天我看到了几棵耧斗菜（columbines）。这里的蕨类植物大部分都到了盛开期，包括阳光充足的山坡上生长的岩蕨（rock ferns）、碎米蕨、旱蕨和蛇眼蕨（gymnogramme）；在溪水岸边生长的狗脊蕨、三叉蕨（aspidium）和岩蕨属（woodsia）；还有一种在沙质平原常见的水凤尾蕨（Pteris aquilina）。这种水凤尾蕨尽管很常见，可是在这里所展现的无处不见的苗壮、葱茏之美还是会让植物学家叹为观止，如痴如狂！我测量了一些还没有完全长成的水凤尾蕨，它们已经有7英寸高了；虽说它们是最常见、分布最广的蕨类植物，可是我几乎可以说，以前从来没有见到过它们。它们叶肩很宽，紧密地生长在光滑粗短的根茎上方，相互紧靠，重重叠叠，形成完整的天花板形状，人可以在下面直立行走几英亩，而不会让人看到，就像走在屋顶下一样。阳光透过这有生命的屋顶照射下来，显得多么柔美动人。叶子那呈弧形叉开的纹理和叶脉清晰可见，简直就是无数浅绿和浅黄色的植物玻璃完美地镶嵌在一起——最常见的蕨类植物竟然创造出这样一个仙乡奇境！

更小的动物在周围游荡，仿佛是置身于热带雨林一般。我看到这一群羊在植物丛的一端消失，在100码外的另外一边又重新出现，仅仅是叶子的摇晃抖动显示了它们的行踪。说来也怪,坚实的、木头一样的根茎只有极少数几根给碰断了。我久久地坐在最高的叶片下面,享受着野生植物搭建的凉亭带来的这前所未有的乐趣,真是神奇难忘。仅仅在头顶覆上了一片叶子,人便能摒除尘世的烦恼,自由、美好和宁静随后联翩而至。顶上随风摇曳的松树是大自然手中的魔杖,每个虔诚的登山者都知道它的魔力;可是,这奇迹般的美之价值,苏格兰人称为寂静幽谷中的"蕨"(breckan),哪位诗人又曾经歌颂过呢?可是,任何人,不管怎样小心翼翼地抗拒防范,也难以避开这种蕨类森林上帝般的感染力。然而就是在今天,我看到一个牧羊人穿过其中一片最美丽的树林,可他却和他的羊一样丝毫没有流露出什么情感来。我问道:"你觉得这壮美的蕨类植物怎么样?"他回答道:"哦,它们不过就是他妈的……大蕨类植物而已。"

性情、类别和颜色各异的蜥蜴在这里出没,它们看起来像鸟和松鼠一样快乐而且友善。这些卑微、温顺的伙伴似的小动物沐浴在上帝赐予的阳光下,尽最大的可能维持生存。我喜欢观察它们工作和嬉戏。它们很容易同人熟悉起来,你越是长时间凝视它们那美丽无邪的眼睛就会越喜欢它们。蜥蜴很容易驯服,看着它们在烫人的岩石上四处移动,迅速得像蜻蜓,人很快就会爱上它们。人的视线很难捕捉他们的踪影,不过它们很少长时间地奔跑,通常只跑大概 10~12 码,然后戛然停止,接着又突然开始跑,它们所有的行程都是在这样迅速的、断断续续的骤跑骤停中进行。我发现这些停顿是它们必要的休息,因为蜥蜴气息短促,如果遭到长时间追逐,它们很快会上气不接下气,气喘吁吁得令人可怜,因而很容易捕获。它们的尾巴占身体一半以上,不过驾驭得很好，从来没有因为沉重地拖在身后或向上翘起而导致难以随身体而动，正相反，它们的尾巴似乎能随自己的意愿，轻盈地跟在身后。一些蜥蜴有着天空般的颜色，像蓝鸟一样明亮；另一些蜥蜴则呈灰色，跟遍布地衣的岩石颜色一样，而它们猎食啊、晒太阳啊，就在这些岩石之上。就连平原上的角蜥（horned toad）也是温和无害的生物。这类蜥蜴还包括一种蛇形蜥蜴，它们像真正的蛇一样蜷曲身体滑行，而其不发达的小小四肢只是没有用途的附属物。我近距离地观察过一种长14英寸的蛇形蜥蜴，它从来没有使用它那纤细、新抽的小芽般的四肢，而是一直柔软、轻松、优雅地像蛇一样，轻盈地滑行。眼前跑来一只遍身尘土的灰色小家伙，好像认识我、信任我一样在我脚下跑来跑去，狡猾地打量着我的脸。牧羊犬卡洛一直观察着它，突然向它扑上去，我猜想它是为了好玩；不过那蜥蜴已经从卡洛脚下像箭一般射出去，躲到一大丛沙巴拉群落后面的安全深处。飞蜥作为一种温驯的蜥蜴，是古代强大物种的后代，愿上帝保佑你们，让你们的品性广为人知！因为到现在为止，很少有人知道鳞甲在为我们这伙伴般的生灵遮身护体时，也能像羽毛、毛发、衣服一样既柔软又可爱。

在并不遥远的地质年代以前，乳齿象（mastodons）和大象曾经居于此地，矿工们淘洗含金的沙砾时经常发现的遗骨可以证明这一事实。这个地区，除了加利福尼亚狮子（California lions）（或称美洲狮）（panthers）、山猫（wild cats）、狼、狐狸、蛇、蝎子、黄蜂和狼蛛（tarantulas）外，至少还有两种熊在这里生活。然而有时候，我们会难于自禁地把这里的一种野蛮小黑蚁看成这片广袤的山中世界的生存之王。这些无畏、好动的流浪小魔鬼，虽然身长只有0.25英寸，但它们比我所知道的任何一种最佳斗士都更酷爱搏斗和撕咬。它们会攻击蚁窝附近随便哪一种生物，据我所知，通常是毫无理由的。它们那弯曲的像冰钩（ice-hooks）一样的颚占据身体的大部分，为这些武器派上用场似乎是它们生存的主要目标和乐趣。它们的领地大部分建立在有点腐烂或者中空的长青栎里，它们在这里建蚁窝十分方便。之所以选中这样的地方也许是因为长青栎的强度可以抵御动物和风暴的袭击。这些蚂蚁夜以继日地工作，爬进黑暗的洞中、最高的树上，在清凉的沟壑中、在炎热无阴的山脊上游荡着觅食，它们的大路和小道延伸到所有地方，只有水中和空中算是例外。从山麓丘陵到海平面以上 1 英里的区域里，任何风吹草动都逃不过它们的知觉，在短得难以置信的时间内，警报已经传播出去，而且没有发出半点嘶鸣和呐喊能让我们听得到。我不能理解它们凶残的勇气有什么必要，似乎毫无道理可说。无疑，有的时候它们为了保卫自己的家园而战斗，然而，它们却是无时无刻不在战斗，在任何能找到下口的地方撕咬。只要在动物或者人的身上发现弱点，它们就用头作为支撑，将颚部深深咬进去。即使一条一条的腿惨遭撕掉，它们依然紧紧地咬住不放，进而咬得更深，直到最后死去。当我思忖着这样凶残的生物能够分布得如此广泛，壁垒如此森严牢固之时，我认识到，要想把世界置于全面的和平和友爱的规则之下，我们似乎还有很多事情要做。

几分钟前在回营地的路上，我经过一棵直径约有 10 英尺的枯死松树。这棵松树从根部到顶部都被火包围过，烧焦了，一根巨大的黑色柱子现在看着像纪念碑一样矗立在那里。在这巨大威严的柱子里面，一种又黑又亮的大蚂蚁已经建立了自己的王国。不管木头是好的还是已经腐朽的，它们都艰苦卓绝地啃咬，以建造它们的通道和蚁室。从它们啃下的木屑体积可以判断，整个树干曾经呈蜂巢状。这些木屑就像是锯末，堆放在树的根部附近。这种蚂蚁比起它们那种又小又好战并气味强烈的弟兄们显得更聪明，举止更文明，但是它们在必要时也可以迅速投入战斗。这些小黑蚂蚁的"城镇"建立在倒伏于地的树干以及仍然直立的枯木上，但它们从来不在仍然健康的活树里面或者地下安家。如果你坐下来休息或者恰巧在它们的王国附近做笔记，某个四处游荡的小"猎人"肯定会发现你，然后小心翼翼地向前接近你，观察你这个入侵者的性质并决定应该采取的措施。如果你离它们的"城镇"有点距离，而且你静止不动，它可能在你脚上来回爬几次，爬到你的腿上、手上或者脸上，爬到你的裤子上到处侦察，犹如对你进行评估，以获得综观，然后不发警报，和平地离开。但是，如果它发现某个地方有诱惑性，或者你的某个可疑举动刺激了它，它马上就咬你一口，真是不得了的一口啊！我想象，被熊或者狼咬的一口也无法与之相比。被咬的那一瞬间，痛楚像触电般迅速传遍受刺激的神经，于是，你第一次发现自己拥有多么强烈敏锐的感觉器官！被咬后那最强烈的疼痛会使你顿然失神，待神志恢复后，你会尖叫，抓住那咬了你的动物，茫然不知所措地盯着它看。幸运的是，只要小心，你不会经常被咬，一辈子可能就那么一两次。这种神奇的带电的蚂蚁身长大约3/4英寸。熊非常喜欢吃这种蚂蚁，将它们居住的木头啃咬、撕裂成碎片，粗暴地把它们的卵、幼蚁、当了父母的成蚁、构成蚁穴的或腐朽或仍然结实的木头，混杂成一道美味的酸味肉末大餐。掘食族印第安人也很喜欢这种蚂蚁的幼虫甚至是成蚁。老登山者告诉我说，掘食族印第安人把蚂蚁头咬掉，然后津津有味地享受那散发着酸气的摇摇晃晃的蚂蚁身体。就这样，可怜的啮噬者反而成了被啮噬者，像这个世界大家庭里大大小小的啮噬者一样，这可怜的啮噬者也遭遇了同样的下场。

另外还有一种蚂蚁，是一种漂亮、活跃并显得很有灵性的红色品种，尺寸上介于上述两种蚂蚁之间。它们居住在地下，把一堆堆的果壳、叶子、稻草等东西覆盖在它们的巢上面。它们似乎主要以昆虫、植物叶子、种子和树的汁液为食物。大自然要喂多少张嘴啊！我们周围有着何等众多的邻居啊！然而，我们对它们的了解又是多么贫乏啊！我们与它们之间相遇的次数又是何等少啊！再想想那不计其数的更加微小、甚至肉眼都看不到的生物，最小的蚂蚁与它们相比，也成了乳齿象那样的巨型动物了。

6月14日

这附近的盆形水潭都是由急驰而下的大小瀑布那又重又猛的激流冲击而成，它们保持得非常干净、清澈，没有岩屑。瀑布甩落的较重岩块在水潭前方不远处像一座堤坝似的堆积起来，慢慢地，随着腐蚀的作用，水潭的尺寸越来越大。然而，春洪期间，由于冬雪融化，上游支流咆哮着奔腾而下，冲开堤口，又从河岸冲到山坡，于是骤变发生了。那些掉到水道内的大圆石，夏天和冬天的水流没有力量移动它们，这时候被春洪猛然推动，像被巨大的扫帚扫过一样，越过瀑布，落进这些水潭，与旧堤的残留部分堆积在一起，形成新的堤岸。那些小一点的圆石被水流推到更远处，因各自的尺寸和形状，卡在不同的地方。每一个这样的圆石在自身的阻抗力大于能够克服水流的冲力之处找到休憩之所。

然而令瀑布、水潭和堤坝三者关系发生巨大变化的原因不是一般的春洪，而是那些不定期发生的超常洪水。洪水冲击而成的那些圆石堆的上面生长着一些树木，它们可以证明，一个世纪或者更久以前发生了一场巨大的洪水，洪水唤醒一切可移动之物，在奇妙的旅程中猛掷猛甩、盘旋飞舞。这些洪水可能发生在夏天，当号称"爆炸云"的滂沱大雷雨降到宽广陡峭、支流众多的山溪盆地里，像犁田似的犁出浪迹的一道道支流之水猛然间汇集成巨大主流，形成裹挟千钧威力汹涌而下、声势澎湃的洪流。然而这洪水生命极短，很快就告休歇。

在距离营地最近的瀑布脚下那水潭的堤坝下方，有远古洪水遗留下来的多块大砾石中的一块，它稳固地立在溪流中央。这块近似立方体的花岗岩有 8 英尺高，自顶上和 4 个侧面到常规水位处都长满了绒毛般的苔藓。今天我爬到这块巨石上面躺下休息时发现，这可以说是我至今看到的最浪漫的地方——唯一的一块巨石，覆满苔藓，岩顶平整，四面仍不失光滑。它方正、稳定地耸立着，像个祭坛。面前的瀑布用细小的水流轻轻地沐浴着它，恰好足以让青苔始终保持清新翠绿；下面碧绿清澈的水潭，水流激起泡沫。围成半边的百合花低首俯身，仿佛是巨石的一批仰慕者。盛开的山茱萸（dogwood）和桤树相搭相依，形成拱形，筛滤着阳光。这半透明的叶子造就的天花板之下，凉意发挥着何等的宁神静气的作用啊！流水的音乐是多么令人愉悦呀！瀑布水声好似深沉的男低音，水花飞溅，淙淙潺潺。水流滑过小岛般的砾石身侧，沿着蕨类植物的河床往下流动，碰击万千细小的石头，发出无数不同的低沉细碎的声响。所有这些都掩蔽在"天花板"之下，各种影响感应都在肘腋之间的近距离内发生，让人觉得好像置身一间幽静的房中。于是某种神圣的感觉油然而生，让人禁不住希望见到上帝。

天黑以后，营地安歇下来，我摸索着回到那块祭坛般的大石头边，在石上度过我的夜晚——流水之上，树叶和星斗之下——所有这一切比白天更让我感到震撼。瀑布的水练朦胧地发着白光，以一种庄严的热情唱着大自然古老的爱情之歌，星星透过叶子织成的"屋顶"向下窥视，仿佛要加入白色水练的吟唱。这珍贵的夜晚哪，连同这珍贵的白昼，将会长驻在我的心中。感谢上帝赐予我这不朽的礼物。

6月15日

又一个生机盎然的早晨。阳光倾泻在绵延的山坡上，给晨起的松树披上金色的外衣，让每片针叶都受到鼓舞，让每个生灵都充满喜悦。知更鸟在桤树和枫树丛间唱着歌，那古老的歌几乎回荡在享受上帝恩泽的整个大陆地区，让无数个季节都变得欢快甜美。在这空旷的山林中，知更鸟似乎像在农民家的果园里一样自得其乐。这里也有黄鹂鸟（Bullock's oriols）和路易斯安那唐纳雀（Luisiana tanager），还有许多刺嘴莺（warblers）和别的像吟游诗人般在山中歌唱的鸟类（troubadours）。它们大部分都忙于筑巢。

我发现了另外一棵华美的金杯橡树（goldcup oak），直径有6英尺；另外，我还发现了一棵道格拉斯云杉（Douglas spruce），直径有7英尺；同时还有一株蔓百合（strppholirion），枝茎身长8英尺，开了60朵玫瑰色的花。

糖松松塔是圆柱形的，顶部略呈圆锥状，底部呈圆形。我今天发现了一个差不多长24英寸、直径有6英寸的松塔，其鳞片被打开了。还有另外一个松塔19英寸长。树上生长位置好的成熟松塔平均长度大约是18英寸。在海拔约2500英尺高的林带下缘，松塔尺寸会小一点，是12～15英寸长；在海拔7000英尺处或者处于优胜美地山区更接近其生长上限的地方，松塔也是这样的大小。这种高贵的糖松可以让我的研究兴趣永不枯竭，也是我快乐的源泉。我可以永不厌倦地欣赏它们：凝视树上它那硕大的、流苏般的松塔；看那100余英尺、浑圆且没分枝的树干；看那漂亮的紫色树皮；还有那向外蔓延、向下弯垂的羽毛般的枝叶，这些枝叶整体上像一顶皇冠，一直都是轮廓清晰、惹眼而又让人欣喜。按照习性和总体外观看，糖松在某种程度上来说有点像棕榈树，但是我从没有见过哪怕是一棵棕榈树拥有如此的帝王般的气象和神采，不论是在阳光下的静穆和沉思，还是在狂风暴雨中每棵松针颤抖、战栗时的清醒警觉，都显出这种帝王般的威严尊贵。糖松小时候，和其他大多数针叶树一样，外形都非常笔直、正规；但是到树龄50～100岁的时候，每棵松树都有了各自特有的形态，所以到了壮年或老年时，你绝对找不到两棵相同的糖松，每棵树都让人发出独特的感佩之情。我一直在为糖松画素描，遗憾的是我不能画出来每根松针。据说糖松最高能达到300英尺，不过我所测量到的最高者还差60英尺有余。我见到一棵最大的糖松，接近地面的直径有大约10英尺，但据说还有直径为12英尺甚至是15英尺的。树干几乎一直这么粗壮，随着高度的变化树干显得变细，但是这一变化几乎无法用肉眼感觉到。与糖松伴生的黄松也一样高大。树龄较小的黄松长有细长的银色松针，在上方的嫩枝和向上挑起的枝丫末端形成壮观的圆柱形树丛，每当有风把松针按照某一个角度吹到同一个方向时，每棵黄松便仿佛成了跳跃着的白亮亮的太阳火焰塔。

这样光闪闪的松树种类也许应该称为银松才对。它们的松针有时候长达1英尺多，几乎可以和佛罗里达州的那种长叶松树相比。尽管黄松尺寸和糖松几乎一样，对艰苦环境的耐受性甚至超过了糖松，但其总体的习性和外观都远不及糖松那样出类拔萃。黄松的尖顶很规则很普通，相对较小的松塔则成簇地长在松针之间，显得僵直。倘若世上没有糖松，那么黄松便会是世界上80～90种松树中的王者；在熠熠生辉、随风摇曳、表达着对神灵的崇拜的那些松群中，它也是最显赫辉煌的那种。倘若它们仅只是机械造出的雕塑，也依然气质高贵。它们的每个纤维、每个细胞、每根亮闪闪的银色大枝条，其生命活力都是在怎样搏动着、激动着、流淌着啊！它们本身就是植物王国的神祇，在天国下度过了几百年高贵的生活岁月，一代又一代地受人瞻仰、热爱和尊崇。在这里，在更高的地区还生长着另外许多迷人耀眼的喜光并多脂的树种，像翠柏（libocedrus）、道格拉斯云杉、银杉（silver fur）、美洲杉（sequoia）等。这些受神眷顾的山脉让我们继承了多么丰富的遗产哪，而我们青眼相加的正是这片牧场上无数的树木啊。

太阳下山了。西边天空色彩的绮丽绚烂让一切都变了样子。在远处派勒峰的山脊上，映着余晖的群树沉思般默默地矗立着，接受着太阳的"晚安"道别，竟然这样肃穆庄严，令人铭感，仿佛太阳和树木彼此再也不会见面了。日光渐渐淡去，破除了色彩的魔法，树林在星空下，在夜风中，自由地呼吸。

6月16日

今天早晨，来自布朗平原的一位印第安人，在所有人没有察觉的情况下,进入了营地中央。当时我正坐在一块石头上浏览我的笔记和素描,偶然一抬头,看到他阴沉沉地悄然立在几步之外,我竟然吓了一大跳。他纹丝不动地站着,像一棵已经矗立了几个世纪、饱经风霜的老树树干。似乎所有的印第安人都学会了这种神奇的、让人觉察不到的走路方式,就像我在这里一直观察的能让自己隐身的某些蜘蛛一样。这些蜘蛛一有风吹草动的小小警报,比如,一只鸟落在它们结网的树丛上,它们立即就在富有弹性的蛛丝上面上下弹跳,动作极快,让人只能看到它模糊的身影。印第安人能够在极少、甚至根本没有遮蔽物的情况下悄然行动,叫人观察不到,这一原始的本领也许是在狩猎和战斗的严酷教训之中神会心融而慢慢获得的,其过程是小心接近猎物,突然袭击敌人,在被迫撤离时可以安全脱身。所有这些经验代代相传,最后成为一种让人含糊笼统地称之为"本能"的东西。

我们周围的群山表面光滑而又毫无变化!在羊群活动范围内,除了各个小溪边的小片空地、树木稀疏或者光秃的林带外,难以看到任何动物或人类的踪迹。在开阔的带状或者块状空地的最光滑的地面上,有可能看到鹿的足迹,还有让人联想起熊的大脚印,连同那些小动物的很多足迹,就像细巧精致的钩制编结类或刺绣类的装饰品那样难以见到。沿着主要山脊和较大河水的支流,人们可以追踪到印第安人的小径,但是并不那么清晰,是很难指望找得到的。没有人知道印第安人已经在这片林地上游荡了多少个世纪,可能很多个世纪了,远远早于哥伦布抵达我们美洲海岸。但是奇怪的是,他们居然没有留下更明显的痕迹。印第安人脚步轻巧,对自然景观造成的伤害很难会多于鸟儿和松鼠;他们用灌木和树皮搭建的棚屋很难比林鼠所造的窝维持更长的时间。除了为改善狩猎场地而在森林里纵火留下的痕迹，他们保留得较为持久的、有纪念碑意义的遗址也会在几个世纪内消失殆尽。

与印第安人相比，大部分白人是多么不同，特别是那些在低地采金区的白人。他们炸开坚硬的岩石，造出公路，在野性的溪流上建立堤坝，改变它们的河道，使之沿着峡谷和山谷流动，以便驯服它们，让它们像奴隶般地在矿山工作。溪流穿过一个又一个山脊，在高空横跨的支架上面奔流，像人踩高跷一样；或者在峡谷和小山之间上下奔忙。它们在有些地方被囚禁在铁制水管里，水管撞击地面，它们洗刷掉小山及山峦绵延几英里的地表颜色，使每处含金的溪谷和平原都千疮百孔，满目疮痍。这些是白人在狂热的短短几年内留下的痕迹，更不用说在数百英里长的山脉两侧散布着的工厂、田地和村庄啦。尽管大自然正竭尽所能地重新衍生植物，为大地培育花园，冲洗掉旧的堤坝和水槽，夷平沙砾堆和石堆，耐心地想要治愈每一块新鲜的伤口，可是消除这些印记还需要漫长的岁月。主要的淘金潮已经过去了。头发灰白的老矿工已经足够冷静了，在四处分散的废弃矿坑中维持他们勉强糊口的营生。为了满足石英工厂的需求，隆隆的爆炸声仍然在地下响着，但给土地造成的伤害与几年前铲子锄头并用的淘金风暴相比，要小得多。对于内华达山脉的风景来说，幸运的是这里的含金板岩大部分有限地分布在山麓丘陵地带，而我们营地附近仍然是原始野生的景色，高处仍然是白雪覆盖，就像平滑无痕的天空一样。

昨天天空中还有一些小山状和穹顶状的云块，今天什么都没有了，简直是万里无云。阳光格外白皙、稀朗，却也暖暖和和，颇为宜人。在大自然的脉搏跳动得最迅疾的春天里，山间有这样平静的气候，正是这儿最大的魅力之一。夜晚，只有微风从山巅拂煦而至；白天，有丝丝微风从海洋、低地的丘陵和平原吹来；或者还有的时候，空气静止安宁，连叶子都一动不动。这里的树木说不出太多关于风的历史故事。

羊群，像人一样，当饥饿来袭时无法控制。除了我守护的"百合花园"外，这些长蹄子的蝗虫把营地方圆一二英里内能够得着的每片叶子几乎都啃光了，就连灌木丛也被剥得精光。虽然有牧羊人和狗的看管，羊群依然分散到了罗盘指向的各个点上，被灰尘隐藏了身影。我真怕有些羊已经走失，因为16只黑羊中已经有1只不见了。

6月17日

今天早晨，羊从狭窄的羊圈口一只一只地往外蹦的时候，我们点了数，少了约300只。因为牧羊人没有办法抽身去寻找它们，只好由我代劳了。于是，我往腰间皮带上拴了一块硬面包，和卡洛一起出发，往派勒峰高处山坡走去。虽然我牵挂着要寻找那些跑丢了的傻羊，不过这一天我还是过得非常美好。我是为了羊群而出去的，也并没有空手而归。环绕着地平线有一种特别的细细的白色光晕，宛如常看到的熹微晨光中的光晕，正在与上面的蓝天融合在一起。空中仅见的若干薄云像画笔画出来的，淡淡的毛茸茸的样子又像梳理过的丝。我径直走向羊群平时经常活动的区域边界，在那附近四处寻找，终于发现了离群游荡的羊向外延伸的足迹。这些足迹沿着山脊往上，进入一片开阔地。美洲茶灌木丛像栅栏一样包围着这片空地。卡洛知道我要做什么，急切地顺着气味寻找，直到我们来到那怯生生挤作一团的沉默羔羊身边。很明显，它们在这个地方待了整整一夜加上整整一个上午，不敢出去觅食。就像我们知道的某些人一样，它们虽然逃离了管束，却又害怕获得的自由，不知道该拿自由怎么办，所以似乎很高兴地回到原来熟悉的牢笼中去。

6月18日

又是一个让人振奋的早晨，想象不出还有什么地方比这更美好。我所听过、读过的对天堂的诸多描述，其美好似乎还不及这里的一半。中午时分，天空被白云占据了大约5%，仿佛在天蓝色上面以白色的、轻柔、朦胧的笔触细致描摹的小小画面。

长着羊毛的这批蝗虫没能到达的山脊高处和山顶，因为长满了蝴蝶薄荷（monadella）、山字草（clarkia）、金鸡菊（coreopsis），还有高高的草丛而显得其乐融融。有些草丛高得在随风摆动时竟然有松树的神采。这里有很多种类不明的羽扇豆属植物，大部分花期已过；很多菊花也开始凋谢，它们曾经光闪闪的花冠在毛茸茸的冠毛中正在逐渐消失，犹如星辰隐没于薄雾之中。

今天从布朗平原来的另一位客人造访了我们，是背上背着篮子的一位印第安老太太。就像上一次从村子里来的那个客人一样，她直接进入了营地深处，我们看到她的时候，她已经近在眼前了。我说不准她站那儿观看了多长时间。她悄然地走近，就连狗也没有发现。我猜想，她是正走在前往某个野生花园的路上，为的是采集羽扇豆和含有淀粉的虎耳草叶子和根茎。她身着印花棉布做的衣服，破烂、肮脏不堪。尽管她和其他动物一样，都是依靠莽原的慷慨恩赐而生活，可是无论在哪个方面,她与大自然中那些干净、"着装"漂亮的动物都毫不相像,实在让人心有戚戚。真奇怪,似乎只有人类才会肮脏。倘若她身着毛皮,或者穿着用草叶和成条树皮编织的服装,就像用刺柏(juniper)或者翠柏编织的席子那样,可能看起来更像是荒野中一个道地的固有成员,最起码像头体面的狼,或者熊。但是从我能找到的不管什么观点来看,这些被贬低了的人类同类——印第安人与我们看到的那些衣着考究光鲜、只会惊吓鸟类和松鼠的观光客没什么两样,都与大自然格格不入。

6月19日

一整天都是阳光普照。树叶的绿荫将岩石衬托得多么秀媚!长青栎的树叶绿荫格外清晰别致,其优雅和精美使所有的艺术都相形见绌。它们时而静止,宛若岩石上的一幅画;时而轻柔滑动,仿佛害怕噪音;时而飞舞,如同跳华尔兹舞那样迅疾敏捷、兴高采烈地旋转;时而又如同快疾拍打着海边悬崖峭壁那色彩斑斓如刺绣的波浪一样,在阳光沐浴的岩石上边上上下下地跃动翻卷……这树荫之美是多么真实、丰富多彩啊!这是至尊至贵的铺张之美,是成倍增值的美!大株的橙色百合正展示着它们那光彩夺目的叶子和花朵,这高贵的植物呈现着最佳的健康风采,是大自然的宁馨儿[①]。

6月20日

今天早晨,有几只笨羊就像苍蝇被蜘蛛网缠住一样,牢牢地困在了

[①] 宁馨儿:这样的孩子,用来赞美孩子或子弟。

缠结的灌木丛中，需要帮助才能脱身。卡洛发现了它们，并试着沿最容易走的路把它们赶出困境。狗的智慧比羊高出太多了！而且没有哪个朋友或者帮手比卡洛更充满深情、更始终如一的了！这只高贵的圣伯纳犬是它们家族的荣耀。

空气中弥漫着香脂、树脂和薄荷的香味，沁人心脾——每呼吸一口这样的空气都应当衷心感谢上帝的馈赠。谁能够猜得到，如此荒蛮的莽原居然如此细腻，而且充满着如此美好的一切啊！我们仿佛置身于帝王般的圆顶亭阁中，里面正在上演用景色、音乐和香味一起演出的美轮美奂的大戏，每个摆设道具和动作都如此趣味盎然，绝对不会有一分一秒让人产生平淡枯燥的感觉。上帝本人在这里似乎一直都竭尽所能，同凡人一样，在工作中洋溢着灼热之光那样的激情。

6月21日

我沿着河岸，朝我的"百合花园"漫步走去。莽原上这些百合花的完美是我感佩和惊异的无限源泉。每泓潭水的岸边，那些板岩的凹陷处都堆积着黑色沃土，百合花的根茎嵌入这些黑土中生长，水分充足但又没有遭受洪水灾害之虞。环绕在高挑光洁的花梗上的那些平滑轮生体的每一片叶子，都像花瓣一样精美，它们生长所需要的光和热似乎都经过了准确测量，越过上方那些向下倾斜的树枝时，光和热经过调节，完全适合它们的生长。不管中午时分的暴风雨多么猛烈，它们都受到庇护，安全无恙。百合花脚下遍布而生的灰藓科植物（hypnum）形成美丽的地毯，边缘是蕨类和紫罗兰，还有一些雏菊。百合花周围的一切看起来都像花本身那样可爱清新。

今天的空中只有孤零零的山峰状的一片白色云团，然而光和影丰富了它的姿采。云团巨大的穹顶和浮雕般向外凸起的山脊连同夹在这二者之间的空谷和沟壑，其色彩的变幻都极为精妙，非笔墨所能形容。

6月22日

不寻常的多云天气。除了周期性带来阵雨的积云外，还有弥漫着散播开来的薄雾般的淡云，占据了75%的天空。

6月23日

啊，这辽阔、宁静、茫无涯际的山居时光啊，刺激人工作，又诱人休息。在它的光照下万物都似乎同样神圣，仿佛打开了千百扇窗户让我们看到上帝。无论一个人的身体多么疲倦，只要能得到山居一日的恩宠，他就绝不会在半路上晕倒；不管他的命运如何，长寿还是短命，狂风暴雨还是风平浪静，他的人生将永远醇厚丰裕。

6月24日

常规的云量和雷声。牧羊人比利在羊群的事上有很多麻烦。他声称，羊肉和羊毛自从发明开始到最后一批的终了，再也不会有哪群羊像这群羊一样被这么多的邪恶附在身上了。他说，不管今后有多少只羊丢了，他也决不会迈出一步去寻找它们。因为，他分析说，他去找回1只外出游荡的羊，也许会另外丢了10只。所以，寻找失踪羊的任务落在我和卡洛的头上。比利的小狗杰克也总是在制造麻烦，它每天夜里都从营地离开，到布朗平原的山上去探访邻居。它是一只相貌平平的杂种狗,不是什么特别品种,但是十分热衷于爱情和战争。它咬断了所有绑它的绳子和皮带,它的主人一次又一次爬上灌木丛生的山上把它拽回来,最后,终于绝望地把它拴在一根木棒上,一头拴着它下巴下面的颈圈上,另外一头绑在一棵结实的小树上。可是这木棒却给小狗提供了杠杆作用,它在夜里反复扭动,最后拴在小树那头的绳子磨断了,于是它又踏上它熟悉的旅程,拖着那根棒子在灌木丛中奔跑,安全地到了印第安人聚集区。它的主人接踵而至,毫不容情地打了它一顿,恶狠狠地诅咒说,当天晚上,他要"好好修理修理这昏了头的骚狗"。他把小狗无情地绑在几乎与小狗的体重差不多的荷兰烤箱的铸铁盖子上。那盖子像铁锚一样直接绑在它的项圈上,就在它下巴的下方。可怜的家伙没法动弹了。它无精打采地站着,直到天黑。它无法四处张望,甚至连躺下都办不到,除非它把前爪尽力伸到盖子外面,将头紧抵到两爪之间。然而,还没到早晨,我们就听到这条小狗杰克在远处高山上发出一声高过一声的狂吠,铸铁的"铁锚"根本没用。小狗肯定是直立着后腿走路或者爬行到那儿的,沉重的盖子像盾牌一样紧贴它的胸前,它看起来像是披着这可怕的盔甲去迎战对手。第二天晚上,小狗、锅盖和所有的东西都被比利绑起来扔进装豆子的旧麻袋里,这回愤怒的主人比利终于胜利了。就在离家前,杰克的下巴被响尾蛇咬了,有一个星期的时间,它的头和脖子都肿得比正常尺寸的两倍还粗;但它还是像平时一样活蹦乱跳,现在已经完全复原了。它得到唯一的治疗是每次把 1~2 加仑的新鲜牛奶强行灌入它中毒疼痛的喉咙里。

6月25日

尽管这只是牧羊的营地,可这气象万千的山谷已经成了我们温馨的家,并且一天比一天温馨。离开的时候我一定会很难过的。"百合花园"至今未遭到羊群的践踏,还很安全。那些可怜的、满身尘土、毛皮乱蓬蓬、饥饿难耐的动物,我从心里同情它们。它们每天都得走上好几英里的路才能吃到它们需要的15～20吨灌木和青草。

6月26日

纳托尔(Nattall)的山茱萸花在花期时十分绮丽鲜艳。整棵树都是雪白的,花苞都是6～8英寸宽。在溪流旁边,山茱萸树可以长到30～50英尺高。如果没有同伴挤在一起,树冠可以长得非常宽阔肥大。它那张扬、炫耀的总苞吸引一群群的蛾子、蝴蝶,还有其他长有翅膀的生物,我猜想它们与树之间应当是各取所需,彼此受益吧。这种茱萸花需要大量清凉的水滋养,像桤树、柳树和棉白杨(cottonwood)一样,它们都算是"饮水大户",所以在溪流的岸边总是欣欣向荣,达到最佳状态。但它们也常常流浪到离溪水很远的潮湿并多荫的峡谷中,长在松树下面,不过体形会小很多。秋天的时候,叶子成熟了,展现出明暗各异的红色、紫色和淡紫色,非常妩媚迷人,甚至使花朵都要相形失色。另外一种山茱萸,在山坡的阴面呈灌木丛状繁茂生长,可能叫黑实山茱萸(Cornus sessilis),它们的叶子被羊群吃了。我们听到远处传来阵阵雷电的闪击,伴随着时而轰轰隆隆时而又隐隐约约的回响。

6月27日

从清凉的山坡往上到派勒峰的山脊顶,鸟喙形的加州榛树(beeked hazel,学名是 *Corylus rostrata*, *var. Californian*)很常见。这些榛树像来自我们祖先凉爽故园的橡树和石楠树一样,有些因素特别具有吸引力。我想,我们是把对那些树木的喜爱之情转移到榛树的身上了吧。这种榛树高 4～5 英尺,叶子柔软多毛,摸起来很舒服。榛子很好吃,印第安人和松鼠都热衷于采集它们。天空和平日一样,中午的白云装点着它蓝色的背景。

6月28日

氤氲着暖意的温婉夏日。炫目的太阳光震颤着每根神经。差不多发育成熟了的松树松针和杉树叶子,闪耀着澄莹的光泽。蜥蜴在热乎乎的石头上发着亮铮铮的光,生活在营地附近的一些蜥蜴差不多完全驯化了。它们似乎对我们每个动作都很留意,好像在好奇地观察我们,丝毫不担心我们会伤害它们;它们时而扭头回视,时而摆出各种漂亮的姿势。这些温和而又单纯、没有心机的小动物长着美丽的双眼,等我们离开营地和它们告别的时候,我一定会难过的。

6月29日

我最近在与一只非常有趣的小鸟交朋友,它在瀑布和河流主干的急流上飞来飞去。虽然在水中觅食,也从来不离开溪流,但它的身体构造并不算水鸟。它没有蹼,却勇敢无畏地扎进有旋涡的急流中,显然是在水底觅食,像鸭子和潜鸟那样在水下用翅膀游泳。有时候它在水浅的地方涉水而行，时不时把头扎进水里，急抽急扭，频频点头，欢快活泼，注定会引起注意。它与知更鸟的大小差不多，翅膀短而轻快，用于在水里或空中飞行，尾巴尺寸适中，向上翘起，由于尾巴的上下点动、轻敲轻打的样子，看起来有点像鹪鹩（wren）。这鸟儿通身是略显发蓝的灰色，在头部和肩膀上略带一点褐色。它在瀑布和瀑布之间、激流和激流之间飞行，翅膀坚固，噗啦啦地拍打，很像鹌鹑的翅膀。它顺着迂回曲折的河流飞翔，有时降落在突出于激流水面的某块岩石上或者搁浅的树桩上，或者在极少的情况下会像一般的林间鸟那样就着方便，降落在干燥的树枝上。你能想象出来的最奇特、最优雅又装模作样的一招一式，这只鸟都做得出来；而且，这小家伙还会唱歌，歌声甜美，像歌鸫（thrush）的鸣啭，像柔和的笛声，但声调低沉绝不感到喧闹，远不是那尖利、强烈的声音，这与人们根据它那精力旺盛的活泼样子所想象的声音大相径庭。在溪流最美的部位，有宜人的气候，清凉的树荫和流水，还有飞溅的水花缓解炎热的暑气，这小鸟过的日子多么浪漫啊！它日日夜夜聆听着溪流的歌唱，难怪它能成为优秀的歌手！这小小的诗人吸进的每一口气息，都是歌词的一部分，因为激流和瀑布周围的空气都融入歌曲中，它最初的那些音乐课早在它出生前就已经开始了，因为把它孵出来的那个蛋，同瀑布一起激动着，震颤出来和声般的协调一致的音频及声调。我还没发现它的窝在哪里，但我肯定就在溪流附近，因为它从来都不离开溪流。

6月30日

半阴半晴，云彩白得发亮。那些沿着派勒峰山顶生长的高大挺拔的松树密密麻麻，在如绸缎般光滑的天空背景下，看起来像是6英寸高的微型模型，勾勒出精致的轮廓。今天的平均云量约占天空的25%，没有下雨。难忘的6月就这样结束了。无法测量的美仿佛溪流，同阳光的照射以及大海或江河的激流一样，都不是历书上的加减所能分切成一段一段的，它就是一条安宁喜悦的美之溪流。每天清晨，从沉沉如死的睡眠中醒过来，那些快乐的植物，大大小小的动物同伴，甚至是岩石，似乎都在呼喊着："醒来吧，醒来吧，享受快乐吧，享受快乐吧，快点来爱我们，和我们一起唱歌吧！来啊，来啊！"回想在营地小树林里那寂静、浪漫、魔法般的美好平静，这6月份似乎是我一生中所有月份里最美妙的一个月，我拥有最真实、最神圣的自由，像永恒和不朽一样没有任何束缚。在这过去的一个月里，万事万物都似乎同等神圣、光润、纯净地闪耀着上大赐予的爱的原始光芒，过去或者未来的任何事物都无法将其玷污或者抹去。

7月1日

盛夏到来了。大批的种子已经离开了荚、壳，去寻找它们命中注定的家园。有的种子会在它们的父母身边扎根成长，有的则乘着风的翅膀，远离父母之邦，飞往陌生的地方。大部分的雏鸟都已经长出了丰满的羽毛，能够离巢，但仍然接受着父母的照顾、保护、喂养以及某种程度的教育。鸟儿的家庭生活是多么美妙啊！难怪我们都热爱它们啊！

我喜欢观察松鼠。这里有两个品种：一种是硕大的加州灰松鼠，另外一种是道格拉斯松鼠。后者是我所见过的松鼠中最聪明的，它们焕发着旺盛的生命火花，尖利的脚趾让每棵树都感到刺痛。它们是浓缩的珍奇，凝聚了清新山野的活力和勇气，像太阳光一样远离疾病。很难想象这样的动物会疲惫或生病。它们似乎认为这山野是属于它们的，一开始就试图把牧羊人和狗以及整个羊群赶走。看看它们是怎样斥骂，露出怎样的瞪眼、龇牙、吹胡子的嘴脸！如果不是因为它们身型小得有点滑稽，看起来还真的是很可怕的家伙呢！我很想更好地了解它们的成长过程，了解它们一年四季在树上节孔似的家和他们在树梢上的生活。奇怪的是，到目前为止，我还没有找到幼年松鼠的窝。道格拉斯松鼠和大西洋海岸的红松鼠属于近亲，也许它们是经由北方不断线的大森林来到大陆这一侧的吧。

加州灰松鼠是长得最漂亮的松鼠之一，并且除了道格拉斯松鼠，算是我们毛茸茸的邻居中最有意思的。它的身型是道格拉斯松鼠的两倍，但是作为树林里的劳动者，它们远没有道格拉斯松鼠那么活跃和有影响力。它们游走于树叶和枝干间时，比它们那体型小的亲族造成的骚动要小得多。除了对我们的狗嘶叫之外，我没有听到过它对任何别的什么生物叫过。它们寻找食物时，往往默默地从这个树枝滑翔到那个树枝，检查去年剩下的松塔，看看松塔的鳞片间是否还剩下几颗松子，或者在地上的落叶中看看是否有遗落下的松子，因为现在还不是果实成熟的季节。它的尾巴摇摆不停，一会儿在它身后，一会儿又在它身体上方，一会儿水平摆放，一会儿又优雅地卷起来，像一丝薄絮般的卷云。每根毛虽说粗硬而且显得黏湿，但是都各就各位，整洁发亮，像蓟花的冠毛一样光闪闪的。它的整个身体似乎和尾巴一样轻巧虚幻。体型小巧的道格拉斯松鼠激烈暴躁，喜欢张扬、打斗和表演，动作迅速敏捷，几乎能让每个旁观者都感到刺激，它那滑稽的、旋转不停的表演让人眼花缭乱。加州灰松鼠却很害羞，很多时候动作似乎鬼鬼祟祟，仿佛预料在每棵树、每个灌木丛间或者每块原木后面都潜伏着敌人。很显然，它们只想不受到打扰，完全没有兴趣让人注意、赞佩或者惧怕。印第安人猎杀这种松鼠做食物，所以它们有充足的理由如此小心翼翼，更别提鹰、蛇和野猫等其他的敌人了。在食物充足的林间，它们穿越可以掩蔽身影的灌木丛，跨过横卧在地的树木，到它们最喜欢的水池那儿；在干燥炎热的天气里，它们每天几乎同一时刻到那里去喝水。据说，这些水池都有人在严密监视，特别是带着弓和箭埋伏着、随时悄无声息地杀害猎物的那些小男孩。但是，尽管有这么多敌人，松鼠还是非常快乐的小家伙、森林的宠儿、不知疲倦的生灵。在大自然所有的野生动物中，我觉得松鼠最具野性。我盼望着可以更好地与它们互相了解。

营地南面覆满沙巴拉群落的小山坡上，是无数快乐小鸟的筑巢之地，还是好奇的林鼠（Neotoma）的家和藏身之地。林鼠是一种非常英俊有趣的小动物，不管在哪里出现都引人注目。它不像老鼠更像松鼠，不过体型大出很多，它精致、厚实、柔软的皮毛呈暗蓝灰色，肚子呈白色；耳朵又大又薄，半透明；水汪汪的眼睛柔柔的、圆圆的；爪子纤长，像针一样尖锐；它的四肢强壮，所以可以像松鼠一样攀爬。没有什么鼠类或者松鼠有这么天真无邪的外表。它们非常容易接近，并且非常相信人都是善良的。它们显得过于优雅，似乎与它生活于其中的荆棘满布的灌木丛并不相配相和。就连它的窝，尽管内部布置得非常柔软，也不像是它应该居住的。没有别的山居动物会建造如此巨大惊人的"房屋"。旅行者如果第一次突然碰到一批这样的居所，肯定难以忘怀。它们的窝用各种各样的木棍儿、随处捡来的腐烂的老树枝、从附近灌木丛中咬下来的多刺的绿色嫩枝，还有其他五花八门的能挪得动的小东西，比如小土块、石头、骨头、鹿角等，最后堆成一个圆锥形，好像随时要准备烧火一样。这些奇形怪状的小窝高达6英尺，底部几乎一样宽，有时候十几座这样的窝连在一起，倒不是为了建造社区，而是为了方便获得食物和庇护。要是哪个孤独的探险家在偏远荒芜的山坡穿越浓密的灌木丛，发现眼前突然出现这么一个奇怪的小"村庄"，一定会吓一跳，也许以为自己进入了印第安人的聚集区，并且可能猜想自己会受到什么样的接待。但是他不会看到任何野蛮的面孔，甚至一个居民都没有，或者最多有两三只林鼠，坐在小窝棚顶，它们那野生动物的眼睛露出柔和的目光，注视着这位来访者，允许他继续靠近。在那尖顶的粗糙窝棚的中央有一个柔软的小窝，是林鼠把树皮内侧纤维咬开成为纤维束，再用羽毛和柳树、乳草（milkweed）等各种种子的茸毛当成衬里儿，做成的。这样小巧玲珑的小生灵住在这样多刺的厚壁似的窝里，犹如在多刺的总苞中的一朵娇嫩的小花。有些窝儿建在离地面高达30~40英尺的地方，甚至在人类住家的阁楼上，似乎像燕子和红雀一样，意欲寻求人类的陪伴和保护，虽然事实上它们非常习惯在最原始的荒野中独处。在主妇似的顾家小动物心目中，林鼠有小偷的恶名，因为它们会把任何能拖动的东西搬到自己那古怪的小窝里，比如刀、叉子、梳子、指甲、锡杯、眼镜什么的。我猜想它们之所以这么做，是为了加固它们的"防区"。它们家中存放的食物，据我所知，几乎和松鼠一样，有果仁啊、浆果啊、种子啊，有的时候还有树皮和各种美洲茶属植物的嫩芽。

7月2日

天气温暖，阳光明媚，各种植物、动物和岩石都因此而同样兴奋；

植物汁液和动物血液飞快地流动，水晶般山脉的每颗微粒都如宇宙星尘一样快乐，和谐地悸动、旋转、飞舞。在这里，你找不到、也想象不到任何枯燥和沉闷。没有停滞，没有死亡。万事万物都呼应着大自然博大心脏的脉搏，不断欢愉而有节奏地跳动着。

珍珠色的积云在高山上方笼罩，那云彩，不是内里闪着银光，而是通体银白。在我游历的所有地方，一年里的所有季节，这些云彩都是最明亮、最轻盈、最酷似岩石的，都拥有最变化多端的形态、最明晰的轮廓。每天，这些雪白的云彩像山一样聚集和消散，是内华达山脉的最高峰，对我来说是最伟大的奇迹。每当我凝视那高达几英里的巨大的白色圆顶丘，心中都涌动着新生的感佩之情。但是，在天空和群山之间恋爱般相交、相依的韵事之间，伙食的变化开始使我们感到颓唐败兴。已经好几天没有面包吃了，我们开始怀念面包，那劲头似乎不近情理，原因是我们还有充足的肉、糖和茶可用呢。真奇怪，在这样丰裕的野外，我们居然感到食物匮乏。富含淀粉的根茎、种子和树皮丰饶富足，触目皆是，可是仅仅因为面包袋子空了，我们身体的平衡就遭到破坏，最快乐的享受就受到威胁，对比印第安人，我们感到羞惭，松鼠也使我们心怀愧怍。

7月3日

温暖。微风轻拂，足以穿越林间，带来千百处泉水的芬芳。松树和杉树的球果长势很好，每棵树都有香脂和树脂滴落，种子迅速成熟，预示着大丰收的到来。松鼠将不会有食物困乏之虞。它们吃各种远未成熟的果仁，却从来没有肠胃问题的苦恼。

第三章
面包荒

7月4日

在羊群未到的山间布满森林的菁华,每一天都愈加甜美,愈加芳香,宛若日渐成熟的水果。

大家预计,德莱尼先生应该不久就带着新的补给品从低地来到这里,羊群也会转移到新的草场,我们的口腹之欲都将得到满足。在等待的同时,我们的豆类像面粉一样都已用尽,只剩下羊肉、糖和茶了。牧羊人开始有点颓然,似乎已经不太关心羊群的情况了。他说如果他的老板不能让他吃好,他也没有义务非要让羊群吃好不可。他赌咒说,没有哪个像样的白人单靠吃羊肉就能攀登这些陡峭的群山。"这不是适合真正白人的伙食,但是狗、丛林狼和印第安人当然不同。有好伙食,才有好羊群。我要讲的就是这个。"这是比利7月4日的国庆"演说"。

7月5日

在内华达山区高处,正午的云彩似乎比以往更为瑰丽,达到了引人入胜、无法形容的地步，让人为了能观赏它的仪容风韵，无法入睡。昨天低地处还能见到鸣放国庆礼炮所遗留下来的苍烟，此时，"演说家"高谈阔论时的雄辩已经平息下来，或者已经随风而逝。这里的每一天都是假日，每一天都是充满着宁静热情的庆典，永远没有疲惫、浪费或者因为欢乐过度而厌倦。万事万物都欢天喜地，没有哪一个细胞或晶体未得到宠幸，遭人遗忘。

7月6日

德莱尼先生还没到。面包荒开始让人痛苦，我们必须继续吃更长一段时间的羊肉，虽说适应这种状况似乎很难很难。我听说，德克萨斯州的拓荒者好几个月不吃面包或任何谷物做的食品，并不感到受不了，他们用野生火鸡的胸脯肉来代替面包。在过去美好的日子里，这样的事情很多，虽然生活没有现在这么安全，但操心的事比现在少。早年在洛基山脉居住的那些用陷阱捕兽的猎人和皮毛商们，靠野牛和河狸的肉为生连续好几个月。在印第安人和白人中，也有不少人靠吃三文鱼为生，他们很少为没有面包而感到苦恼，甚至根本没有受不了的感觉。在这个阶段，羊肉尽管质量属于上乘，但也变成了最不想吃的食物。我们挑出最瘦的肉块，强忍着极度的反感吞食下去，结果是反胃，想要吐出去这倒胃口的东西。而如果说有什么更加等而下之，使情况更加糟糕的，那就得说是茶了。胃似乎已经成为一个有自己意志的独立个体。我们应该像印第安人一样，煮食一些羽扇豆啊、苜蓿啊、含有淀粉的叶柄啊，还有虎耳草的块茎什么的。我们试着忽略肠胃的困扰，站起来环视四周，把目光投向远山，顽强地越过灌木丛和岩石，爬到山上，来到景致的中心。

一片令人窒息的静谧主宰着周围,我们有气无力地把今天一天的任务完成了,把一天的清福享尽了了事。我们咀嚼几片美洲茶属植物的叶子当成我们的午宴,闻一下或者嚼一片辛辣的美洲薄荷叶来缓解隐隐的头疼和胃疼。现在胃疼渐渐减轻了,却如雾一般罩在我们的头上,渗入我们的体内。晚饭是更多的羊肉,吃肉补肉,吞咽下去,又不能太多。在我们床铺上方,有群星在雪松的羽状叶子和枝干之间闪烁。

7月7日

今天早晨感到非常虚弱,有一点想吐的感觉,而这一切全都是因为一片面包而已。我几乎无法集中注意力进行我最拿手的研究。人若想在天堂般的森林里漫游几天,也不能没有麦田和磨坊。我们犹如被困在笼子里的鹦鹉一样,想得到一块薄饼干,世间上的100种哪一种都可以,即使是环行世界剩下的饼干也已经足够满足需要了,小苏打饼干的有益健康也没有人会去质疑。只吃面包不吃肉是健康饮食,这一点已经为我多次的植物调查之旅证明过了。有没有茶喝也无关紧要。我需要的仅仅是面包、水和愉快的劳作,不是不合情理的过量就行。但是一个人应该锻炼自己、磨炼自己,使自己可以在道地的环境下完全不依赖任何特定的营养来享受生活。就身体的康乐而言,这是可以实现的,其他气候环境中人们的生活已经证实了这一点。比如说因纽特人,他们生活在极北无法种植麦子的地方,可是他们仅靠富含油脂的海豹和鲸鱼肉就可以维持生命。有时候,他们连续几个月只吃肉类、浆果、苦草和鲸鱼脂肪,或者仅仅吃鲸鱼脂肪而已。然而,生活在我们大陆上冰雪覆盖的海岸边的那些人,据说都热情、快乐、顽强而又勇敢。我们还听说,有人像蜘蛛食肉一样，食用生鱼，肠胃也没有什么问题，可是我们却颓然无助到如此可笑的地步：面对我们的食物，脸上做出扭曲的苦相；由于消化不良而显得局促不安；发出怨言和牢骚时的嘟嘟囔囔、咕咕哝哝、唠唠叨叨，很有可能被误以为是受到抑制的羊发出的咩咩叫声。我们还有很多白糖。今天晚上，我突然想到，这些爱斗气、爱斗法的肠胃也许像喜欢抱怨的孩子一样，可以用糖果来哄骗一下吧。于是，我们把平底锅洗净，放了很多白糖煮成蜡状，可是做好的这东西却使情况更加糟糕。

人类似乎是唯一一种会让食物弄脏自己的动物，需要不少浣洗、沐浴；需要盾牌形状的围嘴、围裙以及餐巾。鼹鼠生活在地底下，以黏糊糊的蠕虫为食物，却干净得像永远都在洗澡的海豹和鱼一样。此外，我们也看到了，松鼠在满是树脂的林间生活，却有神秘的方法保持清洁；尽管它们得在含松脂的松塔里"找营生"，在树间滑行时很显然也并没有因为考虑松脂而小心翼翼，但是它们却没有一根毛发是黏糊糊的。鸟类也非常干净，尽管它们看起来似乎经常没事生事地洗濯和清洁自己的羽毛。我看到几只苍蝇和蚂蚁，被我们扔掉的蜡一般的糖困住，封存在里面，像它们被封在琥珀里的祖先一样。我们的胃仿佛疲劳的肌肉，由于长期不断地蠕动而疼痛。有一次，在乔治亚州的萨凡纳市（Savannah）附近的伯纳文彻（Bonaventure）墓地，我因为好几天的斋戒而没有吃东西；空荡荡的胃摩擦着，似乎和现在的感觉非常相似，而且产生了类似的隐痛和实痛，虽然不剧烈，但是难以忍受。我们都梦想着面包，这明确地表示我们多么需要它。我们应该像印第安人一样，学习如何从蕨类植物、虎耳草的茎、百合花的球茎及松树皮中将淀粉提炼出来。可悲的是，这方面的教育，我们已经荒废了好几代人了。野生稻子应该可以吃。我在草场湿地的边缘发现了一种,不过种子太小了。橡子还没有成熟,松子和榛子也都还没有成熟。我们也许应该尝试一下松树或杉树的内侧树皮。我们喝茶喝到半醉的程度。人类似乎在一些特别情况发生时,总是需求一些刺激物。茶是我唯一使用的兴奋剂。比利咀嚼了大量的烟草,我猜他是借这个麻醉自己,缓解痛苦。我们每小时都在寻觅、谛听"堂吉诃德"到来的讯息。他的大脚踏上这片山野该是一件多么美妙的事啊!

就我所看到的情况而言,在温暖宜人的内华达山区,牧羊人和登山者对食物供应和床铺的要求一般都不高,很容易满足。大部分人都真心地认同"寒碜点没关系",将大自然的精细看作麻烦,或者看作缺乏男子汉气概。牧羊人的床铺通常就是在空地上放两张毯子,再用一块石头、一截木头,或者一副马鞍当枕头。选择地点的时候,他们还不如狗挑剔。因为狗在决定如此重要的事情之前,总是四处查看,刨开地上散落的树枝和石头,为了睡个舒服觉不惜作任何改变。可是牧羊人却是不管到哪儿都可以席地而眠,似乎是寻求休憩的生物之中本领最差的那个。而要说起牧羊人的食物,不管是其种类还是烹饪方法的哪个方面,即使他已经拥有他所需要的一切材料,而做好的饭菜通常都远不能称为考究和精致。豆子、随便哪一种面包、咸肉、羊肉、桃干,有时候有些土豆和洋葱,就构成了他菜单的全部内容。土豆和洋葱被视为奢侈品,因为比起它们所含的营养,这两样给人造成的负荷就嫌过重。从家乡牧场出发时,人们把这两样各带上半袋子,用不了几天就全吃完了。而豆子,则是主要的备用粮食,除了容易煮食外,还便于携带,有益健康,可以长时间储存。不过奇怪的是,煮豆子的锅似乎隐藏着很多奥秘,不能透露。如何烹饪出最美味的豆子，没有哪两个厨师会有完全相同的意见。情况就是，像对人怜爱、软语抚慰、精心照料那样轻轻翻动，对锅灶和豆子爱语喃喃，细细蒸煮这些豆子，往做成的可口食物里加进适量的油，把熏肉煮得入味，使豆子、油和熏肉融为一体，一直到色香味都臻于柔和为止，然后自豪的厨师才用盘子盛出来 1～2 夸脱①，让人试尝，"好了！尝尝我做的豆子味道如何吧！"仿佛毫厘不爽、同法煨制的豆子也会迥然不同，唯有他自己这行家里手的独门秘籍才会成就独此一家的风味。其秘籍包括使用糖蜜、白糖或者胡椒调出所需要的味道；或是倒掉第一道水，然后加入一两勺碱灰或苏打，为的是充分分解或者软化豆子的皮，这都要根据不同的口味和不同的烹调理念来加以选择。不过，就像不同的桶装葡萄酒一样，两锅豆子对每一个人的舌间味觉而言，品尝出的味道都不会完全相同。豆子味道不好，可以推脱责任，说是被月亮毁了，或者说某个日子不吉利，或者说种豆子的土壤不对头，或者归咎于流年不利，说整个这一年都是不适合种豆子的。

咖啡在露营地也有神奇妙趣，但是比起围绕着煮豆子的锅展开的那些奇闻趣事，就没有那么多种多样、不可思议、不可预测了。咕噜着喝上一大口咖啡，满意地发出低低的哼声，然后漫不经心地发表评论："咖啡不错！"然后再咕噜着喝上一大口，重复同样的评语："是，先生，这真是好咖啡。"至于茶，只有两种，或淡或浓，越浓越好。能听到对茶的唯一评论是："这茶太淡。"否则就是好喝，连谈论它也都可以免了。就算煮上一两个小时，或者在含有树脂的火焰上熏烧一阵子也没有关系，谁又在乎由

---

① 夸脱：英、美计量体积、容积的单位。在美国，1 干量夸脱 =1.101 升。

此产生的那么一点点单宁酸或者杂酚油呢？对于让烟草熏成褐色的口舌之间的味觉而言，茶这种煮到颜色已经发黑的饮料越浓烈，就越能吸引住这些人。

牧羊营地的面包，像加利福尼亚其他大部分营地的面包一样，都是在荷兰烤炉里烘烤的，有的是使用发酵粉的硬面包，是那种无益于健康的黏糊糊的混合物，吃了之后直接导致消化不良。但大部分是用酸面团发酵的，每次发面后留下一块放在面口袋里，作为下一次发面的面起子。烤箱就是个简单的铸铁锅，大约 5 英寸深，12～18 英寸宽。在锡盆里把面和好并揉好后，把烤炉稍微加热，然后用牛脂或者猪皮摩擦烤炉。接着放入面团，紧贴锅沿压平面团，等着它膨胀。准备好开始烘烤时，可以在火边上加一铲子煤，把烤炉置于其上，然后再往烤炉盖子上铺一铲子煤，炉盖不时被掀起来看看是否维持住所需的热度。用这个方法小心操作，是能烤出好面包来的，不过面包很可能烤糊、变酸，或者发得过度，炉子的重量也是一个严重的缺陷。

"堂吉诃德"德莱尼终于沿着绵长的峡谷回来了，面包荒顿时消失了，我们将眼光投入群山中，明天，我们又可以往上攀越云界了。

一切离我而去，这第一个营地我却将永远也不会忘记。它不仅仅以记忆的画面形式，而且也像成为心灵和身体不可分割的一部分那样，融进了我的体内。像漏斗一样的这深深的山谷，生长于这山谷中间的壮丽树林，美妙夜色中，群星透过枝叶撒下银色的柔美。在寂静的黄昏时分，通往布朗平原的高山陡坡上那鲜花遍布的野地上，鲜花盛开时的香味悠然飘下。像凉亭遮蔽般地覆盖着树木河段发出千万种声音，演奏出优美的旋律。河水时而庄严地缓流，时而冲击似的奔涌，时而形成激流，欢腾狂喜般的流淌，抚摸着低垂的莎草叶儿、灌木丛和长满青苔的岩石，在池中旋涡般地旋转，流到长满鲜花的小岛时，又叉开分流而去，这儿、那儿都溅起灰白色的浪花，永远欢快，却又蕴含着深沉、肃穆的调子，让人联想到了海洋。勇敢的小鸟始终伴随在水边，在华尔兹舞般旋转、又如铃声脆响的水花间，用甜美的声音歌唱着充满人性的曲调，仿佛享受着天国之福的传道者正在诠释着上帝的爱。还有派勒峰，那绵长的陡坡轮廓优雅，辫子般的相互交叠。山上竟然有着不同的气候带，坡上羽毛般地装饰着各种树木。这些树木都是它们族群中的王者，各自高贵的名位身价都分得一清二楚，树梢像宫殿的尖顶盖过尖顶，树冠像王冠高过王冠。它们舞动着绿叶青葱的长枝，摇动着像铃铛一样的圆锥形果实，阳光哺育成长的如幸运登山家般的树木因它们的力量而欢欣鼓舞，每棵树都是太阳和风抚动的竖琴，发出悠扬的曲调。长着榛子和美洲茶属植物的片片草场都有麋鹿在出没，烈日烤炙的峭壁顶端上长着紫色和黄色的薄荷和名叫"一只黄"（golden-rods）的黄花，还有像地毯一样铺着的熊蓓属植物，蜜蜂在它们的上上下下飞舞哼鸣。还有山中岁月中的那些黎明、日出和日落——玫瑰色的光线攀爬到了繁星之间，然后变作水仙花般的黄色，平整的光柱猛然爆开、射出，流水般地漫过山脊，抚摸每一棵松树，唤醒并温暖山中所有强有力的生物，让它们开始在闪闪发亮的一天里各自开心地工作。迷人的中午，有金黄色的太阳光，有雪花石膏（alabaster）般白色的云山，大地的景致焕发着意念，犹如神的面庞。日落时分，树林默然兀立，静候给予它们的晚安祝福。一切都是神圣、历久弥新、用之不尽的宝藏啊！

第四章
向高山进发

7月8日

现在我们出发往高山之巅前进。许多轻轻的、微弱的声音就像正午的雷声一样,呼唤着:"快上更高处来吧!"再见了,神祇保佑的溪谷、树林、花园、河流、鸟儿、松鼠、蜥蜴,还有千百种别的生灵,再见了,再见了。

羊群这些长蹄子的蝗虫在漫天的褐色灰尘中漫过山林。从被赶出旧羊圈栏还不到100码,羊群似乎就已经知道它们终于要去新的牧场了,于是在前面疯狂地奔跑,拥挤着穿过灌木丛的豁口处,时而连蹦带跳,时而又翻身打滚,如同从堤坝的裂口冲决而过的欢腾洪水。羊群的两边各有一个人朝几只领头的羊高叫着发号施令,可是它们在饥饿难耐状况下竭力奔跑的表现与《圣经》中所述的因为有了鬼而坠海而死的"加大拉猪群"(Gadarene swine)相去无几。另外两个赶羊人正忙着解救那些掉队的羊,帮助它们从缠结的灌木丛中脱身;那个印第安人冷静、警觉,一直沉默地汪视容易忽略的那些游荡的羊;两只狗四面八方地奔跑，不知道最该做的到底是什么；而"堂吉诃德"，很快就远远地落在了后面，正努力把这些惹麻烦的财富保持在视线之内。

一走过那片被啃食干净的牧场边界，饥饿的羊群顿然安静了下来，就像山间小溪流进了草场。从那以后，赶羊人允许羊群随心所欲慢慢地边走边吃，只需注意确保它们朝莫塞德河和托鲁姆涅分水岭的最高点前进就可以了。很快地，这两千只扁扁的肚子就被甜豆藤和青草胀得鼓鼓的，这些瘦骨嶙峋、绝望得更像饿狼而不像羊的动物变得温顺听话、容易管理了，而咆哮连声的牧羊人也变得文静，在平和中漫步徜徉。

日落前我们到达了榛子绿地（hazel Green），这是一块迷人的地方，位于莫塞德河和托鲁姆涅河盆地间分水岭最高处，那里有一条小溪流过榛树和山茱萸丛，上面是壮丽雄伟的银杉树和松树。我们今天晚上在这里扎营，把带有松脂的木头和树枝高高堆起，点起篝火，火焰熊熊燃起，像日出的太阳般光亮四射，这些燃烧的木头将几个世纪以来慢慢从夏日太阳光汲取的光亮欣然交还；在夙昔原本就是太阳光的这一大片篝火的照射下，以外围的黑暗为背景，周围的景物如浮雕般展现在面前，令人印象突出！青草、翠鸟属植物（larkspurs）、耧斗菜、百合花、榛树丛和其他的高大树木围绕在篝火旁边形成一个圆圈，犹如沉思的观众，带着人类般的热情凝目注视、侧耳聆听。天际是长久以来我们赞佩的云山的故乡，而由于我们一整天都在往更高的天际攀登，此时的夜风便倍感清凉。空气又是多么芬芳清爽啊！每一口呼吸都是上帝赐予的福分！这里的糖松从尺寸、外观的瑰丽以及个体的数量方面都达到了它们生长的极致，布满了每座山丘、每块盆地和每个深邃的峡谷，几乎摒除了所有别的树种。偶尔还是能看到几棵伴生的黄松，在最凉快的地方也能看到几棵银杉树，尽管它们都很高贵，但糖松仍然是树中的君王。糖松在它们上方伸展着长长的枝干给予庇护，而它们则是摇摆起伏，表示臣服。

我们现在已经到达了海拔 6 000 英尺的高处。午前我们经过了分水岭上的一段平地，那里种植着熊果科灌木（Arctostaphylos），是我所见到过最大的一些品种。我测量了其中的一棵，树干直径有 4 英尺，从地面算起高度却只有 18 英寸，许多分支向外广阔延伸，形成一个阔大的圆形树冠，大约 10～12 英尺高，上面长满了一丛丛窄喉的粉红色铃铛状小花。它们的叶子是浅绿色的，腺体在叶柄边缘旋转生长。树枝看起来光秃秃的，巧克力色的树皮非常薄而且光滑，像雪花般一片片脱落，枯干后会卷起来。树木是红色的，细纹，坚硬而又沉重。对这些树形奇特的灌木的树龄我很好奇，也许和那些高大的松树一样古老。印第安人、熊、鸟还有一些肥胖的幼虫非常喜欢吃这树丛中的浆果。浆果看起来像小苹果一样，常常一侧泛着玫瑰红色，一侧却是绿色的。据说印第安人用这种浆果做啤酒或者苹果酒。灌木丛品种繁多，而眼前的这种熊果莓（*Arctostaphylos pungens*）在这一带非常普遍。它们长得非常矮小并且根部扎得非常坚固，不需要畏惧狂风。即使野火凌虐整个树林，也不能把它们完全摧毁，因为它们会从根部再次生长出来；它们生长的干燥山脊中有些山脊很少有野火光顾。我必须尽可能对这些灌木丛了解得更多一点才是。

今天夜里我非常想念河流唱出的歌声，这里的榛树小溪在最高的泉水地带发出像鸟鸣一样的声音。在头顶那些参天大树间吹拂的风，曲调新奇，让人印象深刻，树下叶子都纹丝不动，就更加令人感到奇异。夜色渐深了，我必须去睡觉了。营地非常安静，每个人都已经睡了。我觉得花费这么多宝贵的时间睡觉实在是太浪费了。"他恩赐他惠爱的信徒以睡眠。"只可惜上帝惠爱的这些可怜信徒竟然这样需要睡眠！这样虚弱、消沉和筋疲力尽！唉，真是可惜呀！在这永恒美好的不断运转中，人类必须要睡觉，而不能像星辰那样永远地凝视。

7月9日

今天早晨，受到高山空气的振奋，我心中洋溢着野生动物般过剩的喜悦，真想仰天长啸一番！那个印第安人昨天夜里躺在离篝火很远的地方，没有盖毯子，除了身上蓝色的工作裤和被汗水打湿了的印花棉布衬衫之外，什么外加的衣服也没有穿。在这种高度的地理位置上，夜里的空气寒意料峭，我们给他几条鞍毯，可是他似乎并没当回事儿。在携带东西不容易的地方，不需依赖衣物倒真是件好事。食物紧缺的时候，他可以靠找到什么吃什么来维持生命，几个莓果啦、植物根子啦、鸟蛋啦、蚱蜢啦、黑蚂蚁啦、大黄蜂或者黄蜂幼虫啦，什么都行。我听说，他所做的这些事情，他自己觉得并没有什么值得一提的。

我们今天的路线是沿着主山脊的宽阔峰顶，前往蓝鹤平原（Crane Flat）另一侧的山谷。这里岩石很少，到处覆盖着我所见到的最高贵的松树和杉树。树干直径为6～8英尺，高度达200英尺甚至更高的糖松也并不少见。两种银杉树即白冷杉（Abies concolor）和红冷杉（Abies magnifica）格外漂亮。特别是红冷杉，我们登山越高，它们就越见繁茂丰茸。这种冷杉长得非常硕大，在内华达山区内巨大的针叶树中，不管从哪个角度看都是最引人注目的树种之一。我看到直径为7英尺、高度超过200英尺的品种，而其中发育可以称为完全成熟的树，其平均尺寸一般很少矮于180～200英尺，其直径则为5～6英尺；虽然维度壮观，但是它们形体的对称和完美在任何别的树种身上都无法看到，至少在这一带是这样的。树的主干既高且直，往上逐渐变细，显得优雅精致；从主干向外水平伸展出去的分枝大部分为五根轮生，每根分枝都生出规则的、像蕨类植物的叶子，每根小枝条的周围都长满了浓密的叶子，看起来特别丰腴华丽。树顶的最高处有一根既厚又钝的嫩芽直指天顶，就像一根伸出来警戒别人的手指。它们的球果长在高处的枝条上，好像酒桶一样直立着。这些球果大约6英寸长，直径3英寸，钝圆，天鹅绒般轻软光滑，圆柱形，看起来非常繁茂珍贵。种子大概有3/4英寸长，深红褐色，种翅呈斑斓的闪亮紫色。球果成熟后，掉下来摔成一片片的，于是种子就在150～200英尺的高空获得自由解放，如果有不错的风力，种子可以飞行相当远的距离；在风力适合的时候，大部分种子都能从球果中甩出来自由地飞翔。

另外一个品种——白冷杉，几乎可以长到和红冷杉一样高大、浓密，不过分枝枝干上没有规则的轮生旋涡，也没有羽状细枝或者那么多叶子覆盖其上。叶子不是在小枝子上到处长满，而是大部分呈扁平状地分布成水平的两排。其球果和种子与红冷杉的形状相似，不过尺寸不及红冷杉的一半大。红冷杉的树皮呈微红的紫色，纹路细密，白冷杉的树皮则是灰色的，纹路稀疏。它们是一对高贵的树种。

在蓝鹤平原上，我们走了大约2英里的距离，海拔就升出1000英尺以上，树林越来越浓密，银色的红冷杉树在植被上所占有的比例也越高了。蓝鹤平原是分水岭顶部一块以宽阔的沙带为边缘的草场，经常有蓝鹤光顾，蓝鹤在漫长的迁徙途中停在这里休息、进食，此地因而得名。这块平原大概有半英里长，地势逐渐融入默塞德河，平原中心长满了莎草，其边缘因百合花、耧斗菜、翠雀属植物、白扇羽豆和锦葵（castillaia）而显得绚丽缤纷；外围是干燥的缓坡，星星般地生长着众多的小花，优拿草属（eunanus）、沟酸浆属（mimulus）、吉莉属、一丛丛的马齿苋（spraguea）、好几种丛生的野荞麦（eriogonum）以及耀眼的柳叶菜（zauschneria）。其周围宏伟的森林之墙由两种银色杉树、黄松和糖松构成，这里的树木似乎都达到了它们美丽壮观的极致。6000英尺或者再略高的海拔对于糖松和黄松并不算太高，对于红冷杉又略嫌太低，而对于白冷杉来说却正是最为理想的高度。在平原北端大概1英里处有一片红杉（sequoia gigantea）小树林，它是所有针叶树种之王。此外，森林里还零星分布着花旗松（Pseudotsuga）、香肖楠和一些双叶松（two-leaved pines），形成了森林的一小部分。三种松树、两种银色杉树、一种道格拉斯云杉、一种红杉——所有这些树，除了双叶松这巨人般的树种之外，都聚集在一起生长，形成了地球上针叶树种无与伦比的大团聚。

我们路过几个迷人的像花园一样的草场，它们要么在分水岭顶部，要么像缎带一样垂在两边，镶嵌在壮观的森林之中。有些草地上主要生长的是高高的、开着白花的加州藜芦（Varatrum），它们船形的叶子大约有1英尺长，8~10英寸宽，叶脉像凤仙花（cypripedium）的一样，这是一种强壮旺盛的百合科植物，其性喜水，而且争奇斗艳，似乎下决心招惹人们的注目。耧斗菜和翠雀属植物生长在草场较为干燥的边缘地带，高挑帅气的白羽扇豆高可齐腰，站立在青草和莎草之间。还有几种火焰草属植物（Castilleias），和它们脚下的几坛紫罗兰花一起，似乎在作艳丽多彩的表演。但是，这森林草场里最光彩照人的是一种学名叫帕汶（*L. Parvun*）的百合花。其中最高的有7~8英尺，由10~12朵或者更多的橙色小花构成富丽堂皇的总状花序。它们自由大方地站立在空地上，周围的青草和其他伴生植物正好足够装饰它们脚下的地方，让它们充分炫耀其卓荦的美丽。这使我对百合花的认识又有了增进，百合花是真正的登山家，在7000英尺左右的海拔高度展现出卓绝的活力和美感。我发现，即使在同一片草场，它们也尺寸各异，不只是因为土壤还因为花的年龄。我看到一株只有一朵花的百合，而在投石可及的距离之内另外一株却开有25朵花。还有难以想象的是，羊群居然获准进入这些百合花草场。多少个世纪以来，大自然细心地种植、浇灌它们；在冬日里，把鳞茎紧紧地掖在冬霜之下；让它们娇弱的嫩芽在罗帷似的云彩下遮阴；向它们洒下清新的甘雨；让它们的美臻于极致；用千百种奇技保佑它们的平安；然而，奇怪的是，居然又允许具有毁灭性的羊群来践踏它们！即使寻找用火围成的一道围墙来保护这样的花园也应该是合情合理的啊！大自然对于它最珍重的宝藏如此奢侈地挥霍；不吝惜地消耗植物之美竟如消耗阳光一样：它难道不是毫不顾惜地把阳光挥洒到大地上、海洋中、花园和沙漠里面吗？于是，百合花的美丽降福给天使和人类、熊和松鼠、狼和羊、鸟和蜜蜂，然而，就我所见，只有人类和人类驯服的畜类一直糟蹋着这些花园。"堂吉诃德"告诉我，在炎热的天气里，笨重庞大的熊喜欢在花间打滚；而鹿呢，用它们的尖蹄子一次又一次地穿过花间，漫步、觅食。可是，我从来没有见到一枝百合花被它们毁坏。相反地，它们像园丁一样培养这些花，按照需要压土或者穴栽（dibbling）它们。无论如何，没有一片叶子或者一个花瓣错了位置。

百合花周围的树木在瑰丽与风采两方面都似乎一样完美，它们的枝干像百合花叶子一样也属轮生，有条不紊。今天傍晚像往常一样，营地的篝火对光线所及的万物施展其魔力。我在杉树下躺着，看着杉树将尖塔一样的树梢伸入星光灿烂的夜空，心中顿生唐哉皇哉之感！天空像一座广袤的草场，星云像闪烁着的盛开百合。在这么珍贵的夜晚，我怎么可能闭上眼睛进入梦乡呢？

7月10日

一只道格拉斯松鼠——这位脾气暴躁、行动敏捷的森林独裁者，今天早晨在我们头顶不停嘶叫；人们旅行造成喧扰时难得一见的那些森林小鸟，此时都正在草场边缘有阳光照耀的树枝上，享受阳光和露水的沐浴，消受着温暖带给它们的清福，这是多么有意思的景观啊！森林中这些带翅膀的臣民愉快自信的神态和举止，又多么迷人啊！它们看起来很有把握能吃到味美而又有营养的早餐，但是哪里会有这么多早餐呢？倘若让我们给它们摆起餐桌，放上虫子、种子、昆虫等让它们保持自己喜欢的那种纯粹的原始健康，我们会有无能为力、无可奈何之感。我猜想，它们一定从未有头疼或者任何其他的病痛。至于那无拘无束的道格拉斯松鼠，则似乎从来不会让人们想到它们的早餐问题，或者饥饿、病痛和死亡的可能性；它们似乎像星斗一样，超越了发生这些意外的盖然性①,也超越了一切变化,虽然我们不时也能看到它们到处收集球果,为了生计而奋力奔波。

我们在森林里穿行,继续往高处进发。弥天的灰尘使得道路幽晦黯淡,看不清楚。几千只蹄子践踏着树叶和花朵。但是在这广袤的荒野中,羊群看上去仅仅是微弱的一群,千百座花园还是逃过了它们的摧残。它们不会伤害到树林,但是一些树苗会深受其害。然而,如果这些长着羊毛的蝗虫的数量,随着它们有可能卖得的美元价值一样激增,这些森林,将来有朝一日也还是会被摧毁的。到那时候,只有天空才是安全的了,虽说尘土和烟雾像粗陋祭祀时缭绕的香火烟气一样会把蓝天遮蔽。可怜、无助、饥饿的羊群在很大程度上是私生子,没有十足的权力生下来,与其说是上帝创造,毋宁说是人类在错误的时间和错误的地点半制造似的生产出来的,然而它们的叫声却奇异地与人相似,让人不自觉就对它们产生了怜悯。

我们仍然沿着莫塞德河和托鲁姆涅河的分水岭前进,右手边的多道溪流将注入欢声歌唱的优胜美地河,左手边的那些溪流将流入旋律优美的托鲁姆涅河,它们都流淌过阳光充沛的苔属植物(carex)和百合花草场,都几乎一经出现就迸发出歌声,飞落成成百上千条的峡谷。这世上肯定没有什么溪流能奏出比这里的溪流更曲调优美的乐章,能更如水晶般晶莹透彻!它们时而缓缓而行,发出潺潺的低语,时而快乐地冲向前方,溅起涟漪;它们在阳光和阴影中穿越,在水池中熠熠发光;水流汇聚起来,在悬崖和陡坡上风姿绰约、体态各异地跳跃、

---

① 盖然性:有可能但又不是必然的性质。

飞舞；流淌得越远，越显出它们的袅娜明丽，不注入冰川构成的主河流而不停止。

一整天我都怀着越发赞佩的情感注视着那些高贵伟岸的银杉树群，现在它们占地已经越来越多了。蓝鹤平原上面的森林仍然相对比较开阔，让阳光照进了散落一地针叶的褐色地面。这里不仅仅有单棵树的对称让人赞叹，其树叶和风度也显得华贵。而且这里由6棵或数量更多的树组成神殿般的一丛丛小树林，尺寸和位置都巧妙地分成类别，所以看起来的效果多棵犹如一棵。这里的确是爱树人的天堂，即使是世上最迟钝的眼睛在这样的树木面前也会顿时敏锐起来。

幸运的是，羊群不需要太多照料，它们由牧羊人驱赶着慢慢移动，随意地啃食着青草。离开榛木绿地以后，我们就一直沿着优胜美地的小径行进。取道考特维尔和中国人营地（Chinese Camp），前往这个著名的峡谷游览的游客会经过这条路，即两条线路在蓝鹤平原汇合的地点——从北边进入峡谷。另外一条小径是经过马里珀沙（Mariposa）从南边进入的。我们看到的旅客团队有三四个人的，有15~20个人的，都骑着骡子或者北美小马上山。他们衣着华丽却显粗俗，在肃穆的森林里蜿蜒行进在单一的线路上，惊吓了周围的野生动物，像是作着古怪的表演。人们有可能设想，甚至那些巨松也遭到惊扰，发出了骇然的呻吟。可是，我们又该怎样评述我们自己和我们的羊群呢？

我们此刻在旋叶松平原（Tamarack Flat）扎营，距离优胜美地较低的一侧有4~5英里之遥。这儿也有一块美好的草地，树林环绕周围；一条清澈幽深的小溪穿流而过，垂入水中的像房屋茅草顶盖般浓密的莎草环绕着溪岸，形成斜坡。平原是根据这里的旋叶松（*Pinus contorta* var Murrayana）命名的，这种树在这里非常普遍，特别是在草场阴凉的边缘地带。在岩石多的地面上生长的这种树粗壮繁茂，大约40～60英尺高，直径1～3英尺，树皮很薄并含有树胶，枝丫光秃秃的，它们的穗、叶子和球果都很小。但是在潮湿、肥沃的土壤处，它们生长得很密集、纤细，有时候能高达几乎100英尺。靠近地面上的那些树直径只有6英寸，高则时常达到50～60英尺，外形轮廓像箭矢一样又细又尖，类似美国东部各州生长的纯种美洲落叶松。所以这里才得名为旋叶松平原，事实上这确实是松树的一种。

7月11日

"堂吉诃德"骑了一匹驮物的马，先去考察优胜美地北部地区的地形，为的是寻找我们中央营地最好的地点。现在我们不能前往更高的地方，因为据说更高的草场，虽说比这附近任何一个草场都要好，但是现在仍然在冬日的积雪之中沉埋。我很高兴要在优胜美地地区扎营，因为我可以沿着岩壁顶端尽情漫步，可以寻访各种风景，包括我从未见过的山峦和峡谷、森林和花园、湖泊和溪流，还有瀑布。

我们现在置身大约海拔7000英尺的地方，夜里，天冷得我们不得不把外套和额外的衣物压在毯子上。旋叶松溪（Tamarack Creek）的溪水冰冷，却很可口，宛如香槟一样让人提神助兴。溪流齐岸，水流丰富，在草坪上流得既慢且静。仅仅在营地下方几百英尺的地方，地面变成裸露的灰色花岗岩，砾石四处散布；大片地方或者是没有树木，或者只见零星的小树扎根在狭窄的裂缝中。那些砾石，大部分非常庞大，不是堆在一起，也不是像垃圾一样散落在被风化了的碎石中。它们大部分都是独自躺在干净的路面上,阳光在上面炫目地照射着,与我们在枝叶茂盛的树林里已经习惯了的那些闪烁的光和影产生强烈对比。奇怪的是,这些似乎遭人遗弃的砾石安静地躺在那里,旁边没有任何可以移动它们的力量,视野之内也找不到可以搬动它们的器械,可是从它们与周围石头的颜色和质地差异看来,它们一定是来自远方,每块单独开采、运送,放置在它现在的地方,并且从它们初来乍到,无论经历了安静平和还是疾风暴雨,都再没有移动过。它们在这里看起来很孤独,似乎是身处异乡的异客。这些棱角分明的庞大山岩石块,最大的直径有20~30英尺,这是大自然在塑造景致、创造山陵峡谷风貌之时产生的残破孑遗。但开采它们又搬运到这里究竟是用的什么工具呢?在路面上我们找到了痕迹。在对风化最具抗拒作用因而未遭风化的表面上有严整平行的刻痕,表明这个地区曾遭东北方的冰川扫掠,冰川碾过大片的山峦、雕琢、打磨,产生出一种奇怪的、原始的、似经擦抹过的外表,然后在冰河时期结束时,当时碰巧携冰川之势而下的砾石便留在了这里。这真是奇妙的发现。而我们所经过的森林,其生长的土壤可能是沉积物,这些沉积物的大部分都是由冰川这一相同的媒介携带下来的各种冰碛石,而这些冰碛石的大部分则又都在后冰川时期因为风化,遭到分解而散播开来。

年轻欢快的旋叶松溪,流经翁郁的草地,顺着冰川磨平的花岗石奔流而下,一路上愉悦欢腾、兴高采烈。又是唱,又是跳,汇成白灿灿、光闪闪、又有虹彩般色调变幻的大大小小的瀑布,奔向距离优胜美地下方几英里处的莫塞德峡谷(Merced Canon),这条长长的溪水每流出大约2英里的距离,其海拔高度就飞落3000英尺还多。

莫塞德的所有溪流都是精彩的歌手，优胜美地是主要支流的汇合中心。在距离我们营地半英里的地方，我们能看到这一著名峡谷较低的一端，峡谷里有壮丽的悬崖和树林。山峦是我愿意献出生命以期可以有能力阅读的杰作手稿，而优胜美地峡谷则是这一手稿的壮观一页！我们对此偶然想到的是，这峡谷看起来是多么浩瀚宽广，而人类生命又是多么短暂！无论我们怎样努力地尝试，能了解的又是多么微乎其微！然而为什么要为我们不可避免的无知而哭泣？一些外在的美总能出现在我们的视线中，足以使我们每根纤维颤抖；虽然大自然创造它们的奥妙在我们的认知范围之外，但是我们仍然能够获得卓尔不群的快乐。继续歌唱吧，勇敢的旋叶松溪流，你以清新的姿态从白雪皑皑的泉水源头走来，欢腾、旋转、跳跃着奔向你命定的终极命运——大海，一路上让你遇到的一切生灵都得到你的沐浴，都受到你的振奋！

我今天无比享受地度过了非比寻常的一天，漫步、观察、沉浸于大山中能影响人的一切，画素描、做笔记、压制花的标本、呼吸新鲜的空气、畅饮旋叶松溪的水。我还发现了一株芳香的白色华盛顿百合，它是内华达山区内所有百合中最美的。它们的球茎埋在纠缠丛生的灌木丛中，我猜想是为了躲避熊掌。它那壮美的圆锥形花序不停地从白雪覆盖的乱蓬蓬的灌木丛中伸出头来摇晃摆动，而那胖胖的、大胆的、鼻间嗅觉迟钝的蜜蜂在它们那长满花粉的花钟内嗡嗡着、咕哝着。多么可爱的花儿啊！我忍着饥饿和脚疼，长途跋涉来观赏它真是值了。在这么壮丽的景色中，我找到了这样一种植物，整个世界现在似乎都显得更加丰饶富足了。

有一栋长长的房舍，起着声明旋叶松平原这一草原拥有权的标志作用。将来倘若前往优胜美地的游客剧增的话，这里可以变成一个非常有价值的休憩站。那些误时的游客偶尔可在这里歇脚。这儿的主人是一位白人和一位印第安女人。

太阳下山的时候，我在草原里往高处漫步，远到看不到营地、羊群和所有的人类痕迹；走进庄严的古老森林的一片深沉宁静里，万物都在上天抑制不住的热忱下闪闪发光。

7月12日

"堂吉诃德"回来了，我们又开始了朝圣之旅。他说："从山顶上看优胜美地溪的周围，除了岩石和一片片的树林，别的什么也看不到，但是当你走下去，进入岩石遍布的沙漠，你会发现无边无际的长满草的堤岸和草场，远非看上去的那样贫瘠，我们去那里，待到这一地带山上的积雪融化为止。"

听到我们由于高山上的积雪不得不在优胜美地地区停留，我非常高兴，因为我正盼望着能尽量多游览一下呢。我该有多少美好时光在看不到营地、也听不到营地声音的地方，画画素描、研究研究植物和岩石、在大峡谷的边缘独自攀爬啊！

今天我们又看到另外一批来到优胜美地的游客。虽然他们花费金钱和时间，忍受长途的车马劳顿来观看这著名的大峡谷，可是大部分游客似乎并不是非常在意身边的美好景色。当他们抵达神殿般雄伟的岩壁之内，听到诗篇般的瀑布声音，他们才开始忘掉自己，变得虔诚起来。的确，在这神圣的山中，每位朝圣者都应该得到神的保佑。

我们沿着莫诺山道（Mono Trial）缓缓向东前进，下午较早的时候，我们在小瀑布溪（Cascade Greek）的岸边卸下行李，然后扎营了。莫诺山道经由血峡山道（Bloody Canon Pass），穿越山脉，到莫诺湖北侧附近的金矿。据报道说，这些金矿刚被发现的时候，黄金蕴藏量丰厚，大规模的淘金热应运而生，因而必须修建一条山路。由于河床底部过软，无法涉水而过，所以有人在溪流上架起了几座小桥，把倒下的树截成几段，建造了穿过灌木丛间的小路，其宽度达到足够可以使庞大背包通过的程度，然后，路面的更大部分则连一块石头或者一铲土都没有动过。

我们途径的树林大部分都是由红冷杉组成的，常常与之伴生的树种——白冷杉，由于海拔过高，大部分被留在了低地，海拔逐渐升起的高度似乎要感谢红冷杉这迷人的树种。没有言语可以给这高贵的树种一个公道，恰如其分地描述它。有一个地方由于沙质土壤松散，树木无法紧固扎根，在大风暴中，很多加州红冷杉倒下了。这些土壤大部分是冰碛石风化分解而成的沉积物。

羊群随情尽意地卧在光秃秃的岩石上，在草丛的平静中嚼着反刍的食物。营地上有人正在做饭，大家的食欲一天比一天好。低地人是无法体会高山上人的食欲的，也无法欣赏大家称呼为伙食的难消化的食物在煮食过程中的那种简易和轻松。吃饭、走路和休息都似乎同样让人感到愉快。一早起床的时候，总想像打鸣的公鸡一样畅快地大叫一番。睡眠和消化像空气一样清爽，了无障碍。今天夜里，我们将要用精致、清香、丝绒般的树枝铺床，听着瀑布流注般的溪流这美妙的摇篮曲进入梦乡。从来没有哪个溪流的名字像"小瀑布溪流"这样贴切。我在营地从上游到下游追本溯源地考察，它始终跳跃着、舞蹈着、形成很多的小瀑布，像白色的鲜花一样绽放。最后，它还不知疲倦地，以300英尺以上的大幅度跳跃，纵身跳进优胜美地主峡谷的底部，在地处峡谷最深处几英里外这旋叶松溪的瀑布附近，结束了它这狂野的旅程。这些瀑布简直可以和优胜美地山谷中若干声名远播的瀑布相抗衡、媲美。我永远也不会忘记这一小瀑布的这些欢快的歌，是低声的轰鸣，是巨声的吼叫，是清凉的溪水清脆的宛若银铃般的撞击声，是在飞溅的彩虹般的水花下变换着形状而奔涌、欢腾的声音；在深沉静谧的夜晚，小瀑布溪在黑暗中现出一道白光，使得无尽的声音听起来更加庄严雄浑，令人印象深刻。我在这还发现了一种小水鸟——黑鸫（ouzel），它像枝叶茂盛的小树林里的朱胸朱顶雀（linnet）一样无拘无束，似乎溪水越是喧闹，它越是欢快。那让人眩晕的悬崖绝壁，那迅疾泼溅的流水展示着的活力，那直落的瀑布发出的雷鸣般的轰鸣声，一切都让人心生敬畏。然而小水鸟没有丝毫的畏怯，它唱着甜美低沉的歌，它在聒耳的喧嚣声中轻快地四处飞翔时所做出的种种姿态和架势，都诉说着力量、平和以及快乐。大自然的这些宠儿挨着狂野的溪流边缘筑巢，从水花喷溅的巢中飞进飞出，对此沉思默想之时，力士参孙（Samson）的谜语浮上脑际："源自于强大力量的甜美。"在旋涡涌动的潭水里钟状花一样的飞沫显得很美，可是这小小的鸟儿是更为妖娆的花朵。你这温柔的小鸟啊，你给我带来了一条珍贵的信息。我们也许未能领会激流的含义，但是在你那甜美的声音里，只有爱在其中充盈！

7月13日

我们今天一整天的进程就是在优胜美地溪的盆地边缘向东行走，向下到达谷底还有一半的路要走,我们在一块被冰川打磨过的花岗岩上扎营。这花岗岩十分坚实,适合给床铺当基石。我们在小路上看到一只巨熊的脚印,于是"堂吉诃德"谈起了熊的一些情况。我说,我真想看看巨大足迹的制造者走路时是什么样子,不打扰它,跟随在它身后走上几天,以期对荒原中这一野兽翘楚的生活习性有所了解。"堂吉诃德"告诉我,出生在低地的羊,从来没有见过熊的样子,没听过熊的声音,可是它们一闻到熊的气味,就会恐惧地呼哧呼哧,随后逃跑,这表明,对于它们冤家对头的了解和认识,完全是遗传而来的。猪、骡子、马和牛都害怕熊,熊一旦靠近,它们会被无法控制的恐惧攫住。特别是猪和骡子。猪经常被赶到海岸山脉(Coast Range)和内华达山麓丘陵地区那些橡子丰饶的草场去,像羊群一样,几百只几百只地大群放牧。如果有熊来到这个区域,猪群会迅速整体撤离,这种情况通常在夜晚发生,牧主人根本无力预防;它们由此显示出比羊群更有理智——羊仅仅是分散到岩石和树丛间,等待自己命运的安排。骡子如果见了熊,不管背上有没有驮人,都会像风一样逃跑;如果是拴在桩子上,它们有时会不惜折断脖子也要挣脱绳索。不过,我还没有听说过熊咬死骡子或者咬死马的先例。据说,熊最喜欢的是猪,常常把小猪连皮带骨整只地囫囵吞下,毫不挑剔部位。德莱尼先生特别向我保证,内华达山区的任何一种熊都非常易于受惊,猎人要靠近熊到射程之内,比起射鹿或者射任何别的什么动物都困难很多;如果我真的很想了解熊的更多情况,我就应该以印第安人一样的无尽的耐心等待和观察,心思不能花在任何别的东西上面方可。

夜幕降临了,像波浪一样起伏的灰色岩石在暮色中渐渐模糊起来。

这个地方显得多么原始多么年轻啊！即使扫荡过这个地区的冰川仅仅是昨天才消失，营地周围那些更坚实、耐腐蚀的岩石上的痕迹也不能比此时更为清晰可见了。确确实实，马、羊和我们，都曾在最光滑的地方摔倒过。

7月14日

在这高山的气息中睡觉有多么深沉，犹如死过去一般，醒来后又迅速地进入生活中崭新的一天！一个平静的黎明，先是黄色和紫色，然后太阳的金色光芒潮水般涌来，让万物都震颤起来，发出光彩。

一两个小时以后，我们来到了优胜美地溪，这条溪成了优胜美地所有瀑布中最大的瀑布。它在莫诺山道交叉点那儿大约有40英尺宽，现在平均深度约有4英尺，流速大约每小时3英里。从这里到这一瀑布飞流直下的优胜美地峭壁边缘，距离仅有2英里左右。它姿态端庄地流动，显得沉静、美丽，几乎寂然无声，细长的旋叶松在两岸生长茂密，边缘处像流苏花边似的长有柳树、紫色的绣线菊（spirea）、莎草、雏菊、百合花和耧斗菜。一些莎草和柳树的枝条低垂着插入水流中。就在紧紧挨着的一排排树的外围有一块阳光普照的冲积沙砾和沙子构成的平地，似乎是远古的洪水冲刷后沉积而成的。那上面长满了成千上万的荒漠独尾植物（erethrea）、荞麦属植物和蓼科植物（oxytheca），开的花比叶子繁茂，形成整齐的一片，只是处处可见的一丛丛马齿苋（spraguea）造成一些细微的起起伏伏。这条花带后面是一块犹如波浪般向高处伸展的坚硬花岗岩平原，许多地方被冰川打磨得非常光滑，在阳光的照射下像玻璃一样熠熠发光。一大片一大片的树木分布在低浅的山谷里，大部分是蓬乱的双叶松，由于生长在土壤极少，或者根本没有土壤的地方，看上去显得过于纤瘦。还有一些又矮又粗壮的内华达圆柏（*Juniperus occidentalis*），其树皮是明亮的肉桂（cinnamon）色，树叶是灰色的，大部分都孤单地站在阳光充沛的路面上，远离山火的威胁，靠着少许的根系紧紧抓住岩石。只依靠阳光和雪为生，真是强健的、经得起风吹雨打的山地树种啊。可能有1000年以上的光阴里，它们就是靠着阳光和雪的特种"食谱"，一直保持着强壮健康的体魄。

我朝盆地顶端走去，在波浪般绵延的山脊上方，我看见成群的圆顶形的山岩，还有一些美如图画的城堡模样的岩块，银冷杉形成的黑色带状和块状的林带标示着那里有肥沃的沉积土壤。我多么希望能够掌控时间，对它们进行研究啊！在这样轮廓清晰的盆地里，我可以进行多么有趣的短程旅行啊！冰川时代遗留的碑铭般和雕刻般的岩石痕迹看起来多么不可思议！它们能提供多么珍贵的研究资料啊！面对这微微展露的雄伟壮观的大山，我激动得颤抖起来，然而我只能凝视和惊讶，然后像孩子一样，四处采些百合花，心中半怀疑半期望在未来的几年里能研究并掌握它们！

赶羊人和两条狗必须打起精神、费尽周折才能把羊群赶过溪流，这是迄今为止由于没有桥，羊群被迫涉水而过的第二个大溪流；第一个是在凉亭山洞附近莫塞德河的北支。人吼叫，狗狂吠，驱赶着胆子小又怕水的动物，它们靠着河岸紧紧地挤在一起，可是没有一只羊肯率先下水。正在这样拥挤、僵持的时候，"堂吉诃德"和牧羊人冲过受到惊吓的羊群，企图惊扰前面的羊，让它们下水，然而这只能造成羊群向后面的急冲猛撞，它们立即借这个空隙奔窜，穿过溪流岸边的树丛分散到多石的路面上。在两只狗的帮助下,逃跑的羊被再次聚集起来,面向溪流。可是,这挤在一起的大片羊群又再一次离群乱窜。人的吆喝声和狗的狂吠声,足以惊动溪流本身,使得毫无疑问来自整个世界的游客都在倾听的瀑布乐曲受到玷污。羊群再次溃散。"把它们截在那儿!把它们截在那儿!""堂吉诃德"大声叫喊着,"前排的羊很快顶不住压力,情愿进水,所有的羊都会跳进去,快速过河。"然而,羊群根本没有这样做,它们只是几十、上百地向后冲撞,躲避压力,践踏着美丽的溪岸,令人感到伤心、可惜。

只要能使一只羊涉水而过,其他的都会紧紧跟随,可是这一只我们就是找不到。一只小羊羔被抓住并带过了溪流,绑在对岸的树丛间,在那儿它凄惨地叫唤着它的妈妈。然而,母羊即使非常担心,也只是回应它的叫唤而已。我们想要玩弄的母爱把戏失败了,开始担心我们有可能要被迫长途绕一大圈路,一条一条地涉过这一溪流分布广阔的各个小支流。这需要好几天的时间,不过也有好处,因为我正急切地想看到这么著名的溪流的源头呢。然而,"堂吉诃德"下决心让羊群在这里涉水横渡,马上开始了一种类似围攻的方法,他砍下溪岸边的一些细长的松树,搭建了一个刚好可以圈住挤作一团的这群羊的羊圈。溪流于是成为羊圈的另外一边。他觉得,这样一来,羊群会很容易被迫进入水中。

几个小时后,围栏做成了,那些傻羊被赶了进去,紧紧挨着浅滩的边缘。然后,"堂吉诃德"奋力挤进密实的羊群,用尽全力将几只倒霉的、受了惊的羊扔进了溪流中。可是,那几只羊非但没有过岸,反而紧紧靠着溪岸绝望地往回游,企图回到羊群中去。"堂吉诃德"又把十多只羊推进水里,接着,这个高得像仙鹤的天然涉水能手自己也随后跳入水中,抓住一只挣扎的阉羊,把它拽到了对岸。可是,他刚一松手,那只羊就跳入水中,游回那群受惊的同伴所在的羊圈,表明羊的本性就像地球引力一样不可改变。我忧虑地想,即使是擅吹笛子的希腊牧羊神潘(Pan)也不会有什么比这更好的运气了。我们现在果真已经束手无策了。这些愚蠢的动物宁愿遭受任何形式的死亡也不愿意蹚水过河。水淋淋的"堂吉诃德"开了个会,宣布现在唯一能尝试的方案就是让它们挨饿。我们也正好在这里舒服地扎营,让这群被包围着的羊慢慢感受饥饿和寒冷,最终恢复理智——如果它们还有理智的话。几分钟遭到冷遇,没人理会,羊群中最前排一只冒险家跳进水里,勇敢地游到了对岸。接着,突然之间,所有的羊群都乱糟糟地冲进了溪中,在水里互相践踏,任我们怎么拦截都没有用。"堂吉诃德"马上跳入挤得最密集的羊群中,那里的羊有的气喘吁吁,有的因为呛了水而发出咕咕噜噜的声音,有的即将被淹死。他把它们左右推开,就像每只羊都是一块浮在水面上的木头。水流也起了作用,将它们慢慢分开;很快一条弯曲的纵队形成了,不到几分钟,所有的羊都到了对岸,开始咩咩叫着,吃着草,好像根本没发生过什么不寻常的事情。居然没有一只羊被淹死,令人觉得很惊奇,原本我还以为,几百头羊会被世界上最高的瀑布冲下去,让水流扫进优胜美地峡谷,走进浪漫的命定结局。

因为白天已经差不多过去了,所以我们在岸边不远处扎营了,让湿淋淋的羊群四下散开,吃草,直到太阳下山。现在羊身上都晾干了,平静了,在各处安详、舒服地反刍,那场水中大战已经无影无踪。我曾经看过把鱼儿赶出水面,也不像驱赶这些动物进入水里那么大费周章。羊的脑子里面肯定是空空如也。将它们今天的行为和鹿相比，鹿可以安静地游过宽阔湍急的河流，在海里或湖里从这个岛游到另外一个岛上；或者和狗相比，甚至和松鼠相比，羊都望尘莫及。像故事里说的，松鼠乘着挑选好的木块，在微风中舒服自在地调整尾巴做风帆，横穿密西西比河。几乎没法把一只羊称为动物，需要有一整群羊的智商才能勉强凑成一个愚蠢的个体。

第五章
优胜美地

7月15日

我们沿着莫诺山道向上朝盆地东部边缘前进,几乎到达顶峰时,转向南面,前往一个延伸到优胜美地边缘的狭小浅谷。我们大概中午时分到达,然后就地扎营。吃完午饭后,我匆忙赶往高地,在印第安峡谷(Indian Canon)西边的山脊最高点眺望远方,那是我欣赏到的由山峰组成的最壮美的景观。莫塞德高处几乎所有的盆地都尽收眼底,它们那庄严的圆丘顶和峡谷,黑黢黢的向上绵延的森林,成排的那些高耸入云、壮观华丽的白色巅峰,处处都在熠熠发光,把美丽辐射出来,像是火发出来的烤人射线一样注入我们的血肉和骨髓之中。阳光照射着万物,万籁俱静,没有一丝风惊扰这覆盖一切的宁静。山峰的美丽如此丰盈、崇高,如此广袤无垠,我从来没有看到过如此壮丽的自然景象。即便用最铺张的语言来描绘此刻的佳景胜境,对于那些没有亲眼看见相似美景的人来说,都难于让他们将景色的雄壮磅礴和闪烁在重峦叠嶂之上的精神之光领会于万一。一阵突发的狂喜中,我高声喊叫,而且手舞足蹈,使得追逐我而来的伯纳德犬卡洛惊愕怵惕，它那聪慧的双眼里闪烁着对我困惑的关心，显得非常滑稽，这个效应让我恢复了理智。一只棕熊，似乎一直是我表演的看客，因为我在厚密的树丛中走了几码后就开始了我的这番表演。它显然认为我是危险分子，因为它竟然仓皇逃跑了，在匆忙中还让纠结的灌木丛上面的枝杈给绊倒了。卡洛向后退去，耳朵也好像因为恐惧而耷拉下来，它不断地看我的脸，似乎期待着我跟踪这只熊然后射击，在它的生命中，看过不少猎熊的战斗。

沿着山脊朝南的缓坡向下走，我终于来到印第安峡谷和优胜美地瀑布之间一块巨型峭壁的顶端，在这里，那驰名的山谷在瞬间进入视野，一览无遗。宏伟的悬崖峭壁，被雕刻成千姿百态的圆顶丘、三角山墙、尖塔、城垛和单色的悬崖壁画，所有这一切都在瀑布雷鸣般的声响中震颤。平坦的山谷底部似已装饰成一座花园，阳光普照的草场、松树林和橡树林四下分布；莫塞河（Mercy）挟着帝王般的气势在其间扫荡似的流淌，在太阳的照耀下波光粼粼。高耸的蒂斯亚克（Tissiak）或称半圆穹隆丘（Half Dome），在山谷的较高一端矗立，几乎有1英里之高。它的外观比例均衡，堂皇壮美，又似乎是有生命之物，在岩石中给人的印象最让人难以忘怀，让人在虔诚的景仰中目不转睛地对它凝眸，即令视线转移到瀑布、草地，甚至是远处的高山，也都会一遍又一遍地重新回到它这高耸的雄姿身上。不可思议的峭壁啊，它们那令人眩晕的嵯峨深度和雕琢，那恒久的各种形体都是不可思议的。几千年里它们耸立于天空中，经历了风、霜、雪、雨、地震和雪崩，却依然葆有青春的健美光彩。

我沿着山脊边缘向西漫步，这边缘大部分都让大自然修圆磨光了，所以很难找到一个可以沿着峭壁表面清楚观看底端的立足点。终于找到这样的地方之时,我小心翼翼地踩上去,保持身体直立,可忍不住感到有一点恐惧,担心石头万一断裂,我坠身谷底,那可是3000多英尺的深度啊。然而,我的手脚并没有发抖,由于对身体的依赖和信任,我也没有一丝一毫不放心的感觉。我唯一恐惧的是,一些花岗岩的岩片,在与峭壁面平行的接合处或多或少地裂开,我担心那些岩片会坍落下去。从这样的地方抽身回来后,我因为所见到的景象激动万分之余,我会对自己说:"现在可别再到崖边上去了!"然而,在优胜美地的美景面前,小心谨慎的告诫是徒劳的。在胜境的魔咒下,人的身体自主行动,到它想去的任何地方,仿佛全然不受控制了。

这样沿着峭壁观赏的难以忘怀的路程走了大概1英里,我来到了优胜美地溪。我赞佩它那自在、优雅、自信的姿态,此时它勇敢地来到狭小的河道,唱着最后一曲高山之歌,奔向自己的命定前途,经过几杆远的闪亮的花岗岩后,河水将要泛着招摇似的泡沫下泻半英里,前往另外一个世界,迷失在莫塞德河中。在那里,气候、植被、居住的动物都将全然不一样了。它从最后一个峡谷流出来之后,缎带般的宽阔急流冲过光滑的斜坡,来到一个水潭,仿佛要在这里暂时休憩一番,并且平抚一下那激扬的灰色激流,然后才大幅地腾跃而下,再缓缓地漫过水潭的唇状边缘,在另一个光滑明亮的斜坡处,以突然加快的速度,向着巨大的陡峭悬崖边缘,怀着庄严的、宿命般的信心自由地飞身跃入空中。

我脱掉鞋袜,手紧紧抓住,脚紧紧扣住光滑的岩石,小心翼翼地沿着洪水般飞奔的水流向下走去。轰鸣、咆哮的水流紧挨着我头边飞掠而过,极具刺激性。我原本预料,倾斜的石帷裙会在垂直的山谷峭壁处终止；还预料，在不那么陡峭的石帷裙脚下，我可以往外探身，探到足以一览无遗地看到瀑布一路飞流到底的风貌和架势。可是结果却是，还有一道较小的峭壁顶端，挡住了视线，并且那儿太险峻了，凡人无法立足。仔细观察后，我发现，在边缘处有一块3英寸宽的狭窄基岩，那宽度足够容下脚跟。但是似乎没有办法越过那么陡的峭壁顶端到达让脚跟立住的基岩。最后，我仔细地研究了岩石表面后，发现在急流边缘后面，有形状不规则的岩石薄片。那里岩石的粗边儿应该可以让手指攀住抓住，如果我打算下去到达岩石薄片边缘，那似乎是唯一的方法了。但是它旁边的斜坡看起来既光滑又陡峭，显得十分危险，而且在我下面、头顶和旁边，怒吼的水流也让人神经高度紧张。于是我决心不再冒险，但是最终还是把事情给做了。在附近的岩石裂口处长了一丛丛的艾蒿（artemisea），我把那苦涩的叶子塞了满嘴，希望可以防止晕眩。然后，我以在正常情况下无法体会出来的小心谨慎，安全地爬到了那道小岩架处，稳稳地用脚跟踏在上面，接着水平移动了20或30英尺，走近了朝外飞流而下的激流，激流飞降至此已经变成白色的了。在这里往下看，视野完整开阔，了无障碍，瀑布的主体分散离析成无数个彗星般的雪白光束群，高歌猛进，飞奔谷底的中心。

待在那个壁龛般狭窄的小空间的时候，我没有清楚地意识到危险。巨大的瀑布离我如此之近，那形状、声音和动态都如此气势磅礴，它抑制了恐惧的感觉，况且在这样的地方，人的身体会下意识地自动敏锐地关注自己的安全。我几乎说不出来我在那下面待了多长时间，又是怎么回来的。无论如何，我度过了非常美好的时光，天黑后才回到营地，但是在享受了胜利的喜悦后紧接着就是隐隐的困乏。从此，我要尽量避开这么让人精神过度紧张的地方。不过这样的一天还是非常值得为之冒险的。我第一次赏玩内华达高山，第一次俯视优胜美地山谷，听优胜美地溪的死亡之歌，看它飞跃巨崖的风采，每一景致的本身都足以成为终生的风景财富！是无数个一天中最值得纪念的一天——如果可能，为了这一淋漓兴会，即使牺牲生命也是值得的。

7月16日

我昨天下午的快意，特别是在瀑布顶端的兴会，实在是美妙已极，让人难于入睡。昨天夜里因为神经悸动，我不断惊起，在半梦半醒之间出现幻觉：我们扎营的山基断裂了，我们掉进了优胜美地的山谷里。我一次次尝试弄醒自己，重新开始睡个好觉，但是都是枉费心机。我的神经绷得太紧了，一次次地梦到我在空中奔突，下面是声势浩大的雪崩似的水流和岩石流。有一次我惊跳起来，对自己说："这次是真的了——我们都得死了，登山者到哪里能牺牲得比这更壮烈啊？"

我在日出后不久就离开了营地，一整天都向东边漫游。穿过印第安盆地（Indian Basin）的顶端，那里覆盖着红冷杉森林，灌木丛大多是山地美洲茶（Ceanothus cordulatus）和石兰科植物。因为山地美洲茶多刺，为对抗厚厚的积雪而生长得浓密紧凑，熊果属植物枝条极端弯曲坚韧，这样的混合灌木丛非常难于踏着走过或穿越。我从峡谷顶端继续前行，经过北穹隆丘（North Dome），到达穹隆丘溪（Dome Creek），也叫豪猪溪（Porcupine）流域。这里有很多优良的草场隐藏在树林里，小百合（Lilium parvum）和它的伴生植物使得这里色彩鲜艳；大概海拔8000英尺的高度最适合小百合的生长，我看到的几株比我还高

1～2英尺。我看到了更高的山峦以及高大的南穹隆丘（South Dome）更壮观的景色。据说，南穹隆丘是世界上最大的岩石，还真有可能是。它的尺寸和刻蚀都非常宏伟。这块纪念碑似的自然遗迹，绝妙得让人难于忘怀，尽管尺寸巨大，可是纹路非常精致，就像是制作最精良的艺术品一样巧不可阶，而且栩栩如生。

7月17日

今天，我们在一条小溪源头边上那巍然挺拔的银冷杉树林里再次扎营，这条小溪经由印第安峡谷流入优胜美地山谷。我们打算在这里逗留数周。这个地点非常适合到大峡谷及其泉水处远足。我将在这些美好的日子里，画素描、轧制植物标本、研究奇妙的地形和野生动物，这些动物就是我们快乐的现世伙伴和邻居。然而，远处那些广袤的高山，我有机会认识它们吗？我能获准进入它们中间，与它们共同生活吗？

正午时分，我们遭遇了一场短暂的、猛烈的暴雨，巨雷在群山和峡谷里回响，有一些雷在近处炸裂，咔嚓嚓、轰隆隆的爆脆霹雳，裹挟着令人惊骇的锋利，劈过紧绷绷的清凉空气，远处的山峰穿过天际的黑云和气势磅礴的道道雨幕，赫然可见。现在，暴雨过去了，雨水冲洗过的清新空气中氤氲着花园和树林的清香。优胜美地冬天的雪暴一定非常壮观，我真希望可以看看啊！

我在新营地的床铺已经铺好——长毛绒般的柔软、奢华、香气四溢。这张床大部分是用红冷杉的羽状叶子铺的；当然，枕头里还放了各种各样芬芳的花朵。希望今天晚上不再做那摇摇欲坠的、神经紧张的噩梦。今天还观察了一阵一只鹿吃美洲茶属植物叶子和嫩枝的情景。

7月18日

睡得不错，山谷的峭壁似乎没有坍塌，不过我仍然有一种幻觉，特别是在半梦半醒的时候更是如此：自己立在岩石边缘，身边泛着向下奔腾的白色洪水。奇怪，我现在明明置身于平静的山林环抱中，离瀑布有一两英里之遥，可是那次冒险活动的危险造成的后怕，竟然比起身处瀑布边缘时更让我心惊肉跳。

根据留下的足迹判断，熊在这里似乎很常见。大概在中午时分，又一场暴雨夹着激烈的、骇人的响雷声到了。撞击金属般震耳的铮铮、铿铿、锵锵的雷声在远处渐渐弱化成沉沉的男低音，先是滔滔不绝，最后呢喃、咕哝般地慢慢消失了。有几分钟，大雨像瀑布的巨大水流泼洒下来，然后是冰雹；有些冰雹直径长达一英寸，坚硬、冰凉，形状不规则，与我们在威斯康星州经常看到的那种非常相像。卡洛用充满智慧的惊异眼光观看着冰雹拍击、摔打、从颤抖的树枝中噼里啪啦地掉落下来，云景则非常壮观。到了午后，一片宁静，天空明媚清澈，空气中飘浮着杉树、花朵和蒸腾的地面散发出来的清新的袭人香气。

7月19日

今天观看了破晓和日出。浅玫瑰色和紫色的天空静静地变成水仙花般的黄色和白色，太阳光线穿透山顶之间的那些山道，越过优胜美地的穹隆丘倾注下来，使山峦边缘呈现出仿佛着火一般的颜色；地带中间的银杉树尖塔般的树梢捕捉住闪烁的光焰，我们营地的小树林也充满灿烂的光线并且因而震颤起来。万物都苏醒了，敏捷而欢愉；小鸟和数不清的昆虫开始活跃起来了。鹿静悄悄地隐入灌木丛中枝叶繁茂的藏身之地；露水消失了，花儿舒展花瓣，每条脉搏都高速跳动着，每个生命的细胞都在欢欣，岩石本身也抖擞着生命的感觉。整个大地犹如热情之光洋溢的一张人脸。还有那蓝天，在地平线处颜色浅淡，犹如一枝巨型的花朵低垂着，平和地笼罩在万物之上。

大概中午时分，像平常一样，大片浮雕般凸起的云团开始在森林上方聚集，从中泼下来的暴雨那磅礴的气势我以前从未见过。闪电那银色锯齿形长矛的长度大过平时，响雷势头猛烈，轰轰隆隆，密集爆裂，强度凌厉，令人惊心动魄，不能忘怀；每一次雷击都以其万钧的能量，似乎可以炸碎整座山，不过可能只有几棵树被震碎而已，我以前在周围散步的时候已经看见过一些残株零星地散在地面上。最后，随着一阵阵清脆的雷击，是那低沉的隆隆音调，又越来越微弱地滚入远处发着回声的山峦那幽深的地带，那里似乎把雷声迎回了家园。然而，接下来一声又一声巨响，或称作轰然的，把天劈成碎片般的雷击快速地纷至沓来，似乎将不知哪棵巨大的松树或者杉树从上到下劈成细长木条和白花花的大小如银器般的碎片，散落到指南针所指的每个点位。现在雨来了，挟着与雷相应的磅礴气势，使无论高地还是低地都覆盖上一层床单似的流动雨水，又很像一层透明的薄膜，而这薄膜贴身得像是肌肤般紧紧挨着大地高低不同的骨骼。这阵大雨使岩石都闪闪地发光发亮。雨水在峡谷中聚集，使溪流泛滥成洪水，或叫喊呼啸，或大炮般地隆隆作响，似乎是为了回应高处的雷声。

追溯每个雨滴的历史该是多么趣味盎然！正如我们所见到的那样，从第一批雨滴滴落到新生的、没有树木枝叶的赤裸裸的内华达山区，从地质学角度来说，并不算长。可是现在这些雨滴落下来，其命运是何等迥异啊！它们落在如此美好的野地上，是幸福的；几乎每个雨滴都能找到一个美丽的地方落脚——在山峰之巅、在闪亮的冰川路面、在巨大光滑的圆顶丘、在森林、在花园、在灌木丛生的冰碛石上，飞溅着、闪亮着、噼啪作响着、洗涤着万物。有些雨滴落入高山积雪的泉水中，使储备丰富的泉水更加丰饶富足；有些雨滴落入湖泊，洗涤群山的这些窗牖，轻轻拍打它们如镜子似的平静湖面，激起酒窝般的涟漪，激起泡沫和水花；有些雨滴落入大小瀑布中，似乎急切地要加入它们的歌舞行列，激起更细的泡沫。快乐的山区雨滴，运气好，所做的活计也好。每一个雨滴本身就是一帘长长的瀑布，从云中的峭壁和凹地降落到岩石中的峭壁和凹地之上，从空中的雷霆变作奔腾降落的河流之雷霆。有些雨滴，降落在草场和湿地中，悄悄隐身，潜入草根处，像在窝里一样静静躲藏、滑动、向四处渗透、寻找指派给它们的工作。有些雨滴顺着树木尖塔似的树梢往下滴落，从闪亮的针叶间筛撒飞溅，向每根松针耳语着平安和激励。有些雨滴怀着快乐的目标，在水晶矿石的面儿上闪闪发亮——水晶矿石包括石英（quartz）、角闪石（hornblende）、石榴石（garnet）、锆石（zircon）、电气石（tourmaline）、长石（feldspar）——轻轻拍打着金的劈理面（grains）上和经过长期地质行程而磨损过的沉重珍宝大块上；一些雨滴降落在藜芦（veratrun）、虎耳草以及喜普鞋兰属植物（cypripedium）宽大的叶子上，发出噼噼啪啪的钝音和打鼓一样低沉的咚咚声。一些欢快的雨滴直接落在花朵的花盏中，亲吻着百合花的唇瓣。它们必须走多远的路？注满多少大大小小的花瓣啊！不管是小得肉眼看不到的细胞，还是能够容下半滴雨滴的花盏，还是山川间的湖水盆地，雨滴都以同等的体贴关切充溢其间。这受到天恩祝福的雨滴群体中的每一滴都是一颗银色的新生星星啊，大地承托的一切，例如河流湖泊、花园森林、峡谷群山，都折射在星星那水晶般剔透的深蕴里。雨滴是上帝的使者，是爱的天使，在带来爱的路上所携的尊贵、壮丽以及所展示的力量让人类最强大的表演都显得荒谬可笑。

现在暴雨停止了，天空清彻，最后滚动的雷霆波涛也消失在群山的巅峰，雨滴此刻都到哪里去了？那群闪亮的雨滴都变成了什么？一些借着水汽的翅膀，已经匆忙回到了天空中；一些进入了植物体内，悄然从肉眼看不到的小门进入细胞的圆形"小屋"；一些被锁在冰以及岩石的晶体之中；一些渗入多孔的冰碛石，让其细细的泉水继续流淌；一些已经开始了在河流中的旅程，去与大海这更大的雨滴汇合。从一种形式到另外一种形式，从一种美丽过渡到另外一种美丽，不断变化，永不停息，一直怀着爱的激情飞速运转着，与群星一起唱着永恒的创造之歌。

7月20日

清晨美好安静，空气充满张力而又清新，连一丝微风都没有。万物都在闪耀，包括带着湿水晶的岩石，包括带着露水的植物，全都得到自己的那一份彩虹色的露珠和阳光，就像每个生物都得到自己的早餐一般，它们那像诗人柯勒律治所说的"天赐圣餐"般的露水就像大群的小星星一样，从群星闪烁的天空降落下来。露水浴中的微粒微小到令人惊叹，需要有千万颗微粒才能构成一滴露水，露水在黑暗中像青草一样静悄悄地生长。要保持这荒野的健康要怎样煞费苦心啊——阵阵的雪、阵阵的雨、阵阵的露水、洪水般大量的光、洪水般大量的看不到的水汽、云、风；各种各样的气候、植物之间的互相影响、动物之间的互相影响,等等,简直是难以想象!大自然的运作方法多么缜密啊!大自然之美精心地交叠。大地为矿石晶体覆盖,矿石晶体为苔藓、地衣、低地蔓生的草和花覆盖,它们又为更大的植物所覆盖,而植物的叶子和叶子相叠,不断变换色彩和形态;更高处则是杉树宽阔、向外伸展的手掌状的叶子,所有这一切又被蓝色的苍穹像钟铃草属植物(bell-flower)一样罩在下面,再上面还有星辰和星辰之上的星辰。

南穹隆丘就在远处矗立,虽然它的底部山基在我们营地4000英尺之下,可是其丘顶却在我们营地上方。这极为尊贵的岩石,似乎充满了思想,以生机勃勃的光线做外衣,全然没有死石头的半点感觉,全身充满灵气,既不重也不轻,神祇般坚毅地矗立着,显示着尊贵的能量。

我们的牧羊人性格古怪,很难在这样的荒野中给自己定位。他在掺杂着腐朽了的松软枯木的干燥红色土中挖出一道浅坑,当作床铺,旁边的一截原木是羊圈南墙的一部分。他躺在那里,那身神奇耐用的衣服还在穿着,身上盖着红色毯子,呼吸着的不仅仅是朽木灰,还有羊圈里的尘土,好像在嚼了一天烟草后,还打定主意非用整个夜晚呼吸氨气的味儿不可。赶羊的时候,他身上一边挎着沉重的六发左轮手枪,手枪在腰带旁摇来摇去;另一边挎着他的午饭。他用一块旧布包裹着刚出煎锅的肉,这块布起着过滤的作用,透明的油脂和肉汁滴下来,淌在他右屁股和右腿上,仿佛是丛生的钟乳石。不过这油质"地层"很快就瓦解了,他在原木上休息的时候或坐下,或翻身,或跷腿,油脂便均匀地扩散并揉擦,渗入他那不多而又过于小而瘦的衣服上,使他的衬衫和裤子都不再透水而且闪闪发亮。特别是他的裤子,由于油脂和树脂的混合物所起的作用，变得格外地有黏着力，所以松针、树皮的薄片和纤维、头发、云母片、石英石和角闪石的微粒等，羽毛、种翅、蛾子和蝴蝶的翅膀、无数昆虫的腿或者触须，甚至整个的昆虫，如小甲虫、蛾子和蚊子、花瓣、花粉的粉尘，简直可以说，这整个地区的动物、植物和矿物质的小块都黏附在他的裤子上，并且非常牢固地嵌在里面。尽管他远不是什么博物学家，可是他收集了所有东西的残缺标本，变得很富有，这是他所不知道的。而且，由于空气纯净，标本又都压在松脂的含有沥青的"温床"中，所以其保鲜都还过得去。人类是一个小宇宙，起码我们的牧羊人，或者说他的裤子表明了这一事实。他这套珍贵的工作服从没脱下来过，没人知道这裤子他穿了多少个年头了，不过我们可以根据裤了的厚度和同心圆的结构猜出一二。这裤子没有越穿越薄，反而越来越厚，其逐渐堆积的层理在地质学上的意义可是不小的呢。

除了牧羊，比利也做屠夫的活儿，而我同意清洗那几件铁制或锡制的餐具，还要烤面包。接着，太阳已经在山顶挂得相当高的时候，我也尽完了这些小职责，就在羊群的另一侧，自由地在野地中游荡、狂欢，享受着内容丰富的一天里不朽的时光。

我在北穹隆（North Dome）丘上画素描，这里可以将几乎整个山谷和几座高山尽收眼底。我乐于将我眼中看到的一切都勾画出来——岩石、树木和叶子。然而我除了能勾画轮廓外，能做到的非常少。轮廓都是如同文字一样有意义的符号，却只有我自己才能读懂。然而我还是削尖我的铅笔，继续工作，仿佛别人也能从此获益一般。不管这些画页是像落下的叶子一样消失，还是像信件一样到了朋友手里，并不很重要；

因为对于未曾亲眼看到类似景致的人们，如同他们没有学习过的语言一样，得不到太多信息。在这里，没有痛苦，没有空洞单调的时候，没有对过去的恐惧，也没有对未来的担忧。这些受保佑的山峦充溢着上帝的美，人类那渺小的个人希望和经历在这里都没有空间。在这里喝下的如香槟一样的水是一种不折不扣的愉悦，呼吸这里似有生命的空气同样如此。四肢的每个动作也是愉悦的，整个身体暴露在美的面前时，似乎能感受到美，就像它能感受到营地篝火或者阳光的温暖一样，这美不单单可以用眼睛看到，而且犹如辐射的热力一般均匀地透过身体的每一寸肌肤，让人产生一种心旷神怡的迷醉感，这种光照似的感觉无法得到解释。身体仿佛遍体同质，像水晶一样通透。

在优胜美地穹隆丘上，我像苍蝇一样停驻下来。我凝视、素描、晒太阳，许多时候我只是沉浸于无言的赞赏中，没有那种想了解很多奥秘的迫切希望，只是站在希望大门前面，怀着渴望和忐忑，在上帝无处不展示的威力面前谦卑地俯身膜拜，渴望克制自我、捐弃自我，不惧终生的劳瘁，领会上帝神圣手稿中任何一个训诫。

感受优胜美地的壮美，比了解或者用任何方式解释它要来得容易。这里巨大的岩石、巍然的树木和泱泱的溪流精致地融为一体，仿佛又都各自遁于无形。3000英尺的陡峭绝壁边缘生长着的参天大树，在这里看上去就像在低地山丘顶上生长的草；而在峭壁脚下延伸的是1英里宽、7~8英里长的缎带般的草场，看起来就像是农夫用不到一天就能收割完的一小块田地。500~2000英尺的瀑布，尽管翻越峭壁喷涌而下，声音响彻山谷，让每块岩石颤抖，可是在气势雄壮的悬崖面前只能屈尊俯就，它们的急流仿佛几小缕轻烟，轻柔得又像浮云。还有那沿着东方天际排列的群山，群山前的圆顶丘，以及它们中间连绵不断的光滑而又圆转的山岩之浪汹涌上涨，越行越高；黑色的林带掩映于凹浪之中，在大片的充满生机的寥廓和瑰丽中呈现出安详，但是它们似乎是想把优胜美地殿堂般的壮美隐藏起来，让它看着更像是臣服于这和谐的广袤土地上的一个景致。于是，每次在我试图欣赏某一个单一景观之时，那念头总是被所有其他景观势不可当的影响力所摧毁。接着，仿佛这还不足够似的！看！在天空中又升起了另外一条山脉，如同它下面的山脉一样，地势崎岖坎坷、坚实牢固——山顶和圆顶丘白雪皑皑、优胜美地山谷幽暗朦胧——分明是雪中内华达山的另一个版本，是雷声和暴雨预示下的新创天地。大自然在它对美的呵护中显出温柔，而同时又显出有着精力旺盛和诚挚执着为特点的狂野。它一方面为百合花着色，像园丁一样为它们浇灌，用温柔的手抚摸一朵花又一朵花；可是另一方面，又造出岩石的山冈以及闪电和雨水肆虐的黑云的山冈。我们快乐地跑向一块向外延伸的悬崖下躲雨，观察那抚慰人心的蕨类植物和苔藓，它们生长在山石裂缝和罅隙中，象征着柔和温存的爱。还有雏菊和伊薇蔷薇（ivesias），是山野中对大自然可以袒露内心的光的儿女，它们娇小，无所畏惧。看到这些小花，心有归家之感，连暴雨声听着都变得温柔起来。此刻阳光破云而出，芳香的气流开始蒸腾。小鸟飞出，站在树梢上唱着歌。金色和紫色在西边的天空中燃烧，日落的仪式已经就绪。于是，我带着笔记和画返回营地，那些最美好的画面梦境一样印在我的脑海中。这是收获颇丰的一天，没有刻意的预计就开始了，又结束了。尘寰中的永恒——仁慈的上帝送给我的一份礼物。

我给母亲和几个朋友写信，给每个人约略地介绍了大山。他们好像近在咫尺，可以听到声音，摸到肌肤。越是宁静，寂寞感就越少，朋友似乎就越近。我吃了点面包，喝了点茶，上我那杉树叶铺就的床，同小狗卡洛道声晚安，看一眼空中的百合似的星云，然后合眼沉沉睡去，一直到内华达山的另一个黎明降临。

7月21日

在穹隆丘上素描，没有下雨；中午的云遮盖了1/4的天空，在溪流源头的白色雪山上投下很有雅趣的阴影，在气温高的那几个小时给花园提供了一个有清爽温存之感的凉棚。

看到一只普通的家蝇，一只蚂蚱和一只棕熊。苍蝇和蚂蚱在穹隆丘上欢快地拜访了我，我也探望了一只棕熊，在穹隆丘与营地之间一小块花园草地的中央，它警觉地站在花丛中，似乎很愿意显得好看的时候被人看到。今天早晨，我离开营地还不到半英里，小跑着的卡洛在我前面几码处猛然间审慎地站住了。它垂下尾巴和耳朵，嗅觉灵敏的鼻子向前探出，似乎在说："哎呀，这是什么？我猜，是一只熊。"然后，小心地往前走了几步，轻柔地把四肢压低，仿佛正在捕食的猫，试图判断它刚才在空气中闻到的气味，直到疑虑全无为止。然后它朝我跑回来，直视我的脸，用它那似乎会说话的眼睛向我报告有一只熊就在附近；接着，它像经验丰富的猎人一样，小心翼翼、脚步轻盈地带领着我，不弄出半点声音，并不断地回头看我，似乎在悄声地说："是，是一只熊，来，我领你去看。"这个时候，我们来到一个地方，一束束的阳光透过杉树紫色树干的缝隙直射进来，这就表明我们正在走近一块空地，卡洛这时候走到我的身后，显然它确定熊就在近处。我悄悄地爬到狭窄的花园草地边缘那冰碛砾石的低矮山脊处，我很肯定，熊一定就在那块草地上。我急切地想好好看看这强壮的登山者，但不想惊动它；所以我无声无息地站起来，立在最大的一棵树后面，只把头露出一小部分，从粗壮的树干底部后面向外偷偷看去，在投掷石头可及之处，站立着邻居"熊先生"，它的屁股被高大的草和花遮住，两只前腿搭在卧倒于草地上的一棵杉树的树干上，头高高昂起，看起来就像直立站着似的。它还没有看到我，但是在非常聚精会神地观察和谛听，显示出它可能已经以某种方式知道我们在朝它靠近。我仔细观察它的动作，希望最大程度地利用这个机会尽量多一点地了解一下它，又怕它会看到我而跑掉。因为别人告诉我，这种红褐色的北美熊，看到它们的险诈兄弟——人类时，总是要从他们身边跑掉，除非是受了伤或者为了保护幼崽，否则从来不想打斗。这只熊警觉地站在阳光照耀的森林花园中，形成了一幅流露真情的画面。它把自己的角色扮演得多到位啊，它的身躯、颜色和乱蓬蓬的毛发与周围树木的树干和繁茂的植被十分协调，与这片大地上任何别的景物一样自然。我从容地检视着这只熊，它敏锐的鼻子询问似的向前探出，宽宽的胸前长满乱蓬蓬的长毛，僵而直的耳朵几乎已被毛发盖住，它缓慢沉重地移动脑袋。我觉得我很想看看它跑时的步态，于是我大声喊叫，并摇着我的帽子突然朝它冲了过去，期待它会匆忙地逃窜。然而使我失望的是，它没有跑，也没有半点想要跑的迹象。恰恰相反，它站在原地做出了要战斗的准备以保护它自己。它低下头，向前探出身体，目光锐利凶狠地看着我。我突然开始害怕，逃跑的活计要落在我的身上；但是我又不敢跑，于是，像熊一样，我也在原地站着不动。我们隔着大概12码的距离，站立着，在肃穆的沉默中瞪着对方，热切地希望人类眼神的力量真如传说中那样巨大，可以战胜野兽。这紧张可怕的会面究竟维持了多长时间，我不知道；终于，时机缓缓地成熟了，它把那双巨掌从树干上移开，转身时，从容不迫甚至不无庄严，然后悠闲地走上了草坪，还不时转过头来看看我是不是正在追它，随后继续前移，显然既不很害怕我，也不信任我。它体重约有500磅，体型魁梧，毛色好似铁锈，身上的勃勃野性难于驾驭。它是一个快乐的家伙，它的行走路线也都是让人愉快的地方。我仔细观察它的那块鲜花遍地的空地，就像一幅框好的画，是我见到的最美的地方之一，是大自然珍贵植物的温室。高挑的百合在熊背后摇摆着它们的花钟，天竺葵（geraniums）、翠雀属植物、耧斗菜和雏菊轻拂着熊的身体两侧。应该说这地方是为天使准备的，而不是为了熊。

"熊先生"在大峡谷中享有最高权力。这快乐的家伙从来没挨过饿，因为上千种食物，任何一种都可以使它免受饥饿。一年四季它吃的东西都不会断，如同在食品商店一样，在大山的架子上排列着。它从这个"架子"爬到那个"架子"上，从上到下，在不同的季节轮番品尝享受，仿佛长途跋涉了上千英里，莅临南北的不同国家，品尝那里各种各样的产品。我真想更好地了解我那毛茸茸的兄弟——虽然今天早晨，我的邻居，这只优胜美地熊，慢悠悠走出我的视野后，我不大情愿地回到营地取了"堂吉诃德"的来复枪。如果有必要，为了保护羊群我会朝它开枪。幸运的是我没能找到它，沿着它的足迹朝霍夫曼山（Mount Hoffman）寻找了大概一两英里后，我祝福它一路平安，然后高兴地回优胜美地的穹隆丘，继续我的工作。

那只家蝇也好像在家一样自在，当我坐下画素描，愉快地重温刚刚结束的与熊的邂逅时,它不断地在我周围嗡嗡叫。我奇怪,是什么将家蝇吸引到这么高的山上来?像它们这种爱吃油腻食物的饕餮,非常怕冷,是喜欢家居的舒适的。它们是怎么跨越海洋和沙漠,翻山越岭,分布到一个大陆和另一个大陆上的呢?而这些地域通常又是决定动物和植物所在的重要疆界。甲壳虫和蝴蝶有的时候局限于小地域。山脉中的每座山,甚至是一座山上的不同地区,都可能有自己特殊的物种,可是家蝇却似乎无处不在。我想知道在海洋中的某个小岛是否没有苍蝇。在优胜美地森林里,反吐丽蝇(bluebottle)数量众多。它们随时准备产下数量惊人的卵,让所有的腐肉都变成再翻飞的苍蝇。这里也有大黄蜂(bumblebees),用之不竭的花蜜和花粉让它们营养充分。蜜蜂虽然很多在山麓丘陵里,却没有来到这么高的地方。第一批蜜蜂被带到加利福尼亚来也不过是几年前的事情。

蚂蚱是快乐的奇怪小东西。它们跑到高山上来远足,我不知道有多高,至少和优胜美地的游客走得一样远,一样高。今天下午一只蚂蚱在穹隆丘上为我又唱歌又跳舞,使我感到发自内心的愉快,也让我兴味盎然。它似乎极富找乐子、凑热闹的精力。其表现是往空中一跃能达20~30英尺,然后潜水似的猛然俯冲,接着再度跳起,在降落到最低点的时候还发出清脆的音乐般的咯咯声。它能上上下下又唱又跳十几次,才落下休息,接着再次跳起,来一个新的循环。它在空中俯冲和发出咯咯声的时候划出的曲线,和绳子两头被水平绑住,松松悬挂的弧度很像,并且每次它做出的环状曲线都几乎重合。我从来没有在或大或小的任何一种生灵身上看到或听到比它们更勇敢、欢快、热情和自由自在的生命之乐。这只有趣的红腿蚂蚱是山中最快乐的孩子,它的生命似乎是浓缩的纯然快乐。说起活力非凡、嬉戏玩耍以及抑制不住的兴奋，道格拉斯松鼠是唯一可以与之相比的生物。庄严的群山会因为这么一种奇特的生物而高声欢呼、喜形于色，真是棒极了！大自然似乎在蚂蚱的身体内，带着孩童般喝彩时的欢腾，对任何世俗的沮丧和忧郁都表示毫不在意。小蚂蚱的声音是怎么发出来的，我不知道。当它在地面的时候，一点声音都没有，或者他仅仅是从一个地方飞到另外一个地方，也没有声音，只是当它以弧线俯冲降落的时候才发出声音，似乎这动作需要声音的配合，并且俯冲得精力越充沛，相应发出的咯咯声能量就越大。我尝试在它表演的间隙中休息的时候贴近它，好好地观察一番，可是它不允许靠近，它善跳的腿随时准备迅速弹起并立即飞开，那双眼睛也一直盯住我。这小东西在穹隆丘上是当成不错的布道来为我跳舞的，可是在这样的地方本有可能寻求莎士比亚剧本《皆大欢喜》中那种"木石垂教"，而不是寻求蚂蚱布道。对于这么小的一个传道者，这个讲道坛太大、太威严了。大自然能像开启弹簧一样开启蹦蹦跳跳的小蚂蚱，让它发出咯咯的声音，就不会有在大自然膝下显出软弱的危险了。就连熊也没有像这个可笑的小蚂蚱一样，把大山野性的强健、力量以及欢愉如此酣畅淋漓地传达给我。蚂蚱的日子里没有愁云，眼中没有因为不遂意而引起的寒冬之感，对于它来说每一天都是节日，当它生命的太阳最终落下，我猜想它会拥抱着森林的地面，像落叶和花朵般死去，而且也像叶和花一样不留下需要埋葬的不雅观的遗体。

  太阳下山了，我必须回到营地去。晚安，三位朋友——棕熊，在像伊甸园般美好的林间花园中的棕熊，像粗糙巨石般充满活力；不安宁、无事忙的苍蝇拍打着薄纱般的翅膀不断震动着全世界的空气；还有活蹦乱跳的蚂蚱，是快乐的电火花，像孩子的笑声一样使广袤庄严的群山活泼起来。谢谢你们，谢谢你们三位令人感奋的陪伴。上天指引着每一个能飞会走的生灵。晚安，三位朋友，晚安！

7月22日

今天早晨，一只漂亮的黑尾鹿蹦蹦跳跳地穿过营地。这是头上顶着宽宽鹿角的一只雄鹿，显示出让人赞佩的活力和优雅。仅仅因为有大自然照看，生活在野外的动物就有着如此让人惊叹的美貌、力量和优雅的动作；而我们驯养家畜的经验却让我们担心所有这些所谓遭受忽略的野生动物会退化。不过大自然哺育和教育方法的结果似乎令所有物种趋于优秀完美。鹿，像所有别的野生动物一样，干净得犹如植物。它们警觉或者休眠时的动作和姿态，比它们弹跳般蓬勃的力量更让人惊讶。每一个动作和姿势都那么仪态万方，一举一动都是诗歌本身。我们时常谈及的大自然母亲在现实中根本不是真正哺育的母亲，可是它是怀着怎样的睿智，严厉却又温柔地关爱和照料着在各种气候下各种野地里的孩子们啊。我越是观察鹿，对这些登山能手就越是倾倒。它们带着可以顺利提取的力量储备进入最严酷的荒芜之地的中心，穿行过因为倒地的树木以及巨石堆的阻遏而寸步难行的浓密灌木和树林，穿过峡谷、呼啸的溪流和雪地，始终在展现着明丽和勇武。在这块大陆上，它们无处不可以为家。在佛罗里达的大草原和山岗上，在加拿大的森林里，在遥远的北方，它们徜徉在长满青苔的苔原上，它们游过湖泊、河流、海湾，来往于波涛拍打的岛屿间，或者爬过乱石嶙峋的山峦，不管在哪里都是那么健康那么干练，让每处山水都增加美感，一种真正地让人赞佩的生灵，是大自然赫赫的荣耀。

在营地东边几百码的花岗岩山脊处，挺立着一棵银杉树，我一直在给它画素描，这棵秀美悦目的树讲述着一场独特雪暴的故事。它大概有100英尺高，生长在赤裸的岩石上，它的根插入风化作用而成的不到一寸的岩石裂缝处，再膨胀出来形成根基来承载它的重量。当它还是棵小树的时候，风暴从北方吹来，几乎把它吹倒在地。从活着的树干那向外倾斜的很老、已经枯死、看上去历经风吹雨打的树梢，我们见证了它的这段厄运。但是从折断处下面，它又生出新的嫩枝，长成现在活着的树干。如今新生树干的年轮已经超过了死去的幼树，泄露了暴风雪为害年份的信息。围绕着这棵树干可以生出很多水平枝丫，其中的一根旁枝，竟能向上弯曲，又笔直生长，代替死去的主轴而长出一棵新树。多么神奇啊！

还有许多别的树，松树和杉树，也见证了这次严酷的暴风雪的破坏性。几棵高达50～70英尺的大树，折弯在地上，像草叶一样给掩埋住了，整个小树林消失了，就像森林被清理干净一样，一根树枝或者一根针叶也看不到，直到春天雪化才能出现。然后，那些更有弹性未损坏的幼树借助风的力量，再次生长起来，一些几乎已经笔直，另外一些多少仍有些弯曲。那些主干折断了的树木尽力在断裂处下方发展旁枝，使之成为生长的主导，形成发育的新主干。这就像一个人，断了背，或者几乎断了背，不得不弯着腰，可是竟然从断裂处下边儿直接长出分叉的脊梁骨，发育出新胳膊、新肩膀和新的头来，而他身体旧的受伤部分则已经死去。

中午时分，雄伟的白色云山和云顶像平常一样出现，云的山脊和山脉的风貌千变万化，仿佛大自然深情地喜爱这份工作，因而几乎每天都不辞辛劳地再三重复这个活计，创造出永不絮烦的壮美。几道锯齿状的闪电和5分钟的阵雨之后，云层、雨块逐渐消退，天空也逐渐清朗晴和起来。

7月23日

午间的云乡美景再度出现，展现着让观赏者百看不厌的力量和美，却又让人因为无法描绘、无法言宣而生出徒唤奈何的无望之感。可怜的凡人对云彩口不绝吟，又能说出什么来呢？正当你费心费劲地描述那耀眼的巨大云丘、云脊，多阴的云之海湾和峡谷，羽状边缘的云之沟壑时，这些仪态万方的云已经消散，没留下一丝一片可见的断痕残迹。然而，这些转瞬即逝的空中云峦与下面更可以经久不灭、天荒地老的花岗岩山峦一样坚实而又不可忽视。它们都同样有兴有亡，但是在上帝的历法中，存续时间的长短无关紧要。我们只能在惊异、崇仰、赞佩中幻想它们，我们的快乐比对眼界最辽远与我们有着同等感受的朋友诉说的内容还要强烈。并且，我们开心地了解到，不管软还是硬，没有一颗晶体或者一颗水蒸气的微粒真正消失了；它们坠落、消失，仅仅为了以越来越高洁的美感升得越来越高远。至于我们自己的工作、责任、影响等只是没事瞎忙地掀起弥漫的尘土，但是，我们即使像石头上的地衣一样保持沉默，云照样也会达成应有的效应。

7月24日

中午的云彩占据了大约一半的天空，带来了半个小时的大雨，清洗出了世界上最清洁的一块大地。这清洗多么干净利落啊！路面、山脊、圆顶丘和峡谷因为结冰而闪闪发光，像用雪筑成藩篱的山巅，仿佛是带着泡沫的波浪，一切都洁净得与大海相去无几。当薄膜似的最后几片云从天空中消失后，树木变得如此清新、宁静。几分钟前，每棵树都很兴奋，向咆哮的暴雨弯腰致敬，带着宛若对上帝顶礼膜拜般的热烈激情挥动着、旋转着、摇撼着自己的枝丫。然而，对于外在的耳朵而言，这些树现在是安静了，可是，它们的歌唱从未停止。每一个肉眼无法看到的细胞都应和着乐曲和生命在悸动，每根纤维都像竖琴的琴弦一样震颤，而香气从富含香脂的花冠和叶子里不间断地涌动而出。难怪这些山丘和树林是上帝的第一圣殿。越是砍倒树木建成各类大小教堂，上帝本身似乎离得越远，身影越是模糊。用石头做的教堂也是一样的后果。在我们营地树林东边，矗立着大自然的教堂中的一座，它是由充满生机的岩石砍劈而成，构架相当传统，大约有2000英尺高，由锥形尖顶和石塔尊贵地装饰着，在潮水般充沛的阳光照射下激动地颤抖，与树林制成的殿堂一样生机勃勃，给它命名为"大教堂峰"（Cathedral Peak）正合适不过。就连对所有岩石布道都置若罔闻的牧羊人比利，也会时不时朝这个山石建筑看上几眼。即使冰雪在烈火中拒绝融化也不会比在上帝之美的光辉面前无动于衷更让人惊异。我一直试着让比利到优胜美地的山谷边观看一番，还提议帮他看管一天的羊，好让他也欣赏一下从世界各地来的游客所要欣赏的美景奇观。然而虽说离那著名的山谷只有不到1英里的路程，哪怕是纯粹出于好奇心地去上一趟他也不愿意。他说："优胜美地算什么？不过就是一个峡谷——很多石头——地上有一个大洞——掉进去非常危险。嗯——他妈的，最好离得远点。"我像个传授福音的传教士那样极力催他去优胜美地："可是，比利，想想那些瀑布；想想那天我们穿越的大溪，从空中坠下半英里长；想想那景象，那发出的声音。你现在都能听到，像大海在咆哮。"可是，他完全没兴趣。"我从那么高的山峰往下看，会挺害怕的，"他说，"我会头晕。反正也没有什么值得看的，只有石头，我在这儿也能看到很多。花钱去看石头和瀑布的游客都是傻瓜，就那么回事。你骗不了我，我在这地方已经待得够长久了，才不会去干那傻事呢。"我想，这样的灵魂应该是睡着了，或者是让卑下的快乐和烦恼所蒙蔽和窒息了。

7月25日

云景再现。有些地方的云看起来像成熟过头，开始腐烂，湿答答、脏兮兮的，被风拽出，撕成大小碎片，使天空看起来非常邋遢；内华达夏日正午的云彩不是这样的。它们因为轮廓和曲线光润清晰而犹如让冰川摩擦得光亮的圆顶丘那样显得秀美。它们在大概11点开始生成，从我们高山营地上看，它们显得那么伸手可及，那么清晰，让人忍不住想要爬到上面去，追踪那些像瀑布一样从幽暗的泉水中喷流而下的溪流。它们通常生成暴雨，像从岩石山上飞流而下的瀑布一样显得威严。在我所有的旅行中，我还从来没有看见过比午间的这些空中云峦更新奇有趣的呢！它们那美好的色调，赫然可见的瑰丽生成过程，不断变幻的景色和整体效果，都是难以言表的。我常想起雪莱那句关于云的诗："我把白雪筛落到下面的山上。"

第六章
霍夫曼山和特纳亚湖

7月26日

漫步在11000英尺高的霍夫曼山的顶端——我有生以来旅行所到达的最高点。四周的景色是多么气势磅礴啊！新的植物、动物、晶体矿石，以及比霍夫曼山还要高的新的山峦，沿着山脉中心线巍峨雄劲地屹立着，气概显得安详轩昂；山峦上方白雪皑皑，阳光普照；山峦下方，广阔的圆顶丘和山脊灿烂夺目；森林、湖泊和草地在山谷里掩映；纯净湛蓝的天空像一朵蓝色的花钟笼罩着一切。这美好的一天让我进入奇观胜境的崭新领域，大自然仿佛在温柔耳语："到更高的地方来！"我问过了多少问题？可是对于这博大的景观我仍然知之甚少。我又是多么热切地希望有一天我可以所知更多，能够读懂在这神奇的书页上群集纠结的神圣符号所蕴含的象征意义啊！

霍夫曼山是距离主山脉的中心线约14英里的山脊——俗称"尖坡"的最高点，它可能是由于不均衡的地质剥蚀作用所残留下来的遗迹，像浮雕似的在山中单独地凸现出来。南边山坡，溪流通过特纳亚溪（Tenaya Creek）和穹隆丘溪流入优胜美地峡谷，北边的溪流一部分流入托鲁姆涅河，大部分经优胜美地河流入默塞德河。岩石大多是花岗岩，在如画般美丽的柱形和城堡形红色变质板岩遗迹中或形成小堆，或成山丘状零星地分布着。花岗岩和板岩都有裂缝，使它们像人造石一样，可以随意分割成小块，让人不禁想起《圣经》中的一段"他创造了群山"。在山北边地势陡峭、天气凉爽的山谷中堆积了大量的积雪和冰，成为优胜美地溪常年流淌的最高水源。南边的山坡坡度平缓得多，攀登入山也容易得多。狭窄的沟槽形状的峡谷垂直延伸到山顶，看起来像胡同，显然是抵抗力较弱的地层受到侵蚀而形成。尽管这些地方的地理位置远远高于经常有魔鬼出入的地区，人们还是通常称之为"魔鬼的滑梯"。虽然我们从书中看到，魔鬼曾经爬上一座超高的山，但它一定不是登山好手，因为在林带的上方很少看到它的踪迹。

宽广的灰色山顶在如啃似咬的、侵蚀性极强的风暴长年累月的肆虐之下消耗磨损，因此总体看来显得贫瘠荒凉，但如果仔细观察地表，你会发现成千上万种迷人的植物覆盖在上面，它们的叶子和花朵都很小，形不成大片色块的效果，所以在几百码距离外根本无法看到。天蓝色的雏菊似乎一坛一坛地在潮湿的山谷里露出天真无邪的微笑，沿着小溪的岸边，长着几种野荞麦属，还有叶子像绸缎般光滑的伊薇蔷薇、钓钟柳（pentstemon）、直果草属（orthocarpus），以及几大片报春花（Primula suffruticosa）——一种美丽的灌木植物。我在这里还发现了一种石楠科灌木（bryanthus），像普通欧石楠科（heather）那样长着紫色花朵和暗绿色树叶的迷人的比安花属植物（heathwort）；还有3种我没有见过的树——一种铁杉（hemlock）和两种松树。这种铁杉——徂嘉铁杉

（Tsuga Mertensiana）——是我见过的最漂亮的针叶树，枝条和主干都下垂着，样子优雅得很奇特，浓密的树叶在四围覆盖着枝子，枝子显得纤弱，对外界刺激做出敏感的反应，在不断地摇曳。现在正值盛开期，花朵连同仍然附着在下垂的小枝上的那数以千计的上一季的果球，展现出斑斓缤纷的奇妙色彩，有褐色、紫色和蓝色。我快乐地爬上我找到的第一棵铁杉，陶然忘机于其间。皮肤触到花朵，有颤抖之感！雌蕊呈浓艳的深紫色，几近透明；雄蕊呈蓝色，是那种像高山天空般鲜明的纯蓝色调。它们是内华达山区我所见过的所有开花的树中最稀有美丽的花朵。这棵可爱的树无论其身段、姿容和颤悠悠的动态都透着女性的优雅和娇美，然而在这高山上暴露在最狂野的风暴面前，忍受了几个世纪严冬的暴风雪，该有多么神奇啊！

另外的两种松树也是在狂风暴雨中历练出来的勇敢树种——山松（*Pinus monticola*）和中欧矮松（*Pinus albicaulis*）。山松的松塔只有 4~6 英寸长，却与糖松是近亲。最大的山松从地面算起高达 4 英尺，直径在 5~6 英尺之间，树皮呈浓郁的褐色。只有几棵如同经风过雨的冒险家似的山松长在接近山顶之处。中欧矮松又称白皮松，是形成林带的树种，在那里，它们已经完全矮化，矮到了让人甚至可以像跨过压着白雪的灌木丛一样，从它们的树梢上跨过去。

我们陶醉于饱经风雪的空中花园之中，广阔的集群的山峦仿佛在身边环顾旁观，这样的一天似乎无涯无际，永无绝期！而令人称奇、令人赞叹的是，大山越是荒凉，越是寒冷，越是经过暴风雪的戕害摧残，它们散发的光彩就越是绚丽，孕育出的植物就越是奇美。给山顶染上绚烂色彩的万千花朵不像是从干燥粗糙的风化沙砾中生长出来的，倒是像一群见证大自然宠爱的访客，可是出于我们的怯懦、无知和怀疑，我们竟然把这里称作荒凉沙漠。乍看到这里的地表，似乎单调而又险恶，可是其实，这里除了生长着丰富的植物，还因各种晶石而熠熠生辉——包括云母（mica）、角闪石、长石、石英和电气石。在有些地方闪烁的光显得澄莹、浏亮以至炫人眼目，各种颜色的尖矛似的光线闪动、照耀，与周围的植物联袂操持着悦人的、五彩缤纷的创造美的工作——每颗晶石，每朵鲜花都是向天堂打开的一扇窗户，一面反射出造物主身影的镜子。

我仿佛让人施了魔法一样，从这个花园到那个花园，从这个山脊到另一个山脊，到处漫游，时而跪下凝视雏菊的面庞，时而在铁杉树紫色和蓝色花朵中一次次攀爬，时而又深入雪的宝藏之中，时而远眺圆顶丘和山巅、湖泊和森林，还有托鲁姆涅河上游那冰封的起伏原野，并试着给它们画出素描。身处这样的美丽境地，让这般光线穿身而过，整个身体犹如味蕾在激动震颤。谁不愿意成为登山家！登高到这个地方，世界上任何奖赏又何足道哉！

眼前能看到很多冰川湖泊，湖岸风景最优美、面积最大的就是特纳亚湖，它大概有1英里长，南边一座气势宏伟的高山将其山脚浸于湖中，大教堂峰在湖口上方数英里处高耸着，北边隆起波浪般的光滑岩石和圆顶丘，南边较远的地方挺立着众多的雪峰，它们是很多河流的源头。霍夫曼湖在我脚下水光潋滟，山松在闪光的湖边生长。北边，优胜美地溪那如画般的盆地里数量众多的小湖和小水潭熠熠生辉；然而，如同镜面一样浏亮的众多泉水不管怎样妩媚动人，我的目光还是很快转移，山脉中心线上集群的山巅披着白雪和阳光让我流连和陶醉。

美洲旱獭（woodchuck）是高山动物中最吃苦耐劳的种群之一，今天，有一只从草地往它砾石成堆的家正跑的时候不幸被小狗卡洛逮到。我尽力救它，最终还是徒然。我告诫卡洛要小心不要再咬死动物，转过头来，第一次看到一只古怪的鼠兔（pika），或者可以称为野兔的小首领。它嗑断了大量的羽扇豆和其他植物，放在太阳底下晒成干草，然后储存到地下粮仓，用以度过多雪的漫长严冬。看到这些刚刚咬下来的植物一把把地散落在岩石上，让人非常震惊：在如此偏远的山顶，居然还有这样忙碌的生活。这些小小的干草制造者，似乎被赋予了与我们一样的头脑，上帝在高山这儿照顾着它们。它们给我们上了课，让我们更富有同情之心。

一只鹰在陡峭的悬崖上空盘旋，我猜想它的窝就在那上边，又是一次杰出的生命演示，让我们想到所谓寂寞荒凉中的其他"居民"——在林中照顾幼崽的鹿；强壮、皮毛油亮、营养充足的熊；活泼的群居松鼠；受保佑的、让树丛活跃甜美起来的大小鸟类；把快乐的哼鸣洒满天空的、云一样多的昆虫，它们把自己的哼鸣当成正在往下泼洒的阳光的主要成分。所有这些动物，连同植物和欢腾歌唱朝大海奔去的溪流，都跃入脑海。但是所有这一切中，最激动人心的是在无限的、肃穆的静谧和从容之中广袤的旷野那熠熠生光的面容。

太阳即将下山，我兴高采烈地跑回营地，跑下长长的南坡，穿过山脊和溪谷，穿过花园和雪崩豁口，穿过杉树和灌木丛，享受着狂野的兴奋和过剩的力量，结束了似乎永无尽头的一天。

7月27日

我离开营地，往高处走向特纳亚湖，又是一个充实的日子，足够我体味一生。岩石、空气,万物都有声或默默地倾诉着;一切都如此欢欣、奇妙、迷人,驱走了疲倦和时间意识。此时和以后再不需要渴望任何东西,因为我们仿佛回家一样进入大山的心脏。均匀的阳光照射着杉树的顶梢,每片叶子都有露水闪烁。我取道东去,在右手边是幽深的特纳亚溪谷,左边是霍夫曼山,特纳亚湖就在正前方10英里的远处。头顶上方大概3000英尺处,是霍夫曼顶峰。脚下大约4000英尺处,是特纳亚溪,光滑的圆顶丘和波涛般起伏的山脊将特纳亚溪与不规则的浅谷分隔开,而我走的路大部分都是沿着浅谷向前延伸的。我涉过岩谷中许多长满青苔的祖母绿的湿地,在草场和花园中漫步——我看到了多么美好的植物,穿越何等欢愉的溪流,霍夫曼山和大教堂峰展现了多少美景,湖岸边我第一次踏足的那光闪闪的花岗岩路面是多么令人惊奇的宽阔!我在十足的自由中继续徜徉,完全感受不到身体重量之负,我时而跋涉过梅花草属(parnassia)星罗棋布的湿地;时而穿越过长满齐肩高的翠雀属植物、百合花、青草和灌木丛的花园,抖掉阵雨般纷纷洒下的露水;经过大堆水晶冰碛石和如镜面般明亮的路面,涉过欢快地流向优胜美地的清凉溪流;越过长满美洲茶属植物的如茵草地,迅速穿过因雪崩而形成的小径和白雪覆盖的美洲茶灌木丛;然后走下一条宽阔巍然的天然阶梯,进入冰雪雕成的特纳亚湖盆地。

高山上的积雪融化得很快,溪水已经齐岸,欢快地歌唱着,在平坦的草地和湿地上轻柔摇摆似的流淌,在阳光下,碧波粼粼地闪烁,似乎在颤抖,在沼穴(pot-holes)中飞旋流转,在深潭中休憩,时而还以欢欣鼓舞的狂野精力又是跳跃、又是呼啸地越过粗糙的巨石水坝,所有的体态和姿容都展示着欢快和壮美。在内华达我看到的风光没有丝毫的真正的死寂或者呆滞，也没有在工厂中被称为"垃圾"或者"废品"之物的半点痕迹，万事万物都干净、纯洁到了完美的程度，充满了神圣的告诫，让人迅速、不可避免地对它们产生兴趣，直到上帝的精妙之手让人看到，这一感觉似乎不可思议；让上帝感兴趣的事物也将完全吸引住我们，这是有道理的。当我们尝试挑出一景一物之时，我们发现它与宇宙中其他的一切都连在一起。我们会幻想，每块晶石和细胞都像我们一样，有一颗心在跳动，我们想停下来和每棵植物、每个动物说话，就像对友善的登山伙伴一样。大自然是诗人，是充满热情的工人，我们走得越远越高，它的业绩便越见明显。山峦是源泉，是万物开始的地方，尽管它们怎样同来源连在一起已经超出了凡人理解的范围。

我发现了三种草场：1. 在盆地内，所填的土壤不够，无法形成干燥的表面，上面生长了几种苔属植物（carex），边缘有各种健壮的开花植物，如藜芦（veratrum）、翠雀属植物、羽扇豆等。2. 在与第一种同类的盆地内，一样都曾经是湖泊，但是所处位置同溪流相关——溪流流经这些草地，流经可移动的细沙和碎石等地层。现在位置抬高，水被排干。这种干燥的环境和随之不同的植被的形成原因也许并不是位置上有什么优势，或者隶属于草场的那些溪流有裹挟填充物的力量，而仅仅由于盆地很浅，所以能更快地填满。这里生长的青草，大部分都纤细、丝一般光滑、叶子很短，其主要种属是拂子茅属植物（Calamagrosis）和剪股颖属植物（Agrostis）。它们形成了光润平整的草地，令人愉悦。草地上还有其他两三种龙胆根（gentian）及两三种紫色和黄色的直果草属植物、紫罗兰、越橘、美国石楠、山石楠（bryanthus）以及忍冬草（lonicera）。3. 仿佛悬挂似的位于山脊和山坡上的草地，根本不是在盆地内，而是由大量的砾石和倒伏的树木使之稳固成形。这些砾石和树木在细小、四处延伸并且没有水道的溪流上形成上下相覆、紧密连接的座座水坝，拦截了足够的土壤，供青草、苔属植物（carices）和很多开花的植物生长，并使之有足够的水浇灌，却无须担心激流过强把它们冲走，于是形成了陡峭如悬挂似的草场和倾斜度较小的缓坡似的草场。它们的表面很少像前述的两种草场那样平滑，其高低不平多少是由于堤坝顶上的石头或木头凸出来的缘故；然而隔开不远后再看，这一点高低不平就注意不到了，反而形成非常惊人的效果——仿佛有一条条优美自然、缀满鲜花的亮绿色绸带在灰色山坡上向下飘垂而去。这些草场上面那些宽而浅的溪流大部分源自雪坡，有一些地方由于土壤排水情况好，而另外一些地方堤坝似的岩石堆积紧密，缝隙中填满小块的木头和树叶，形成一块块沼泽似的地带，植被当然也就相应地有所变化。我在一些这样的地带上看到一片片的柳树、山石楠，还有仿佛故意招徕似的婀娜百合，它们不是像要形成边界似的聚集生长，而是散散落落地生在苔属植物和青草之间。这些草场大部分都处于隆盛时期。青草叶和莎草叶都富有弹性，其韧度勾画出了无比优美的细腻曲线，简直令人称奇！这种韧度倘若稍硬一点，它们就会像金属条一样笔直竖起，呆板僵硬；可是稍微软一点呢，每片叶子又都会倒伏在地。颖苞（glumes）、托苞（pales）、雄蕊（stamens）和柔软如羽毛般的雌蕊（pistils）上面的着色和点染又多么浓淡有致，细腻精到啊。花朵般绚丽的蝴蝶纷至沓来，在花丛间翩翩起舞。还有许多别种带翼的美丽生物，只有上帝知道它们的数目、深谙并且宠爱它们；它们一起在我头顶跳着华尔兹舞，仿佛一心一意地玩耍、欢闹，尽情地享受着它们小小火花般短暂的生命。它们是多么美好啊！可是它们又是如何生存并经受这里天气的考验呢？它们那小小的身躯、连同其肌肉、神经、器官是怎么保暖、保持愉快心情，并享受令人赞叹的旺盛精力和健康呢？仅仅把它们当作机械工艺创造出的产品来看，它们已是多么奇妙啊！与它们相比，样子像上帝的人类最精密的机器也不值一提。

冰碛石上的大部分沙质花园像草场一样正展现全盛时期的美，虽然岩石北边和幼松的树林下面的那些花园里，花还没有全部盛开。在霍夫曼山阳光充足的晶石土壤坡面上，我看到辽阔的一片片伊薇蔷薇和紫色吉莉属植物，上面几乎看不到一片绿叶，形成大片大片的奇幻色彩。醋栗（ribes）灌木丛、越橘和石南科植物现在都在开花，仿佛给溪流堤岸铺上了绚丽的地毯和绲边。像花坛似的一丛丛乱枝浓密的矮橡树（*Quercus chrysolepis*，var.vaccinifolia）矮得可以直接跨过，在岩石遍布的冰碛土壤上十分常见，然而它们与在布朗平原附近看到的高大的长青栎是同一种类。最漂亮的灌木丛是开紫色花的山石楠，在这海拔9000英尺的高处形成了像富丽堂皇的地毯一样的缤纷花地。

营地周围一两英里内的主要树种是壮观的银杉树，在这里，无论作为单独的个体，还是中间隔着空地聚集成的一丛又一丛，它们的尺寸和形体都臻于完美。这些有着银色尖梢的树丛整齐雅致，让人不禁想象它们是由某位园艺大师精心选好位置摆放于此的，它们的规则、平整和匀称几乎与传统样式一般无二，然而，大自然才是唯一能造就这种神品杰作的园艺家。几棵高达200英尺的高贵树木矗立在中心位置，四围是较为年轻的冷杉树；在更外围，是一圈更小一点的冷杉，整个树林的格局犹如高雅对称的花束，每棵树都与其被安排的位置契合无间，似乎是专为此而特别定制的。我们也时常发现有小巧的玫瑰花和野荞麦属在树丛周围的空地上盛开，形成迷人的游乐场。再往高处去，冷杉身形渐渐变小，也不那么完美了，还有很多树出现了两个尖梢，显示了暴风雨的压力之大。然而，只要有肥沃的冰碛土壤，即便是在湖泊盆地的边缘，高达150英尺、直径达5英尺粗的树木仍能生长在海拔几乎9000英尺的地方。我发现大部分幼树由于冬天积雪摧折性的重量弯下了腰，根据树上的痕迹判断，在这样的海拔高度积雪至少有8～10英尺深，而这种深度的厚实积雪足以压弯并掩埋20～30英尺高的小树，还会使它们四五个月不能挺直腰杆。于是，一些折断了，其他的则在积雪融化之时重新站起，最终达到可以抵御积雪压力的尺寸。在5英尺粗的树干上，这些早期的抗雪训练也能在弯曲的拱起处让人看到清晰的痕迹，主干上经常伸出新生幼树那些枯干的旧树枝，特别是在断裂处的下方枝丫上长出的新的枝干比这些老枝还要粗大。面对所有这些压力，森林仍保持着英挺的姣美风姿。

除冷杉之外，我还发现，在内华达山区最高的林带，海拔10000英尺有余的高处，森林主要由双叶松构成。我在海拔高度9000英尺的地方见到一棵直径几乎有5英尺粗的树，生长在水分充足的深深土壤中。双叶松的外形因其所处位置、朝向和土壤等因素有很大差异。在河岸处密集生长的地方，它们非常纤细；有些树高达75英尺，但地面直径不超过5英寸，然而就我所见，旋叶松外形普通，却非常匀称。在这样的海拔高度，充分发育的树直径平均约有20～40英寸，高度则是40～50英尺，叉开蔓生的枝条在末端向上翘起，树皮很薄，因琥珀色的树脂而显得湿漉漉的。雌花长在枝条末端，呈小巧的浑红色玫瑰花形状，直径 1/4 英寸，大部分隐藏在叶穗之中；雄蕊直径大约为 3/8 英寸，呈硫黄般的黄色，成团丛生，艳丽显眼，营造出富丽的效果。这些勇敢强壮的登山家似的松树，快活地生长在崩塌的砾石构成的粗糙地面上，在岩石路面的缝隙间和肥沃的浅谷内。几个世纪以来，它们每一年都挺立在齐腰深的大雪中，直面上千次的暴风雪，每年又都开花，同充足阳光照耀下色彩明丽的热带树木不相伯仲。

另外一种更能耐寒的登山家般的树种是内华达杜松（Juniperus occidemtalis），大部分生长在圆丘、山脊和冰川岩面。这是一种体格粗壮、结实而又别有风姿的高地"居民"，似乎靠阳光和积雪生长了几十个世纪，颇为满足；真是个让人惊奇的家伙，每一个特征都显示出顽强的忍耐力，几乎与它脚下的花岗岩一样长生不老。有些树的宽度几乎和高度不相上下。我在湖岸见到一棵杜松直径大约达 10 英尺，还有很多树直径也有 6～8 英尺。肉桂色的树皮一长条一长条地剥落，每片长条犹如丝带，闪着缎子般的光泽。它肯定是登山家般的树种中耐力最持久的树，似乎从来都不会寿终正寝，甚至惨遭砍死后也不会倒地。如果受到保护免生意外事故，它们也许可以永生不死。有几棵杜松经历了来自白雪皑皑的霍夫曼山的大雪崩劫难，可是我看到它们仍然快活地抽出新枝，仿佛狄更斯作品中的戈利普（Grip）一样重复着"永不言死！"有一些杜松就在岩石路面上挺立，它们的根就扎在不足半英寸宽的裂缝之中。这些岩石上的"居民"的通常高度是 10～20 英尺，大部分老树的树梢都已经断裂，无非就是残桩而已，却能成簇地生出少许树枝，在裸露的岩面上形成别具一格的褐色柱子，周围有宽裕的回旋空间，每一个方向上都有清楚开阔的视野。在肥沃的冰碛土壤上，杜松可以高达

40～60英尺，长有浓密的灰色针叶，主干年轮非常细密。我观察到一些树的标本，在1英寸直径内就有80道年轮。那些直径10英尺的树木无疑是寿数几千年的老树了。真希望我也能像杜松一样靠阳光和积雪生活，与它们在特纳亚湖岸边，并肩活上一千年。那样我该能饱览多少风光，生活又该多么惬意啊！山中万物都会发现我，来到我身边，天空中的一切，例如光也都会纷至沓来。

特纳亚湖是为了纪念优胜美地一个部落的酋长而命名的。据说印第安人老特纳亚在他的部落中一直是个好人。一批士兵把他的一队同部落的亲族追到优胜美地，要惩罚他们偷牛和其他的几桩罪行。他们经由能够走出山谷上端尽头的一条山路，逃到这个湖边。当时正值早春，积雪仍然很深，又有追兵在后面尾随追捕，他们丧失信心，最后投降。这浏亮的湖是纪念老人的一座完美遗迹，有可能与世长存，虽说这湖会被流入的溪流所携的岩屑，以及在某种程度上雪崩、雨水和狂风所带来的那些沙石慢慢填满，最终会像印第安人一样消亡。特纳亚盆地上端，从大教堂峰进入的那条主要支流汇入湖水处，相当大一部分已经变成了树木丛生的平原和草场。另外两条支流来自霍夫曼山脉。湖在湖口向西流经特纳亚峡谷，在优胜美地与莫塞德河汇合。湖水北岸几乎看不到哪怕是一捧松动的泥土，一切都是裸露闪亮的花岗岩，让人想到印第安人给这湖起的名字——Pywiack，其意思是闪亮的岩石。湖上的盆地似乎是由古时候的冰川慢慢挖空形成的，这鬼斧神工般的杰作需要无数个一千年才能造就啊。在湖的南边，一座气势宏伟的高山从水的边缘处拔地而起，高达3000多英尺，以铁杉和松树作为装饰；湖水东边耸立着几座光闪闪的巨大圆顶丘，亘古的冰川一定像今天的风一样扫过丘顶，在它们上面碾磨、冲蚀、塑型，才成为今天的样子。

7月28日

没有云峰，只有让人难以看清楚的、像一绺一绺弯弯曲曲的头发似的卷云，正午时分没有雷声打点儿报时，似乎很奇怪，仿佛内华达之钟已经停止摆动了。我一直在研究红冷杉，丈量了一棵高约240英尺的冷杉，是我迄今所见的最高的一棵。这种树是所有针叶树中最匀称的品种，尽管尺寸巨大，但很少能活过四五百年，大部分都会在200~300岁的时候死于真菌的侵袭。它们开阔的掌状树枝堆满积雪，这种干燥、腐败的真菌大概经由积雪压断的枝条上那些断裂处进入树干。年轻一些的红冷杉树是匀称之美的杰出范例，竟如铅垂线一样笔直竖立，树枝大部分为5条，呈规则的水平涡轮状展开，每根树枝分出的分枝几乎精确得像蕨类复叶，上面覆盖着浓密的针叶，像在整棵树上铺了厚厚的长毛绒，仅仅露出主干和小部分的主枝。针叶向上弯曲，小枝条上尤其如此。针叶非常硬而又锐利，在树的上半部分呈尖形伸出。这些针叶在树上能留8~10年，由于树木生长迅速，并不出奇的现象是，在主茎上部直径达3~4英寸的地方，能看到一些针叶仍然稳在其位。它们当然被分散开，间距很宽，展现出螺旋状的排列，样子很美。叶子的疤痕清晰可见，其存在该是20年有余了，但不同的树，针叶的厚度和尖锐程度会有很大差异。

游览完霍夫曼山后，我已经看到了内华达森林完整的横截面，我发现在所有高贵的针叶树种中，红冷杉最为匀称。其球果堪称华丽，在形状、尺寸和颜色上均属极品，呈圆柱状，长度5~8英寸，直径3~4

英寸，颜色主调为灰，略呈绿色，挺直得像小木桶一样立在高处枝条上，上面覆盖着一层柔柔的绒毛，在阳光下反射出银色的光泽，透明的松油珠更增添了它们的亮色，而松油像是一直都在往每颗球果上淋洒一样，让人不禁想起古老的宗教涂油仪式。如果有可能打开球果，内里比外观还要漂亮。种鳞、苞叶和种翼都点染着最可爱的玫瑰紫色，闪烁着彩虹般明亮的斑斓光泽；种子长约 3/4 英寸，呈深褐色。球果成熟时，种鳞和苞叶脱落，让种子自由飞翔到它造化护佑的落脚处，而枯萎的钉子状的种轴仍会留在枝条上好多年，标示着已经消逝了的球果位置。但是在青涩未成熟时就被道格拉斯松鼠咬掉的那些球果则是例外。我真不知道松鼠是怎么把它的牙齿伸到球果那宽阔的无柄底座之下的。在阳光灿烂的日子爬上这样的树，观赏正在生长的球果，并眺望森林的顶端，是我最感豪兴十足的乐事之一。

7月29日

天气晴朗、清凉、令人振奋。云彩占据天空大约 5%。畅游、素描、尽情享受无处不在的乐趣，度过了值得称道的一天。

7月30日

云覆盖了天空的 20%。按惯例该下的阵雨却没有降临，不过还是听到几英里外有雷声为中午打点儿报时。蚂蚁、苍蝇和蚊子似乎非常喜欢这样的好天气。几只家蝇已经发现了我们的营地。内华达山区的蚊子非常勇猛，体型很大，有些蚊子从螫针的尖到收拢的翅膀尖的长度几近 1 英寸。其数量不像在一般野地里那么多，但它们会毫不顾忌时间和地点，不时地发出嗡嗡的哼鸣声，造成纷扰。它们只要找到值得叮的地方，随时随地都要蜇咬，直到它们自己被霜冻蜇咬到死为止。乌黑发亮的巨大蚂蚁只有当人躺在树下的时候才让人觉得棘手和麻烦。我发现了一只钻蛀虫（borer）正在银冷杉树上钻洞，它的产卵器大约有1.5英寸长，像针头一样又亮又直，不用的时候则收在向后伸得很直的鞘内，好像鹤飞行时的腿一样。我猜想，它之所以钻洞是为了不用筑巢也免却了哺育幼虫时的产后护理。谁能想象一只蝇虫的头脑里居然沉积这么多知识？它们怎么知道自己的卵可以在这样的洞里面孵化，或者孵化后，那些又软又无助的幼虫能够在银杉树汁液内得到合适的营养？这种家务安排让人不禁想起奇怪的五倍子蝇（gallflies）的家族。每个物种似乎都知道哪种植物会对蜇刺以及产卵所造成的疼痛或刺激做出反应，形成一个生长物，不单能为卵提供巢穴，为幼虫提供家居，同时也能为幼虫提供食物。也许这些五倍子蝇也像所有的人类一样，不时地会犯个错误，但是，当它们犯错时，只是那特定的一窝卵没能繁殖而已，其余足够延续种族的卵会找到合适的植物以及营养。很多生物都犯这样的错误，只是我们没有发现而已。有一次，一对鹪鹩犯了这类错误：在一个工人的上衣袖里筑了窝，日落时，工人取走上衣，让这对鸟儿非常惊恐而又狼狈。让人惊奇的事仍然还在发生：无论如何，像蠓和蚊子这样的小生物的子孙能够避免它们自身和父母的错误，逃避天气的无常变化以及天敌的猎杀，以充沛的精力和完美的体态享受阳光灿烂的世界。当我们想到这些肉眼可见的小生物之时，就会不禁想起许多比它们还要小的生物，从而不断地探索无限的奥秘。

7月31日

又是一个值得称道的日子。吸入肺里的空气就像舌间的甘露。的确，身体就像是一个味蕾，由内而外地震颤不已。云量大约覆盖天空的5%，听到了远处的雷声，不过，平常的阵雨并没有到来。

快活的花栗鼠（chipmunk）在布朗平原很常见，在这里也很常见，不过可能是另外一个品种。它们无忧无虑的快活习性让人想起在东部各州我们熟识的花栗鼠——在威斯康星州橡树林空地上，我们曾欣赏它们沿着蜿蜒曲折的栏杆式篱笆飞速掠过的身影。而内华达州的花栗鼠更多地栖于树上，更像松鼠。我第一次注意到它们是在针叶林带下缘地区塞宾松和黄松两个林带交汇的地方，这些极其有趣的小家伙，一招一式都非常奇特、滑稽，虽然不是真正的松鼠，却拥有松鼠大部分的技能，又不像松鼠那样爱启衅、闹嚷嚷的。我不知厌倦地观察它们在灌木丛间跳跃着收集种子和莓果；像北美歌雀（song sparrow）般优雅地停驻在纤细的枝头，造成的惊动比起同它大小相当的鸟儿还要小。内华达地区的动物极少有能让我比对它们更感兴趣的。它们能干、温和、了无戒心，又漂亮，因此让人无比喜爱，把它们当成心肝宝贝。尽管它们体重不比田鼠（field mice）重多少，但它们辛勤地收集种子、坚果和球果，因此它们吃得很好，但一点也不因脂肪而显得鼓胀胀，因懒惰而显得圆滚滚。恰恰相反，它们似乎有着无穷无尽的敏捷动作以及像鸟一样的勃勃生机。它们一举一动都会叫出声来，叫声多种多样，有时甜美清脆，像水滴入池塘，丁丁零零。它们似乎非常喜欢戏弄狗，常常跑到狗的旁边，然后迅速地欢蹦乱跳地离开，口中像麻雀一样发出叽叽喳喳的声音，还用尾巴配合自己的"音乐"打出节拍，每欢叫一声，尾巴就左右画个半圆。就连道格拉斯松鼠也没有它们那么脚步坚实、无所畏惧。我曾看到它们在优胜美地山崖的几近垂直的峭壁上奔跑，像苍蝇般毫不费力地站稳，如果稍微脚下一滑就会坠入两三千英尺的深谷，可它们一点也不觉得有什么危险。如果我们登山的人也能如此沉稳踏实地攀爬这些险峻的悬崖峭壁，该有多好啊！那一天，我为了一睹优胜美地瀑布的风采而冒了一次险，这已经剧烈地折磨了我的神经，而对我们这位希腊语所说的小小食物收藏家（Tamias）而言，却像捡拾青草穗儿一样容易。

生活在荒凉阴冷山顶的美洲旱獭是完全不同类型的登山家——它们是所有啮齿类动物中最像牛的物种，食量很大，脂肪很多，身躯肥硕如高级市政官员，而且相当臃肿，在高山草场上，它们看上去就像在苜蓿地里的牛一样。一只美洲旱獭能比一百只花栗鼠还重，不过绝对不是迟钝的动物。在我们认为是暴风雨肆虐的荒芜之中，它们一样愉快地嘶鸣或发出口哨似的叫声，在它们这高入云霄的家园享受着长寿的生活。它的洞穴建造在崩解的岩石内或者巨石下面。它们在下着白霜的寒冷早晨，走出洞穴，在最喜欢的上端平坦的岩石上享受日光浴，然后到山谷花园去吃早餐，把青草和花朵舒舒服服地吃到肚子圆鼓鼓为止，然后就去打斗玩耍。我不知道美洲旱獭在这样凛冽清新的空气中能生存多久，但一些旱獭的皮毛带着铁锈色、灰色，就像布满了青苔的岩石。

8月1日

壮观的云景。5分钟的阵雨使已经芬芳清新的福佑之地更加清爽，雨水把黑色的松软沃土和枯叶浸泡在水中，像沏过的茶。美国中西部各州的每个男孩都非常熟悉的扑动（waycu，又叫flicker），是附近最常见的啄木鸟中的一种，让人感觉好像回到家般亲切。我看不出它们的羽毛或者习性与东部的啄木鸟有什么不同，尽管这里的气候差异很大——它们实在是一种优秀、勇敢、天真无邪的漂亮鸟儿。这里也有知更鸟，它们在花园般的开阔原野和高山草场上唱着我们熟悉的曲调，展示我们熟悉的姿态，优美地走来走去。它们根据季节的转换和食物供给的变化，从平原到高山，从北到南，来来回回，上上下下地迁徙，整个美洲不论哪里，都像家一样让它们感到舒适自在。这勇敢的歌唱家在如此辽阔而又环境各异的地域上迁徙，又能保持快乐和健康，这样的身体素质和性情是多么令人钦佩啊！当我在庄严肃穆的森林中漫步，感到敬畏而默然不语的时候，我经常能听到这位漫游小伙伴那清晰甜美的安慰声音，"别害怕！别害怕！"

在散步的时候，我经常能碰到高山鹌鹑（mountain quail，学名是 *Oreotyx ricta*），这是一种体形小的褐色鹧鸪（oartridge），头上长着细长的装饰性冠毛，很时髦，就像小男孩帽子上的羽毛，使其外表非常醒目。这种高山鹌鹑比在炎热山谷丘陵上生活的山谷鹌鹑大多了。它们很少飞到树上，而是喜欢五六只到 20 只地整群漫步，穿越美洲茶属和石兰科浓厚的灌木丛，越过空旷的干燥草地和林木稀疏或没有林木的山脊，发出低低的咯咯声以同声相应，不致彼此走散。它们一旦受到骚扰，便用力拍打着翅膀，轰的扑啦啦飞起来，犹如爆炸般四散到 1/4 英里以外。等到危险过后，它们发出管乐器般的高亢声音，互相召唤着再聚到一起。它们是大自然本身放养的美妙山鸡。我还没有找到它们的窝。在这个季节，雏鸟已经孵出，并离家而去，一窝窝新的快乐游荡者已经长到了父母的一半大了。当地面上覆盖着 10 英尺的积雪时，我真好奇它们是怎么度过漫漫严冬的。它们一定是像鹿一样,往林带下缘迁移,不过我在那边没有听说过这些鹌鹑。

蓝色或微黑色的松鸡（grouse）在这里也很常见。它们喜欢待在杉树林最深最浓密的地方,一旦受到惊吓,就扑棱棱地大声拍打着翅膀,从枝子上突然飞开,摇摆着无声地滑翔,不动一根羽毛就踪影全无。这种松鸡与古老西部的草原鸡尺寸相当,强壮而又美丽,除了在繁殖期留在地面上之外,大部分时间都在树上度过。雏鸡现在能飞了。受到人或者狗的惊吓四处散开之后,它们待在一个地方一动不动,直到认为危险已经过去,母鸟再召唤它们回来。即使声音并不高,幼鸟也能在几百码外听到母鸟的召唤。如果雏鸟还不能飞,母鸟就会装作自己严重跛足,或者装死,把敌人引开,有时候它把自己抛甩到对方脚边两三码的地方,打滚、踢腿、喘粗气,以此来欺骗人或者野兽。据说,它们常年生活在这片森林附近,在冬天雪暴发生时,藏身在杉树和黄松浓密的树枝间,以这些树的嫩芽为生。其羽毛覆盖整条腿直到趾部。我从没听说有什么气候是它们不能忍受的。因为可以依靠杉树和松树的嫩芽维持生命,它们在食物上永远都是自主的,而我们人类中有很多人就受到食物的困扰,行动也受到制约。为了获得这种最高的自主性,我很乐意永久靠吃松树嫩芽为生,无论芽内包含多少松节油和树脂。想想上个月我们为了一点磨坊出的面粉而受的罪吧！人类在觅食方面的困难似乎比上帝创造的任何一种生物都要多。对于生活在城镇的很多人来说,这是一个一辈子的消耗性征战；对其余的人来说,食物匮乏的危机感太强烈了,为了将来的需要而不断囤积的要命习惯于是形成,压抑了所有真正的生活,即使在一切合理需求已经过度满足之后,这种积习仍然难改。

在霍夫曼山上我看到一种奇特的鸽子色的鸟，有点像啄木鸟，又有点像喜鹊或乌鸦。它的叫声有点像乌鸦，但飞行姿势很像啄木鸟，它的喙长而笔直，我看到它用这张喙撬开山松和白皮松的松塔。这种鸟似乎总是待在高山上，不过毫无疑问，冬天的时候，它们即使不是为了食物，也会为了躲避寒冷而飞到低地。就食物而言，我猜想，这些鸟类登山家即使在冬天，也可以捡拾不同种类的针叶树坚果为生；因为总有些坚果没能从松塔里飞出去，留给冬天饥饿的拾荒者。

第七章
一次奇妙的经历

8月2日

云量和雨量与昨天差不多。在北穹隆丘上画了一整天的素描直到下午四五点钟,我受雇而来,满脑子忙着想着的都是优胜美地的壮丽风景,并试着把每棵树、众多岩石的每个线条和特色都留在画笔下。这时候,突然间,在完全没有任何预兆的情况下,我的头脑中出现一个念头,那就是,我的朋友——威斯康星州立大学的J.D.巴特勒(J.D. Butler)教授就在我下面的山谷里。我跳起身来,一心想和他会面,当时这种令人惊骇的兴奋,就好像他突然间碰了碰我,让我抬起头来看他似的。我不假思索地放下手中的工作,沿着山谷峭壁边缘从穹隆丘西坡跑下去,寻找一条到谷底的路,直至来到一个侧谷,根据绵延的树木和灌木的生长来判断,我认为这是到谷底的可行之路。尽管时间已经很晚了,但我仿佛被不可抗拒的力量吸引着,于是我马上开始下山。不过,过了一会儿,常识让我停了下来,让我意识到肯定得天黑以后很久,我才能到达旅店。到那时,旅客肯定都已经睡觉了,没有人会认识我,我兜里一分钱也没有，更糟糕的是，我连外衣也没穿。好不容易才强制自己停下来，最终还是说服了自己，甩掉了趁黑去寻访朋友的念头，朋友已经来到山下的这一闪念，毕竟仅仅是我凭着一种奇怪的心灵感应玄想出来的啊。最后，我终于还是把自己从树林里拽回到营地上，没有半分钟的思想动摇。但是，我已经下定决心，明天一早就下山去找他。我觉得这是袭上我心头的最无法解释的念头：我已经在穹隆丘上盘桓了这么多日子！而倘若我坐在穹隆丘上，有人在耳边轻声告诉我，巴特勒教授就在山谷里，我也不会像现在这样纳罕和震惊。我离开大学的时候，他说："约翰，现在，我要关注你，关注你的事业；答应我，至少一年给我写一封信。"我在7月份的时候收到他在5月份写的一封信，那个时候我们正在山谷的第一个营地。信中说，他可能今年夏天的某个时候到加利福尼亚来，希望可以和我见面。但是，因为信中他没有指定见面地点，也没有告诉我他可能走的路线，况且我将在野外度过整个夏天，所以，我没有抱一丝希望可以和他见面。这件事完全从我脑海中消失了，到今天下午，他的身躯似乎像风一样飘到了我的面前。嗯，明天就知道了！不管合不合理，我觉得我必须去一趟。

8月3日

度过了非常美妙的一天。就像指南针指向磁极一样，我轻松地找到了巴特勒教授。所以，昨天晚上的心灵感应，或者是超凡的启示，或者无论叫什么别的，反正是应验了；奇怪的是，当我感应到他的时候，他刚从考特维尔山道（Coulterville Trail）进入峡谷，经过船长岩（El Capitan）正在向山上走。如果当时他使用单管望远镜，北穹隆丘一出现在视野内就仔细观看的话,他有可能看到我当时正放下手里的工作,跳起来,朝他跑去。这在我人生中好像可以被称为一次解释得明明白白的超自然奇迹。我一向都沉浸在快乐的大自然里,从孩童时代,对击桌通灵术、神眼透视、鬼故事等就从来都不感兴趣,这些东西,与大自然的开放、和谐、充满歌声和阳光的日常美相比,似乎没用,又极无奇妙之处。

今天早晨,在想到要出现在旅店的游客中间时,我感到很麻烦,因为我没有合适的衣服,更重要的是我极度腼腆拘谨。然而,两年里我都在陌生人中间生活,我下决心要去看看我那位老朋友。于是,我穿上一套干净的工作服,一件开司米羊绒衬衫,套上可称得上夹克的外套——这是我的营地"衣橱"里面所能拿得出来的最好的衣物,把笔记本拴在腰带上,迈开大步开始了我奇异的旅程,卡洛跟在我身后。我穿过昨天晚上发现的那个山口,后来证实是印第安峡谷。峡谷里面根本没有路,处处是岩石和灌木,太崎岖难行,所以卡洛频繁地叫唤,让我返回,帮它攀下陡峭的地方。我从峡谷的阴影中走出来时,发现一个男人在一块草场上晒干草,于是上前问他,巴特勒教授是否在山谷里。"我不知道,"他回答说,"不过在旅店里很容易探听得到,因为现在峡谷里的游客没几个。昨天下午一小伙人进来,我听说有个人叫巴特勒教授,也许是巴特菲尔德,或者跟这类似的名字。"

在阴暗的旅店里,我看到一队游客正在调整渔具。他们都露出惊讶的表情,沉默地盯着我看,好像我是从云端穿过树丛掉下来似的,我猜想,主要是因为我奇异的打扮。我打听办公室在哪里,有人告诉我办公室锁门了,店主不在,不过我有可能在接待室找到店主夫人——赫青斯太太（Mrs. Hutchings）。我在困窘不堪的难受状态下走了进去，在宽敞的大房间等了一阵，又敲了好几扇门之后，店主太太终于出现了。听完我的询问，她说她倒是觉得巴特勒教授在山谷里面，不过为了确认，她到办公室把登记表取来。在最后到达的旅客名字中，我很快发现了巴特勒教授那熟悉的字体，就在那一刻，拘束感消失了。当我听说他们那伙人到山谷高处去了，也许是去佛农瀑布和内华达瀑布（Vernal and Nevada Falls）时，我欣然出发去追赶他们，原因是心中有了明确的目标。不到一个小时，我就到达了佛农瀑布的内华达峡谷（Nevada Canon）谷口，就在那水花四溅的瀑布外边，我看到一位卓荦冠群的先生。就像我今天遇到的每个人一样，我一靠近，他就奇怪地看着我。我鼓起勇气问他是否知道巴特勒教授在哪里，他似乎更加好奇，想知道发生了什么事需要一位信使来寻找巴特勒教授。他非但没有回答我的问题，反而用军人般严厉的口吻问："谁找他？"

"我找他。"我同样严厉地回复他。

"为什么找他？你认识他吗？"

"是的，我认识。"我说，"你是不是认识他呢？"

他惊讶了，这山里居然有人认识巴特勒教授，并且教授刚进山谷有人就能找到他。他惊讶之余，放下架子，以平等的态度接待我这个奇怪的山地人，他彬彬有礼地回答：

"是的，我和巴特勒教授很熟。我是阿佛德将军（Gerneral Alvord），很多年前，我们还都年轻的时候，我俩曾经是佛蒙特州（Vermont）勒特兰书院（Rutland）的同学。"

"可是他现在在哪儿呢？"我打断他的故事，坚持地问。

"他和一个同伴到这个瀑布那一面去了,要爬那块巨石,你从这里可以看到巨石的上端。"

他的导游主动提供信息说,巴特勒教授和他同伴去爬的那块岩石叫自由冠岩(Liberty Cap),如果我在瀑布源头等着,他们下山时,我肯定能碰到。于是,我沿着佛农瀑布边上梯子样的岩石爬了上去,并继续前进。为了能尽快见到朋友,我决定不在这里等待,而是赶紧爬到自由冠的岩顶上去。一个人的生活再怎么充满快乐、无忧无虑,有时候还是渴望见到一位朋友活生生站在面前的。我在佛农瀑布顶端只走了很短的距离,就在岩石和灌木丛中看到了他。他半弯着腰,摸索着,袖子卷得老高,马甲敞开着,帽子拿在手里,显然又累又热。他看到我朝他走近时,就在一块大石头上坐了下来,擦额头和脖子上的汗水,把我当成了山谷里的一名导游,向我询问去瀑布岩梯的路。我朝着用一小堆石头做记号的小路指了指,他看到了,于是朝他的同伴呼喊,说他找到路了。可是他还没有认出我来,于是,我直接站在他面前,直视着他的脸,伸出一只手。他以为我要帮他站起来,"没事儿。"他说。

然后我说了:"巴特勒教授,难道不认识我了吗?"

他回答:"我想我不认识。"但是,他看到我的眼睛,猛然间认出来了,他惊讶于他在树丛中迷路的时候,我竟然能找到他。而且他不知道,我居然就在他的一百英里范围之内。"约翰·缪尔!约翰·缪尔!你从哪儿来的?"于是我告诉他昨天晚上的故事:他刚进入山谷,我就感觉到他的出现,而那时候,我坐在北穹隆丘上画素描,他则远在四五英里之外。当然,这只能让他更加惊讶。在佛农瀑布脚下,导游牵着带鞍子的马等在那儿,我沿着山道朝旅店走,边走边和教授聊着天,聊以前学校里的日子，聊麦迪逊（Madison）的朋友，聊每个同学，以及他们如何腾达，等等。我们还时不时地凝视我们周围那些巨石在黄昏暮色中渐渐模糊，再次引用诗人的话——"这真是一次难得的漫游。"

到达旅店的时候天色已晚，阿佛德将军正等着教授回来一起吃晚饭。教授正式向他介绍我的时候，他似乎比教授更为惊讶，他惊讶的是：我在完全没有正常渠道知道他已经到了加利福尼亚的情况下，竟然能从离云端不远的高山下来，直接找到教授。他们是直接从东部来的，还没有访问加州的任何朋友，觉得不会有人知道他们的行踪。我们坐下来吃晚餐的时候，将军靠在椅背上，俯视着桌子，向那十几个客人介绍我，包括上面提到过的盯着我看的渔夫。他是这样介绍的："你们知道，这个人，就在巴特勒教授到达的当日，他从没有路的大山里下来，来这儿找教授；他又是怎么知道教授在这儿的呢？他说，他就是冥冥中感觉到了。这是我听说过的苏格兰先知故事里最离奇的一个。"我的朋友引用莎士比亚的《哈姆雷特》剧中台词："何瑞修，天上人间梦到的事情比你哲学里面的还多。""太阳升起之前，空中已经绘制了它的形象，就像事件发生前已有征兆，明天已经寓于今日。"

吃完晚饭后，我和教授聊了很久，聊在麦迪逊那儿生活的日子。教授让我答应他，将来什么时候陪他到夏威夷岛（Hawaiian Islands）上露营，而我则试着让他同我一起到内华达高山去露营。不过他说："现在不行。"他不能离开将军。当我得知他们明天或者后天就要离开峡谷了，我很惊讶。我很高兴在这忙碌的大千世界里，自己还没有了不起到让人惦念的地步。

8月4日

在茫茫荡荡的壮丽而且奢华的星空下和银色的冷杉树林中住过以后，再睡到这卑陋的旅店房间里，感觉非常奇怪。今天我与朋友和将军道别。这个老兵人非常亲切，而且言谈风趣。他讲了他参加过的佛罗里达塞米诺尔战争（Florida Seminole War）中发生的好几个长长的故事，并邀请我到奥马哈（Omaha）去探望他。之后我叫上卡洛，穿过印第安峡谷的谷口，爬山回家。一路上既欣喜，又为可怜的教授和将军感到惋惜，他们得受时钟、历书、命令和责任等的限制，被迫在低地上和那些烦恼、灰尘和喧闹一起过日子。在那里，大自然给遮盖住了，连它的声音也窒息了。而我这个无关紧要的贫穷流浪汉却在上帝的旷野中享受着自由和天国的荣耀。

我今天除了享受到了探访朋友的人间情怀之外，还极大地体会到了置身优胜美地的快乐。我以前只来过这里一次，那是去年春天，我花了8天时间在岩石和溪流间漫游。在山里不管我们走到哪儿，或者确实应该说，不管到上帝创造的哪一块蛮荒之地，我们得到的回报总能比寻求的还多。在几个小时内下降4000英尺，我们进入了一个新世界——气候、植物、声响、居住在这里的所有动物和景色都是全新的，或者至少有所改变了。在我们营地附近，金杯橡树（gold-cup oak）构成片片丛生的灌木，我们在它们的上边铺床睡觉都成。从印第安峡谷往下走，我们发现这小灌木丛逐渐变成大灌木丛，随后变成小树，小树再往大树上变，这变化过程缓慢而又有规律，到了峡谷底部附近的岩屑堆的时候，我们发现它们已经变成枝丫蔓生、结瘤很多的粗实大树，树身直径达4～8英尺，高度则已经是40～50英尺了。这儿的水也是多种多样，溪水或者河水的每个流域，大大小小的瀑布都有各自的特点。我尽情观赏了佛农瀑布和内华达瀑布。山谷中这两个主要瀑布，相隔不到1英里，在水流的声音、形态、颜色等方面都迥然大异。佛农瀑布有400英尺高，约有75～80英尺宽，从一道唇形的峭壁中流出来，平稳地坠落，形成皱褶交叠、凸凹不一的刺绣围裙般的华丽水幕，颜色因水与树相映而绿白相间，它保持这样的形态差不多一直落到谷底。在谷底处，它又突然被那些高速飞扬并喷溅的浪花和弥漫的水雾像面纱一样遮住，午后的阳光在上面戏弄着令人销魂的美丽虹彩。而内华达瀑布，则从自由地跃入空中一展姿容开始，就呈白色。水流刚刚向外自由纵跃之前，因撞击水道侧壁而向内折转，在源头处就呈现出盘旋扭曲的态势。大约坠到2/3的距离之后，飞流直下的宛若彗星群集的磅礴水流扫过峭壁的倾斜表面，激起更显白灿灿的水沫，大面积地向外溅开，跳跃似的奔涌，形成难以言传的壮美景象，午后阳光倾洒其上时则尤为壮观。这是世界上最美好的瀑布之一，其流水似乎已非一般的法则所能支配，而是已经变成挟着群山之力和野性大欢跃的一种活蹦乱跳的生物了。

在一大股一大股气势汹汹地喷涌着浪花和飞沫的水流下面，河流受一块又一块的嶙峋巨石所阻，分成一条条的带状细流，此处的河水似乎已成断流。但是细流很快又汇成一道怒吼的洪涛，显示刚刚新生的河依然极其生气勃勃。河水继续流淌，时而尖叫，时而狂吼，时而随着自己的能量欢呼，之后挟着极大的气势穿过山峡，接着，在一个岩石面的缓坡上突然拓宽河道，形成薄薄的平整水幕和皱褶般的微微起伏的水浪，时而还有像网眼花边一样的小小涡流，最后流进一个安静的水潭。人们给它起的名字是"翡翠水潭"（Emerald Pool），它是个休憩点，如果河水的上游和下游是两个句子，它就是分隔两个华丽句子的句号。河水在这里休息后，告别泡沫及雾和气的灰色混合物，静静地流到佛农悬崖的边缘，像一张宽大的幕帘，在佛农瀑布上展现出新的容颜；它变作更多的激流，裹挟着碎石，抛掷似的冲下峡谷，一路上为它遮阴的有长青栎（live oak）、道格拉斯云杉、杉树（fir）、枫树和山茱萸。在接受伊利鲁埃（Illilouette）支流的注入后，以扫荡的气势流出长长的高地河道，进入阳光充沛的平坦山谷。在那里，它与像它一样载歌载舞地从雪峰流下的很多其他溪流汇集，一起汇入主流河——莫塞德河——意为"仁慈"之河，然而这还不是河的尽头。念及这一点，不由得感慨生命的如斯短暂。不过，没有关系。在这样神圣的天国荣耀中哪怕停驻一天，那么生活、辛劳和挨饿也都是值得的。

巴特勒教授离开前，给了我一本书，我把我画的一幅铅笔素描送给了他的小儿子亨利。我非常喜欢亨利，我还是学生的时候，他经常来我的房间。我永远也不会忘记他站在高凳子上为美利坚合众国所做的爱国宣言，那时候他才6岁。

很奇怪，来优胜美地的游客面对这新奇壮丽的美景似乎无动于衷，仿佛他们都是耳聋目瞽之人。昨天溪流从群山各处汇集到一起，吟唱着雄浑的乐曲，就连宏伟的巨岩也为之撼动，演出的音乐似乎能把天使诱出天堂，可是我看到的大部分人都低头下视，好像对他们周围发生的一切毫无察觉。就连那些看起来很体面、很睿智的人，都为了钓鳟鱼正忙于往弯曲鱼线上钩虫子，他们称之为运动。如果去教堂礼拜的人因布道太枯燥而在洗礼盆里钓鱼以打发时间，这时，这项所谓的运动也许不是那么糟糕；但是，当上帝正在用流水和岩石作他最庄严的布道之时，居然还有人在优胜美地神殿般的圣地上戏耍,从鱼挣扎求生的痛苦中寻欢作乐!

已经回到营地的篝火边之后,我还是情不自禁地回想起在山谷中感应我的朋友就在身边的经历。那时候,我没有任何途径知道他不是在我千里之外,而且我冥冥中感应到的时候,他离我也有四五英里之遥。这似乎是超自然的,但只是因为人们不理解而已。不管怎样,为了这件事小题大做有点愚蠢,因为比起所谓的超自然的神秘力量,自然和平常的事情才真正更神奇,更充满奥妙。确确实实,如果公正地看,我们听到的奇迹大多远不如最普通的自然现象来得神奇。也许当我坐在穹隆丘上工作之时,一种肉眼看不到的射线冲击了我,与人们刚见到某人某事就产生好感或者反感的那种知觉大同小异,有关这事的废话已经费了多少的笔墨了。这些神秘、奇怪的事情最明显的效应是,人们对神圣的平常事物视若无睹。我猜想,霍桑(Hawthorne)大概能根据我心灵感应的这个小插曲——我的一次人生奇迹——编出一部他那种怪诞的爱情小说,我那可亲的教授大概要换成一位有魅力的女人了。

8月5日

今天早晨天没亮,我们就被卡洛和杰克的愤怒叫声和羊群乱窜的脚步声吵醒了。比利从他那不入流的铺上逃到篝火边,拒绝到黑暗处把散开的羊群聚集起来,也不想去探明骚动的真正原因。后来我们才知道,是熊袭击了羊群。当时我想,在天亮前不管采取什么行动也于事无补。但是,因为急于想了解事态的发展,我和卡洛循着四散羊群发出的簌簌刷刷的声响,穿过树林,摸索着前进,我不担心碰上熊,因为我知道逃跑的羊会尽最大可能远离它们的敌人,而且卡洛的鼻子也是靠得住的。在畜栏东边半英里的地方,我们追上了20～30只羊,并把它们赶回营地;然后我们朝西走,又找到另一批逃亡者,把它们赶回了羊群。天亮以后,我发现了一只羊的残尸,上面仍然留有余温,看来,我到处寻找逃跑的羊之时,"熊先生"正美美享受羊肉早餐呢。它已经吃了大约半扇儿。畜栏里躺着6只死羊,显然是熊进了羊圈后,羊在羊圈壁的一边拥挤、摞压,彼此践踏,最后憋死。在营地周围又绕了一个大圈之后,我和卡洛发现了第三批逃亡的羊,把它们赶回了营地。同时我们还发现了另外一只被吃了一半的死羊,这说明,今天早晨来吃早餐的粗毛强盗是两只呢。它们的行踪很容易地探明了:它们各自抓了一只羊,叼着羊越过羊圈;它们叼着羊像猫叼着老鼠一样。熊在羊圈大概100码的杉树脚下放下羊,吃了个饱。早餐以后,我再次出发去寻找丢失的羊,在离营地相当远的地方找到了75只。在卡洛的帮助下,下午时分我将它们赶回了羊群。我不知道羊是否都回来了。今天晚上我要把篝火烧得旺旺的,还要站岗。

我问过比利为什么有那么多好地方他不选,却在羊圈边的腐木上睡觉,他回答我说,他"希望尽可能靠近羊群,以防熊袭击它们"。现在,熊真的来了之后,他却把铺移到营地另一边很远的地方,就好像生怕熊会把他错当成羊似的。

今天差不多算是个找羊的日子,研究的工作当然是给打断了。不过,在黎明前走过阴暗的树林是很值的,因为有关这些硕大的熊,我了解到了一些情况。它们留下的足迹是极富启示的,它们吃羊的结果也如此。今天几乎一丝云也没有,当然中午通常都有的雷声也没有来。

8月6日

昨天夜里，为了吓唬熊，我们把篝火点得很旺，使营地周围的树林一片通明，我们感到很享受，补偿了损失的羊和睡眠。一根根宏伟的柱子般的树木发着光，显得鲜活，与照亮它们的火焰一样似乎在射向天空。尽管如此，还是有一只熊再次侵袭了我们，火焰似乎非但没有赶走它，反而吸引了它。它爬进了羊圈，咬死一只羊，还叼着它逃走了，我们没能发现。还有另外一只羊被别的羊挤到羊圈一侧，遭到践踏，窒息而死。现在这些粗毛强盗尝到了我们的羊的滋味，再要阻止它们的破坏是很难的了。

今天"堂吉诃德"从低地回来了，带来了食品和一封信。得知遭受的损失后，他决定马上把羊群转移到上托鲁姆涅地区。他说，我们待在这里，熊肯定每天都会来侵袭我们营地的，我们无论点起什么营火或者发出什么响动都吓不走它们。一整天，除了在东边地平线处有几丝光亮的薄云外，天空看不到什么云彩，只是听到了远处传来的雷声。

第八章
莫诺山道

8月7日

今天一大早,我们告别了熊和享受天国之福的银冷杉营地,沿着莫诺山道缓缓朝东行进。太阳下山的时候我们在很多小块开满花的草地上选了一块,在上面扎营过夜。我以前在前往特纳亚湖远足途中,这片草地曾让我感到极为心旷神怡。满身灰尘、闹嚷嚷的羊群在这些天然花园中,显得极其抵牾和格格不入,似乎比熊入羊群还要有过之而无不及。它们造成的破坏让人心痛。然而,令人愉快的希望从所有这些灰尘和喧闹中升起,谕示我要瞩望正向我走来的美好时光:挣足了钱让我在纯净的大自然中我所喜欢的地方漫游,背着我能背的东西,面包袋空了的时候,我就跑到山下最近的面包施舍站再领一些。即便这样,跑下山的路途也不会是一无所获,因为不管是上山还是下山,在这美好的群山中,每一个脚步、每一次跳跃都充满了启迪。

8月8日

今天在特纳亚湖的西段扎营。由于到达得很早，于是我沿着北岸，到冰川磨得发光的山路上去散步，还爬上了湖东段一块宏伟的山间岩石，岩石在傍晚的太阳光下闪闪发亮。几乎每一码的岩面都显示出巨大冰川的刻蚀和摩擦作用。尽管这岩石的顶端地处海拔10000英尺的高度处，比湖水高出2000英尺，但是，这一冰川还是把岩石包裹似的全部漫卷，重重地扫过它的顶端。从岩面的刻痕和碾压出来的褶皱判断，这磅礴的远古冰山大潮来自东方。甚至湖面下面一些地方仍然可以见到留有凹槽及被摩擦得很光亮的岩石，波浪的拍击及其分解作用也没能把甚至最表面的冰川痕迹打磨净尽。当我攀爬摩擦得发光的最陡峭的地方时，必须脱下鞋子和袜子。要研究山脉形成过程中冰山所起的作用，这是个好地方。在这儿我发现了很多迷人的植物：北极雏菊（arctic daisies）、草夹竹桃（phlox）、白色的绣线菊（spiraea）、山石楠以及岩石蕨类（rock-ferns）——旱蕨属、碎米蕨属和短肠蕨属（allosorus），它们生长在风化了的岩石缝隙中，一直到最顶端，仿佛是装饰的花边。强健的杜松（junipers）勇敢地直立在四散的裂缝中，像灰褐色庄严而又亲切的纪念碑，讲述着几百年寒冷冬天的雪暴和雪崩的故事。我感觉从山顶俯瞰到的湖水的景致是最美的。湖水源头处还孤独地耸立着一块形状更为惊人的岩石，不过高度不及这块的一半。它大概是岩石瘤或者是被打磨光滑的花岗岩的岩石节，大约高1000英尺，它的构造显然与被流水打磨的鹅卵石一样完美无瑕而又强壮坚固。它能够长生永年可能要归功于它那抵御冰川大潮作用的超凡抗蚀性。

我画了一张湖景素描，然后漫步走回营地。鞋底的铁掌在岩石面上叮叮作响，惊扰了那里的花栗鼠和鸟。天黑后，我来到湖岸边。连一丝风的搅扰也没有，湖面像一盏完美的镜面，倒映着满是星斗的天空、树林遍布的群山以及美好的岩石刻蚀子遗，所有的壮丽都得到了升华，加倍地赏心悦目。如此卓荦动人的图画，似乎只应天上所有，而不该属于人间了。

8月9日

我走在羊群前面，穿过莫塞德河盆地和托鲁姆涅河盆地的分水岭。在霍夫曼山嘴东端和大教堂峰大面积山石的缺口处，尽管因山脊和波浪起伏的褶皱而显得凸凹不平，但它似乎是远古宽阔的冰河从山脉顶峰流下的通道之一。冰河在翻越这个分水岭的时候，从托鲁姆涅草场起，升高了大约500英尺。这儿整个地区肯定都受到过冰河的扫荡。

从分水岭的顶端，或者从托鲁姆涅草场往外看去，名叫大教堂峰的奇美高山尽在视野之中。不论从哪个角度观察，它都彰显其独特的个性。它似乎是从原生岩石上直接砍下来的一块独石构成的宏伟神殿般的山峰，其上的多个锥形尖顶和尖柱都以其标准的教堂式风格起着装饰的作用。远望去，顶上生长的一片矮松看起来像苔藓。我期盼什么时候能爬上去做做祷告，并听听有关岩石的布道启示。

广阔的托鲁姆涅草场像长满鲜花的草坪，沿着托鲁姆涅的南支流伸展，其海拔高度是8500～9000英尺，有若干部分被森林和冰川磨蚀过的条状花岗岩隔断。在这里，众山似乎都已有意消失或者退后了，使人从每个方向都可以获得开阔的视野。草场的上缘位于莱尔山（Mt. Lyell）山脚，下缘位于霍夫曼山脉东段之下，所以其长度肯定有

10~12英里。它的宽度从1/4英里到大约3/4英里不等，许多草地分支遍布在河水支流沿岸。这是我迄今所见到的最开阔最赏心悦目的"高原游乐场"。空气清冽，令人振奋，不过日间则显温暖；尽管草场地势高可及天，然而周围的山脉更加高大，让人感觉像置身于一个宽敞的礼堂，受到保护一般。雄伟的红色山脉——达纳山和吉布斯山（Mts. Dana and Gibbs），可能高约13000英尺有余，阻断了东边的视野，大教堂峰、独角兽峰（Unicorn Peaks）和许多不知名的山峰在南面拱卫，霍夫曼山脉在西面矗立，还有一些据我所知尚没有起名的山峰在北面环列。其中最后这批山峰中有一座看起来非常像大教堂峰。草场上的草大多纤细而且丝一般柔滑，草叶格外细长，使草地显得细密紧凑，许多圆锥花序的紫色小花飘浮在如幻如真、有如薄雾的轻盈之中，这里长着最少3种龙胆根和不少于3种的直果属植物、委陵菜（potentilla）、伊薇蔷薇、黄花（solidago）、钓钟柳，它们用鲜活的色彩——植物的紫色、蓝色、黄色、红色使草地显得浓郁丰饶。不久之后我就可以对这些植物有更多的了解。我们可能把这个地区当作主营地的扎营点，我希望可以从这里出发，在周围山峦里作长距离的远足。

返回途中，我在特纳亚湖东边大约3英里的地方与羊群会合。我们在分水岭顶端双叶松丛生的小湖附近扎营过夜。我们现在处于9000英尺的海拔高度。在各种地形上都有小湖：在山脊上、在山脉两侧、在成堆的冰碛巨石中，它们大部分都只不过是水塘。只有在斜坡脚下有较大溪流的山谷中，我们才能看到大小和深度都有相当规模的湖泊，因为在这样的地方，冰川的下冲力量最为强劲。追溯所有这些湖泊的历史并研究它们，该是多么令人愉快的工作啊！湖中的水多么纯净，像光润的石盆中的水晶一样晶莹透明！据我已有的观察，所有这些湖里都没有鱼，我猜想是因为瀑布的冲击，使鱼无法进入吧。可是人们不禁想到，鱼卵有可能通过某种方式进到这些湖水里——比如，黏在鸭子的脚掌上，偶入它们嘴里或者嗉子里等，就像一些种子那样传播开来。大自然有许多方法做成这样的事。无论在地势多高的沼泽、水池或者湖泊，都能看到青蛙，它们是怎么来到这么高的山上的呢？肯定不是跳上来的。对于青蛙来说，在干燥的灌木丛和岩石中远足数英里是非常困难的。也许黏稠的凝胶状蛙卵偶尔缠在或黏在水鸟的脚上就在高山之地繁衍起来。不管怎么样，它们健康地生活在这里，发出充满活力的声音。我喜欢它们快活的呱呱嘎嘎的叫声，在需要的时候，它们可以取代擅唱的小鸟。

8月10日

又是迷人而又令人振奋的一天，让血液跳舞，让神经的激流受到刺激，从而让人不知疲倦，几近获得长生久视之身。再次观赏了冰川耕犁过的宽阔的分水岭，一遍又一遍地凝视内华达神殿般的巨石和草地东边那些红色的高峻山峦。

我们在河流北岸靠近苏打泉（Soda Springs）的地方露营。赶羊过河费了不少劲，我们把羊驱赶到一个马蹄形的河湾，高妙地让它们在挤挤插插的状况下拥挤着从岸边接踵而下。迫不得已时，羊游泳游得不错，但是羊似乎是宁愿死掉也不愿意把身体弄湿的。我不明白羊为什么如此不可理喻地怕水，但是它们一出生或者可能没出生以前，就确确实实已经有这样的恐惧了。一次，我看到一只刚出生几个小时的小羊羔刚刚迈出了几百码的生命之旅后，就得过一条宽2英尺、深1英寸的浅溪。它所归属的整个羊群都在这 1 英寸深的溪流上涉水而过,只有母羊和小羊羔落在后面,于是我有了一次观察它们的好机会。整群羊刚一过去,焦急的母羊就渡过溪流,并呼唤它的小羊羔。小羊羔小心翼翼地来到水边,盯着水看,可怜地咩咩叫,拒绝冒险。耐心的母亲一次又一次地回到它身边鼓励它,可是过了好久还是没有效果。这只小羊就像朝圣的人在暴风雨中的约旦河边一样,不敢下水。最后,它鼓起巨大的勇气,收拢它那毫无经验的颤抖的腿,准备开始它的重大行动。昂起头仿佛通晓溺水常识,急于将鼻子露出水面,奋力一跳,落入 1 英寸深的溪流中央。它似乎非常震惊地发现,水并没有淹没它的头和耳朵,只是蹄子的趾部湿了点水。它盯着闪亮的水面好几秒钟,然后跳跃着安全干爽地上了岸,结束了这可怕的冒险。所有的野羊都是山里的动物,它们的后代如此怕水实在是很难解释。

8 月 11 日

明媚的好天气,中午有十分钟的雷阵雨。一整天都在闲逛,逐步熟悉河流北边的地区。找到一泓小湖和掩映在广阔的双叶松树林中的几块迷人的冰川草场。这片松林似乎都生长在宽广而且几乎连在一起的冰碛沉积物上,长得极其整齐,而且还比远处山下所有的杉树或者松树都长得更为密集。它们长得整齐这一点显示出这些树木树龄相同或者几乎相同,这种整齐也许很大原因归结于山火。我看到好几处块状的或者带状的褪色枯木带,它们下方的地面上都覆盖着生长整齐的幼树。山火可以在这些树林里蔓延,不仅仅由于薄树皮滴着树脂,还因为它们生长得很密集,而且相对肥沃的土壤上长着茂密高大的宽叶草,即使天气平静无风，山火也容易在草上凌虐。除了这些被火烧毁的林带，还有随处可见的被连根拔起的树木倒在地上，树皮和松针仍然留在上边，就好像最近才被暴风雨吹倒在地似的。还看到一头大黑尾雄鹿，头上长着像倒伏的松树根一样向上翻转的鹿角。

在浓密的、壅塞难行的森林里走了很长时间之后，我来到了一片华润的草场，上面洒满阳光，像一泓光的湖泊，它长约1.5英里，宽约1/4～1/2英里，靠箭镞般的高大松树形成边界。这片草场的草皮，像这附近所有的冰川草场的草皮一样，主要由丝一般光滑的四季青（agrostis）和拂子茅属植物构成；紫色的花和茎呈圆锥花序，显得出奇的轻盈飘逸，好像薄薄的云雾飘浮在绿色叶片的绒毛上，同时，几种龙胆根、委陵菜、伊薇莎属和直果属植物及与它们各自趣味相投的蝴蝶和蜜蜂，为草皮增添了光彩。所有的冰川草场都非常漂亮，可是像这块草场这么完美的就很少了。与这块草场相比，在游乐场里最精心修剪打理的人工草坪也显得粗陋寒碜，我愿意永远在这里生活。这里如此平静、傲世出尘，却又向宇宙敞开胸怀，与一切美好的事物亲密无间、难解难分。我在这块令人愉悦的草场北边发现了一座印第安猎人的营地。他们的篝火仍然在燃烧着，不过他们可能还在追捕猎物，尚未返回。

我从草场走到另外一片草场，每一片草场都美得无法用语言述说；我从湖泊走到另一泓湖泊，穿过片状或带状的箭镞般的树木组成的树林和林带，朝北往康尼斯山（Mount Conness）执着地走去，到处都可发现洋洋洒洒散播着的美，环绕的群山似乎向我呼唤"来呀！"，我希望能攀登所有的山峦。

8月12日

海拔高度改变了,而到现在为止,云中景色却没有改变太多。云量大约占天空的5%。珍珠般的极美积云点染着微微紫色,烘托出妙不可言的色调。营地已经转移到上次提到的冰川草场旁了。让羊在这么神圣美好的地方践踏,似乎显得野蛮残暴。幸好,它们似乎更钟情于多汁的宽叶小麦属(triticum)植物和其他林带草地,对草场上丝般的柔滑青草不那么感兴趣,所以很少啃食或者踏足其上。

牧羊人和"堂吉诃德"在放牧方法上不能达成一致意见。"堂吉诃德"认为,比利让小狗杰克驱赶羊的次数多得过分了。今天在争执中,比利大声宣称他有权力放狗赶羊,想放几次就放几次,争执过后,比利就去平原了。我猜想,这下照料羊的任务就将落到我的头上了。不过德莱尼先生保证他会自己放牧一段时间,然后他要回低地去另找一位牧羊人,好让我自由地尽情漫游。

今天的漫游又是收获很大。向北推进,穿过森林,到达了主盆地的源头,那里冰川作用的痕迹异常清晰醒目,而且有趣。山峰间的凹处像一个个采石场,冰碛石的碎片和砾石非常粗糙、原始,散落在大自然冰川工厂的地面上。

我回到营地不久,就接待了一位印第安人的来访,可能就是我发现的那座营地里的猎人之一。他说,他来自莫诺山道,是同他部落的其他人一起来猎鹿的。他在离这里不远的地方猎到一头,这条死鹿就扛在他背上,四条腿被捆在一起,像装饰品一样竖在他前额上。他放下了扛着的死鹿后,以印第安人的沉默方式冷淡古板地凝视了几分钟,然后砍下8~10磅鹿肉给我们,恳求我们把他看到的或者能想到的东西如面粉、面包、糖、烟草、威士忌酒、针等都给他"一小丁"（一点儿）。我们很公道，给了他一些面粉、糖、烟草和做活儿的针等换他的这块肉。这些黑眼睛、黑头发、半开心半不开心的野人在这干净的大自然里，过着一种肮脏、没有规律的奇特生活——有时候忍饥挨饿，有时又丰足有余，有时死了似的沉静苟且，有时行动起来又不知疲倦，令人钦佩！这一切又都是以暴风雪和暴风雨般的激烈节奏冬夏分明地彼此变换交替着。他们拥有让文明社会劳动者艳羡的两样东西——纯净的空气和纯净的水。这两样东西可以大大地弥补并矫正他们生活中的粗陋。他们的食品大部分为浆果、松子、苜蓿、百合花的芽、野山羊、羚羊、鹿、松鸡（grouse）、鼠尾草鸡（sage hens）、蚂蚁、黄蜂、蜜蜂和其他一些昆虫的幼虫。

8月13日

一整天阳光灿烂。紫色的黎明和傍晚，而正午则是一片金黄的色彩，天空无云，空气仿佛静止一般。德莱尼先生带着两个牧羊人回来了，其中一个是印第安人。从平地上山的路上，他把一些给养留在了豪猪溪边的葡萄牙营地，那儿离我们优胜美地的旧营地不远。我今天早晨牵了一匹驮行李的马去取给养。我是中午到达豪猪营地的，本来可以在深夜之前赶回托鲁姆涅营地，但是葡萄牙营地的牧羊人盛情邀请，推辞不过，我决定留在那里过夜。他们给我讲了些伤心故事，都跟优胜美地的熊造成的损失有关，虽然他们千方百计地防备，熊还是夜夜都来，毫不客气地自行享用一只或者好几只羊，弄得他们非常泄气，到了索性就要一走了之的地步！

下午我在优胜美地山谷的峭壁处畅游。我爬到名叫三兄弟岩（Three Brothers）的岩石最高点，整个山谷的上半部分和山谷两边及谷口岩壁上的几乎所有岩石都尽收眼底，而座座雪峰则是它们的背景。我也欣赏了佛农瀑布和内华达瀑布，它们构成了一幅真正值得称道的图画——岩石的沉毅力量和地老天荒的恒久与明媚植物的娇弱、秀媚和俄顷即逝的特色相映成趣；水流可以在雷鸣般的隆隆声中飞落，可是同一水流又可以在草场和小树林中滑动似的流淌，展现它那最温柔的婀娜。我立足的地方大概有海拔8000英尺高，离谷底有4000英尺的距离。每棵树尽管看起来很矮，像羽毛般轻软，但其站立的队形都整齐清晰，令人赞叹，就连它们投下的影子也是轮廓清晰，好像在几码距离内观看似的。树木自己的轮廓更是这样。没有任何语言可以描述这山中公园精致的绮丽和妩媚，大自然园艺师般创造的地上杰作既柔媚同时又高雅庄严，难怪它能把世界各地热爱大自然的人都吸引到自己的身边。

冰川作用即使在这样的高峰上也清楚地显示出来。此刻在阳光下微笑的这片迷人山谷不仅仅曾被冰填得满满的，而且冰川还曾滔滔**泱泱**地从它身上漫溢而过了！

我回到印第安溪源头的优胜美地旧营地又看了一遭。我发现这儿几乎已经被熊踩平，留下的满是熊的足迹。这些熊已经把在羊圈那儿闷死的羊吃得一干二净。几只大熊肯定已经死了，因为德莱尼先生在离开营地前，往羊的尸体上投了大量毒药。所有牧羊人都随身携带士的宁，用来毒杀丛林狼、熊和美洲狮，然而丛林狼和美洲狮在高山上数量并不多。体形小、长得像狗的一种狼在山麓丘陵和平原地区数量却多得多，在那里它们能吃的东西更充盈富足，在8000英尺的高山上我只看到一次美洲狮的足迹。

日落后我回到葡萄牙营地,发现牧羊人由于熊迷上了羊肉而大动肝火,他们哀叹道:"熊真是越来越过分了。"它们已经不愿意等到天黑之后再体体面面地过来吃晚餐了,居然在光天化日之下就来行凶,大饱口腹之欲。在我到达之前的一天傍晚,太阳下山前半个小时,两个牧羊人正悠闲地赶着羊群往营地走,一只饥饿的熊从距离他们几码远的树丛里钻出来,拖着脚不慌不忙地走向羊群。葡萄牙人乔(Portuguese Joe)平时总是背着一杆上了大型铅弹的枪,他激动地开火了,然而,还没有来得及看他开枪的结果就扔下枪,逃到最近的一棵适合藏身的树下,爬到安全的高度。他的伙伴也跑了,不过他说他看到熊直起身子,用后脚站立,挥动双臂,仿佛想抓什么人似的,然后就进了树丛,身上好像受了伤。

在这附近他们另外一个营地上,日落前,羊群刚一接近羊圈,就遭到一只母熊和两只熊仔的袭击,乔迅捷地爬上了一棵树避险,安东尼斥责他的伙伴因胆小而放弃职责,他说他自己不会让熊在大白天"吃光他的羊",于是就大叫着朝熊冲了过去,并放狗去咬熊。受惊了的两只熊仔爬到了树上,而母熊则冲着牧羊人跑去,似乎急于要搏斗一番。安东尼盯着朝他跑来的熊,惊恐中发愣了片刻,然后转身逃跑,熊在他身后紧追。他没有办法够到一棵适合攀爬的树,只好跑向营地,张皇失措地爬上一个小木屋的房顶。熊也跟了过去,但是它没有爬屋顶,只是站在那里抬头怒视了好几分钟,威胁他,吓得他魂不附体。母熊随后走到熊仔处,把它们从树上叫下来,再走向羊群,抓了一只羊当晚餐,然后才消失在树丛中。熊一离开小木屋,战栗不止的安东尼就哀求乔帮他找一棵安全的树，然后像水手爬桅杆般地爬到树上。树几乎没有树枝，他一直待在树上直到坚持不住才下来。在这两场灾难性的经历之后，两个牧羊人砍伐、拾捡了几大堆干木头，每晚绕着羊圈生一圈篝火；他们在附近的一棵可以俯瞰整个羊圈的松树上搭建了一座舒服的高台，每天晚上由一个人在上面持枪站岗。今天晚上，这一圈火映射出的情景非常美好，周围的树影像动人的浮雕，几千只羊的眼睛在火光下像璀璨的钻石矿床一样熠熠闪烁。

8月14日

直到昨夜我睡觉的时候，一切都很安静，尽管我们每一分钟都在预计那些粗毛强盗的来临。熊在接近午夜的时候才出现，两只熊大摇大摆地从两大堆篝火中间穿过，爬进羊圈，咬死两只羊，还有十只窒息而死，而在树上的那位惊恐万状的守夜者居然一枪也没开，他说熊在他没来得及看清楚时，已经进入了羊圈，他担心会射中羊。我告诉两位牧羊人，应该马上把羊群转移到另外一个营地。"不，那没用！没用！"他们悲伤地说，"我们到哪儿，熊就跟到哪儿。看看我这些死羊有多可怜，所有的羊很快都会死掉。没有必要再迁到别的营地了，我们下山到平原去。"后来我获悉，他们被迫比以往提早一个月离开了山区。如果熊的数量和破坏性都大出许多，羊群就会完完全全远离山区了。

熊这么喜欢各种肉类，为了吃肉它们宁愿去冒猎枪、火和毒药的危险，然而，奇怪的是，除了为保护幼崽，它们几乎从来不袭击人类。我们躺着睡觉的时候，熊袭击我们该是多么容易而又保险的事啊！似乎只有狼和老虎学会了把人类当成食物来吃，可能还有鲨鱼和鳄鱼也吃人。

我猜想，在世界的某些地方，蚊子和其他昆虫会将无助的人类当成消耗的对象，狮子、豹子、狼、土狼和美洲狮因饥饿所迫也会吃人。但是在正常情况下，也许，在陆地动物中，老虎可以说是唯一的一种吃人的动物，当然我们没把人类自己也计算进去。

云量还是和平常一样，覆盖大约15％的天空。内华达山区内又一个宜人的日子，温暖、清爽、芬芳而又晴朗。许多开花植物已经结籽了，还有许多其他的植物每天都在展开它们的花瓣。杉树和松树释放的芳香比任何时候都要浓郁。它们的种子几乎都要成熟了，不久就会形成最快乐的群群组组，一起展开翅膀高飞了。

在返回托鲁姆涅营地的路上，我尽情欣赏着景致，比第一次看到的时候更为陶醉。每种特征我都十分熟悉，仿佛我一直就生活在这里。我不厌其烦地盯着奇妙的大教堂峰看，它比我看到过的所有岩石或者山峰都更具个性，也许只有优胜美地南穹隆丘能与之一争高下。森林，还有湖泊、草地和快活歌唱的溪流也似乎非常熟稔，似乎亲密无间。我愿意永远生活在它们之间。在这里，只要有面包和水，我就能心满意足了。即使不允许我漫游或者攀登，而是将我绑在哪片草坪或者树丛间的树桩或者树枝上，我也能永远感到满足。每天沐浴在这样的美景下，观看群山变幻无穷的表情，欣赏低地人永远梦想不到的闪烁星斗，体味四季的轮回变换，倾听水、风和鸟儿的歌声，那陶然之乐是无涯无际的。还有，我看到的是何等壮观的云景啊，不管是暴风雨来临之际还是平静安谧之时，每天都是一片新天、一片新地，这云中有过往的"居住者"，也有新来的"居民"。我会有那么多的山中游客。我肯定，连感到枯燥无聊的一刹那我永远都不会有。为什么这会显得像是奢侈的玄想呢？其实这并非奢侈，不过是常识，是健康的标志，真正的、自然的、全部知觉都觉醒彻悟后的健康。人们将能看到充满上帝身影的永恒戏剧，是怎样的台词、音乐、表演、布景和灯光啊！——是太阳、月亮、星斗和极光！造物的过程才刚刚开始，晨星"依然在共同高歌，上帝的所有孩子都在因喜悦而欢呼"。

第九章
血峡和莫诺湖

8月21日

刚结束一次美妙的野外漫游。今天我穿过山脉,沿着莫诺山道或称血峡山道(Bloody Canon Pass)到达莫纳湖。德莱尼先生整个夏天都对我非常好,在每次我需要帮助的时候,都伸出援助和同情之手,仿佛我有关野外的理念、漫游和研究也是他自己的事情一样。他也曾经在淘金热里沉浸、受到剥蚀、得到重塑,成为杰出的加利福尼亚男人中的一员。他就像内华达的风光,经历了冰川打磨,凸显了他岩瘤和山脊那样的坚毅性格。他是一位又高又瘦、骨架修长、心胸宽广的爱尔兰男人,在美努斯学院(Maynooth College)接受了牧师培养方面的教育。他身上有许多优点,在这群山的光辉下不时地闪耀出来。他知道我喜欢野生环境,一天晚上告诉我,应该到血峡去看一看,他坚信我会觉得那里的山野之趣非常天然原始。他说他自己从来没有去过,但是他听许多采矿的朋友谈论过,说那儿是内华达所有山道中最具洪荒特色的地方。我当然非常愿意前往那里。血峡就在我们营地东边,从山顶陡然而下即可到达莫诺沙漠的边缘，它在 4 英里的距离内就骤降 4000 英尺。白人在 1858 年淘金热中发现了这一山道，然而野生动物以及印第安人此前很早就知道并且使用过，汇聚到道口的很多古旧的小径可以说明这一切。它的名字，可能与峡谷内处处可见的那些大量变质板岩均呈红色有关，或者可能溯源于一些不幸的动物被迫在尖角砾石上缓缓滑落或者拖着脚行走时留下的斑斑血迹。

一大早，我就把笔记本和一些面包拴在皮带上，怀着热切的希望，大踏步离开营地，我预感这次旅行一定让我极其着迷。沿路看到的冰川草场放慢了我早晨匆忙的脚步，草地上长满了蓝色的龙胆根、雏菊、美国石楠和矮越橘，它们像老朋友一样跟我打招呼致意。我还需要多次驻足检阅那些闪亮的岩石，古老冰川曾经挟磅礴的挤压之力横扫其上，把它们打磨得溜光华润，使它们在有些地方像玻璃一样反射出阳光。如果使用透镜，可以清晰地看到细微的条痕，显示出冰川流动的方向。一些光溜溜的岩石坡道上出现陡峭的石阶般的凹岩，说明大块岩石有时就像小颗粒一样，也屈服于冰川压力而塌陷；冰碛石也零星分布，一些堆成堆，另一些则排列整齐，好像又长又弯的堤岸和水坝，这就使这片地区的地表显得年轻，像刚刚形成一样。我在登高途中观察到，松树逐渐变矮，几乎所有的其他植被也相应变矮。在血峡山道南边，猛犸象山（Mammoth Mountain）的山坡上，从林带线的上缘到低处平坦的草地，我看到许多森林缺口，表明以前雪崩落下的雪在那儿坠下，凡是挡住崩雪去路的树以及树下的泥土都尽行扫荡，留下光秃秃的岩床。树木几乎全被连根拔起，也有根部非常牢固地扎在岩缝中的几棵树在接近地面处折断。第一眼看到这些不受干扰、安静地生长了一个世纪有余的树木在其晚年遭受这样一击,咔嚓一声猝然倒毙,不由得感到惊异。这样的雪崩只有在罕见的天气和雪暴情况下才会发生。从某些山坡上表面的倾斜度和光滑程度上看,毫无疑问,雪崩每年冬天甚至每次大雪暴后都会发生。当然,在雪崩的通道上什么树木或者灌木都无法生长。我注意到有好几条山坡都曾经历了这样干干净净的大扫除,因此已经绿意全无。那些在所谓"世纪雪崩"通道处生长的、后来被连根拔起的树木堆积成狭长的一排又一排,树头朝下,紧贴着被塞在缺口两侧的树墙中;只有几棵树在雪崩冲击后躺在草场的开阔处,那里是雪崩前锋的停止之处。一些年轻的松树,其大部分都是双叶松和白皮松,已经在这些开阔的缺口处冒芽生长起来。如果能确认这些幼树的年轮一定会非常有趣,因为这样做我们就可以较为准确地估计到那次大雪崩究竟发生在哪一年。也许大部分或者所有的雪崩都在同一年的冬天发生。如果我可以自由地进行这样的研究该是多么开心称意的事啊!

在山道口靠近顶端处,我发现了一种很矮的柳树,完全平躺于地面上生长,没有一根枝干或枝条是高于 3 英寸的,形成漂亮、柔软、丝绸般的灰色地毯。而柳树灰色的柔荑花序(catkin)已接近成熟季节,笔直地立着,一簇簇地生长,显得密集,几近形成规律;它们长得比其他植物都要高大。一些矮树非常有趣,只生有一朵柔荑花,柳树丛也降到最矮的程度。我发现一片片矮越橘也形成光滑的地毯般的绿地紧紧贴着地面或者岩石边上,上面布满了圆圆的粉红色小花,仿佛冰雹从天上降落,俯拾皆是,数不胜数。再往上一点,几乎在每个山道口,我都发现蓝色北极雏菊和开着紫色花的山石楠,它们是大山的宠儿。这些温柔的登山者,与蓝天脸对脸,上千种奇迹保证它们的安全和温暖,仿佛它们的故园永远越是荒凉、越是风暴连连,它们的花朵反倒越是精美、越是纯洁。树脂多的坚韧树木似乎无法再往前延伸一步,但是这些娇嫩的植物却不断往上再往上地攀爬,远远地越过了林带线的上方,愉快地铺开它们那灰色和粉色的地毯,直到深谷和浅谷内的雪堆最边缘为止。这里也有熟悉的知更鸟,在鲜花盛开的草坪般的地上来回走动,勇敢地唱着快乐的歌。我刚从古老的苏格兰来到威斯康星州的时候还是个小男孩,第一次听到它们唱的歌就是这同样的歌。有这么好的伙伴一起漫游,我陶醉了,完全没有留意时间。最终我进入了血峡的山道口。庞大的岩石开始把我围绕起来,让我感到神秘非凡,印象难以磨灭。就在这个时候,一群古怪的、多毛的、发出低沉声音的生物拖着脚,蹒跚踉跄地向我走来,他们晃悠悠的好像打滚似的步态让我觉得他们身体里没长骨头,我惊呆了。倘若在较远的距离外我发现了他们,也许我会想法儿避开。他们与我刚才一直激赏的景致是对比多么鲜明的画面啊!等我走近时,才发现他们只是一队从莫诺来的印第安人,要去优胜美地运载橡子。他们身上裹着用鼠尾草兔(sage-rabbits)皮做的毯子。其中有一些人脸上的污垢堆积得年深月久,厚度大,简直有地质学意义了;还有一些人的脸,上面的污迹模糊不清,伤疤和皱纹把脸分隔成小块,看起来像布满裂痕的岩石接缝;他们的表情也显得久遭磨损,饱经沧桑,好像经历了不知多少年风霜雨雪的摧折。我本来想不停下脚步,从他们身边走过去算了,但是他们不放我过去,而是表情阴森地把我围在一个圈子里,他们缠着我乞求威士忌酒或者烟草。让他们相信我没有这些东西费了不少劲。最终甩开这群阴沉而又令人生畏的人,看着他们消失在下山的小路上,我是多么高兴啊!但是对自己的同类,不管他们怎么潦倒蹭蹬,能产生如此要命似的厌恶感，实在令人感到悲哀。宁愿选择松鼠和美洲旱獭，而不愿意选自己的物种为伴，这肯定不合情理。所以，一阵清风和一座小山或者大山隔开我们后，我还是要祝福他们未来成功，而且还要祈祷并吟唱诗人彭斯（Burns）的诗句："这一天即将来临，世界上的人类，都将成为兄弟。"

我几乎不知道这一天是怎么度过的。从地图上看，我才走了大约10~12英里，但是太阳已经西沉了，这说明我在冰川岩石、冰碛石和高山花床上不断地观察、画素描、做笔记，整个低回流连的过程一定是花了很长很长的时间。

在日落时分，原已显出昏暗的峭壁和山峰因高山晚霞（alpenglow）的映照，美得无可言喻，寂静开始让万物噤口无声，大地沉浸在庄严静默之中。这时，我爬进峡口那儿小湖边的一块空地，把一块有遮蔽可避雨的地面平整出来，收集了一些松针做床。短暂的落日余晖开始消逝，我点起阳光般明亮的篝火，用锡杯沏了茶，随后就躺下来看星空。不久，夜风开始从头顶白雪皑皑的山巅吹来，一开始还是轻柔的呼吸，渐渐地越来越强，不到一个小时，便转成气势磅礴的飓风，像是在河道中遭巨石阻拦了的狂暴河流，时而怒吼时而呜咽地向下奔腾，仿佛此刻它所担负的工作极为重要，乃天命所系似的！与这些暴风巨声相融合的是峡谷北边的瀑布声响，时而清晰，时而被向下奔腾的气流声所淹没，唱着蛮荒之地的壮美圣歌。我点燃的篝火尽管地处有遮蔽的角落，仍然不安似的在风中摇曳、挣扎。时断时续的冰冷寒风冰山般地落到篝火上面，使火花和余灰随风飞溅，我不得不向后退得远远的，以免遭受烫伤。但是矮松那带有油脂的巨大树根和结瘤不会被风击垮或者吹走，火焰时而像长矛般高高窜起，时而在岩石地面上或平躺或扭曲，它呼啸着，似乎要述说它们所属的树木生前对抗暴风雪的故事，火焰发出的光则似乎在讲述几个世纪以来的夏天这些大树采集阳光的故事。

群星在巨大漆黑的峭壁间那狭长的一线天里清晰地闪烁着。我躺着回想白天学到的东西，突然间，一轮满月越过峡谷峭壁俯视下来，她的面庞很明显地挂着热切的关心，其效应让我感到震惊，仿佛月亮离开了天空她所属的位置，仅仅为了注视我而下到凡间，像一个人一样进入卧室。很难相信她就在天空中自己的位置上没有移动，她照耀着半个地球，大地与大海、山峦、平原、湖泊、河流、海洋、船只、有无数居民居住的城市，他们或睡或醒，或生病或健康，无不身处月魄的光影之下。不，她看起来就像在血峡的边缘，独独凝视着我。这真的是正贴近着大自然的时刻。我记得曾经在威斯康星州观赏过秋收时节的满月，她高高悬挂在橡树林上面，大如车轮，仿佛离我只有半英里的距离。除了那几个例外，可以说我从来未曾赏月，而今天晚上，月亮如此充满生命力，如此近在咫尺。这一效应让我感到震撼，印象不可磨灭，让我忘却了那群印第安人，忘却了我头顶上黑色的巨石，忘却了飓风的狂野呼啸及顺着参差嶙峋的大峡谷冲击而下的激流那狂暴的轰鸣声响。此情此景，使我当然无法在黑甜乡里久住，我小睡后很欣喜地迎来了莫诺沙漠上的黎明。在我备好一杯茶的时候，阳光已经透过峡谷洒了下来，于是我出发，热切地看着那些巨大的红色变质板岩组成的岩壁，上面有野蛮横暴之力留下来的很多劈砍划痕和戳击伤疤，岩壁显然随时会因雪崩而坠落，阻塞山道，填满连成串的小湖。很快，莫诺沙漠那些美丽的景致出现在眼前，我轻快地从一块石头跳到另一块石头上，欣赏着在斜射的阳光下闪闪发亮的光润岩瘤；冰碛石和雪崩后的碎石堆，甚至直到峡口接近最高的冰山源泉附近，形成一片粗糙，因此，相形之下，岩瘤的光润值得称道。昨天在分水岭另一边看到过的低矮植物中的大部分在这里也都能够看到，此时它们的花朵都睁开了美丽的眼睛。大自然在这样的蛮荒之地对它们施以如此温柔的呵护，没有人不感到狂喜。小黑鸫鸟在石头间飞来飞去，顺着打着漩儿迅疾奔流的峡谷溪，时而潜入冰凉的水潭里寻找早餐，时而愉快地歌唱着，仿佛这曾遭雪崩肆虐因而显得嵯峨**破嶒**的巨大峡谷是它们最喜欢的山中家园。除了在血峡北边的悬崖上有一道高高的瀑布仿佛直接从天际奔流而下，还有很多窄小的瀑布像亮银色的缎带迂回曲折地沿着红色的峭壁落下。它们顺着变质板岩的对角线缝隙，一忽儿收缩身形，不见了踪影；一忽儿在岩架间跳跃，形成薄膜般的水帘，筛滤着阳光。所有这些支流最后都汇聚到峡谷溪的主流中，峡谷溪也有一连串的缓落和陡然而落的小瀑布以及急湍，一直流到峡谷底部，让激荡起伏而后精疲力竭的水流在几座湖泊中稍事休息后才再奔向前方。一道最美好的瀑布在断崖面上铺开，随后劈分成缎带般的几条水流，沿着岩石裂缝编织成钻石似的菱形图案向前流动，其周围像美丽的流苏一样装饰着一丛丛的山石楠、青草、莎草和虎耳草。谁能想到在这样的蛮荒之地还有这样的考究和精妙之美？各种凹地和浅谷中都有花朵盛开的花园——在峡口是高山荞麦（alpine eriogonums）、飞蓬属植物（erigerons）、虎耳草、龙胆根、灰蝶科植物（cowania）和报春花（bush primula）；在中部生长的是翠雀属植物、蒌斗菜、直果草属植物、火焰草属植物（catilleia）、蓝铃花（harebell）、柳叶菜（epilobium）、紫罗兰、薄荷和西洋蓍草（yarrow）；接近底部的地方则有向日葵、百合、野蔷薇（brier rose）、鸢尾花（iris）、忍冬及铁线莲（clematis）。

我将陡然而落的小瀑布中最小的一帘命名为凉亭瀑布（Bower Cascade），位于山道下面的区域，那里的植被丰茸繁茂，花开似雪。野玫瑰和山茱萸郁郁苍苍，十分茂密，彼此相搭形成拱形，覆盖着溪流。从这个"凉亭"流过的溪流在众多支流涌入后气势强盛起来，跃入阳光，顺着透迤曲折的凹槽飞流而下，溅出清新凉爽、亮闪闪的斑斓水花。在峡底下有一片湖水，终碛（terminal moraine）阻拦住溪流，这至少是湖形成的部分原因。峡谷中的另外三泓湖泊卧在一片有不少坚硬岩石的盆地中，冰川的压力在这里是最强大的，所以盆地边缘最能抗拒冰川的部分磨得非常光润漂亮，十分醒目。峡谷脚下的冰碛湖（Moraine Lake）附近有好几片旧时的湖泊盆地，位于大块的侧碛石（lateral moraines）中间，侧碛石一直延伸到沙漠之中。这些盆地现在都被溪流带来的物质完全填满，变成了干燥的沙质平原，上面覆盖着青草、艾草（artemisia）和喜好阳光的花朵。消退的冰川在风化物较少，或者降雪较大，或者两种情况兼而有之的短暂时期中，在这里稍事逗留的地方，就堆积成了终碛堤坝；位置较低的湖泊盆地显然就是由这些堤坝所围出来的。

从阳光灿烂的温暖的莫诺平原的边缘处仰望血峡的时候，我感到早晨的漫游像是一场梦境，植被和气候的变化竟然都这么突出鲜明啊！冰碛湖岸上的百合高过我的头顶，阳光炎热得能让棕榈生长。然而，在峡口顶端的高寒"花园"周围竟有积雪清晰可见，距离不过4英里而已，但是地球上所有主要的典型气候带都荟萃在这里。在比一个小时稍多一点的时间内，人们可以一下子从冬天落入夏天，从北极区域落入酷热地带，气候变化之大，与从加拿大的拉布拉多（Labrado）到我们佛罗里达州两地之间旅游所经历的悬殊温差相去无几。

我在峡口遇到的那群印第安人在登山前一夜曾经在峡谷脚下露营，我在冰碛湖边一条小支流处发现他们的篝火仍在冒烟。距离湖水4~5英里之处，在叫作"莫诺沙漠"的沙漠边缘，我发现一片一簇簇生长着的野麦（elymus）[或者叫野黑麦（wild rye）]，随风飘动，仿佛翻滚的波涛。它们高6~8英尺，麦穗长6~8英寸。麦子已经成熟，印第安女人正用篮子收集麦粒，她们把一大把麦秆握住让它们弯下头，敲打出麦粒，在风中扬去麦皮。麦粒大约有5/8英寸长，颜色黑黢黢，味道甜津津。我想，用这种麦子做出来的面包应该和小麦面包一样好吃。这种采集野生麦粒的工作同松鼠的做法很像，女人们显然非常喜欢。她们笑着、聊着天，看起来几乎融入了自然。然而我所见到的大部分印第安人在生活中与自然的融合程度丝毫也不比我们文明社会的白人更高。如果我对他们了解得多些，也许会更喜欢他们。他们最不好的一点是不干净。真正自然原始的东西是没有不干净的。在下面莫诺湖岸边，有几条溪流迅速流入那座死海一样的湖中。在这几条溪的岸边，我看到他们搭建的几座做工粗劣的棚子，只能算是用柴枝搭建的帐篷吧。他们在里边自自在在地躺着、吃东西。有些男人则躺在因结了果而显得红红的高大灌木丛下，尽情享用着水牛草莓（buffalo berries）。这种浆果淡而无味，但是一定会是有益健康的，因为据说，印第安人有时连续几天甚至几个星期除了这个，别的什么也不吃。在这个季节，他们也会连续数日、数周地主要依赖在盐水湖里孵化的一种苍蝇的肥大幼虫，或者是一种以黄松叶子为食的肥大、身体带褶皱的茧类毛虫为生。偶尔，印第安人组织一场声势浩大的逐兔活动，几百只兔子在湖边被乱棒打死，情况是大家点起一堆又一堆的鼠尾草篝火，然后，狗、男孩、女孩、男人和女人又是追赶、又是吓唬，把兔子撵到密集的人群中，这时候，兔子当然很快就只有死路一条。他们把兔子的皮毛制成毯子。秋天里，进取心更强的猎人会从高山之巅带回来很多只鹿，很少的情况下还会带回来一只高山野羊。在山脉腹地的山脚附近有块沙漠，上面曾经有很多羚羊。鼠尾鸡（sage hens）、松鸡（grouse）和松鼠使印第安人以虫为主食的原始饮食有些变化。他们还吃一种有趣的小单叶松（Pinus monophylla）的松子、橡子、野荞麦做的好吃面包和糊糊。奇怪的是，他们似乎最喜欢吃的是湖里的幼虫。长长的水草被冲到岸边，印第安人把它们收集起来并像谷物般晒干，留待冬天使用。据说，他们由于入侵彼此的虫子领地，不同部落和家庭之间的战争经常爆发。每个家庭和部落都在岸边标出界限，宣称哪个地带属于自己。松子非常可口，每年秋天他们都大量收集。山脉西部的部落用橡子交换虫子和松子，是由印第安女人背着这些沉重的东西，穿越高低不平的山道，到山下边去换，光是单程距离就有大约40或50英里。

湖边的沙漠开满了鲜花，令人惊奇。在很多地方，在鼠尾草丛中，我看到了门策贝属植物（mentzelia）、叶子草（abronia）、紫苑（aster）、盘花篙（bigelovia）和吉莉草属植物，它们似乎都喜欢炎热的阳光。特别是叶子草，格外优雅芬芳，最为迷人。

峡口对面是一列火山锥，从湖向南延伸，在沙漠上突兀拔起，仿佛是连绵逶迤的山脉。最大的火山锥高于湖面2500英尺，火山口形状完整漂亮，很显然，这些火山锥是大地相对最近的新添景观。从几英里外看，它们仿佛是从未让雨或者雪湿润过的松散的灰堆，可是，黄松还是爬上了它们灰色的山坡，想给它们披上衣装，用美交换灰烬。这是一个对比鲜明、相映成趣的胜境。炎热的沙漠竟然由白雪皑皑的山峦围绕，而在让冰川磨得光润的岩石表面上居然撒着火山的炭屑和灰烬！霜和火合作，在共同创造着美。在湖中有好几个火山岛，说明湖中曾有水与火的交融！

尽管我非常欣赏东边的灰色地带，并期望看到更多的景观，但是终于回到山脉绿色的一边之时，我还是很高兴。大山通过每一次变化、热与冷的变幻、平静与狂风雷暴的交替、高高隆起的火山与向下磨碾的冰川之间的变迁，都呈现出壮丽的山峦诗篇的手稿！通过阅读这部手稿，我们看到，在大自然中，被人称为破坏的一切一定都是创造，只是从一种美到另外一种美的过渡而已。

我们在苏打泉（Soda Springs）北部的冰川草场营地似乎一天比一天更美。青草覆盖着整个地面，草叶如细线一般精美，走在草地上就仿佛是走在色彩富丽、感觉柔软的长毛绒地毯上，连紫色的小花拂过脚边都感觉不到。这是一个典型的冰川草场，卧在已经消失了的湖泊盆地上，拱卫着它的是箭镞一样笔直的双叶松，它们整齐排列，有条不紊，犹如列队的士兵。这附近有很多类似的草场镶嵌在树林里。河边主要的大草场总体看来都一样，绵延 10～12 英里，几乎没有中断，但是我看没有哪一个像这个草场这样光洁、精致和完美。开花植物的繁盛丰茸，连威斯康星州和伊利诺伊州的大草原在花团锦簇、盛极一时之际都无法与之相比。这里竞放争妍的花朵只有 3 种龙丹根，1 种紫色和黄色的直果草属，一两种"一只黄"，一种类似龙胆属的蓝色小型钓钟柳属植物、委陵菜、伊薇蔷薇、马先蒿（pedicularis）、白罗兰（white violet）、石南科植物和山石楠。这里没有粗糙的杂草。一条小溪在这鲜花盛开的草坪般的草地上静静流淌、打着旋涡似的旋转、轻轻滑动，仿佛尽量小心，不发出哪怕是最微小的声响。小溪在大部分地方都仅仅3英尺宽，不时拓宽成6～8英尺直径的水潭，没有明显的激流。溪岸边被向下延伸的长满青苔的草地包围，草叶的小花序倾斜着仿佛微型松树，地毯般的山石楠在下陷的砾石上四处铺开。草场尽头，小溪滋润了植物，又携着植物报效给自己的浓浓汁液，欢快地唱着歌，流下壁架般的凸岩，奔向托鲁姆涅河。庄严雄壮的达纳山（Mt.Dana）和它的山峦同伴们以其或绿、或红、或白的色彩在东边地平线的松树上方赫然耸现；凹凸不平的灰色花岗岩险岸和山峦中的一道山脉或称山嘴横亘于北；以鸡冠似的纵顶和城垛似的横峰为特点的霍夫曼山雄踞于西；大教堂山脉（Cathedral Range）连绵于南，其上耸立着大教堂峰、大教堂尖塔（Cathedral Spires）、独角兽峰（Unicorn Oak）和几座其他山峰，它们不是峰顶尖削、颜色发灰，就是峰顶浑圆、壮观雄伟。

第十章
托鲁姆涅营地

8月22日

今天晴和无云，西风清凉，草场上微染白霜。小狗卡洛不见了，我找了它一整天，没有结果。在营地和河流之间浓密的树林里，在高高的草丛和倒伏在地的松树间，我发现了一只幼鹿。一开始它似乎想朝我走来，但是当我想抓住它，已经距离一两竿远的时候，它却转身离去了，脚步轻柔得像一只正要扑向猎物的猫科动物，小心翼翼，行动隐秘。然后，仿佛突然之间听到呼唤或者警告，它开始弯背跳起，像成年麋鹿一样奔跑起来，高高地跃过倒地的树干，很快消失在视野中。也许它妈妈呼唤了它，但是我没有听到。我认为，幼鹿如果不是听到召唤或者受到惊吓，是不会离开灌木丛家园或者尾随母亲的。我因为卡洛而感到沮丧。离这儿不到几英里的地方还有别的几个营地和几只狗，我还是希望能找到卡洛。它以前从来没有离开过我。美洲狮在这里很罕见，而且我也认为猫科动物都不敢碰它。它对熊非常了解，不会被熊抓住，而印第安人并不想要它。

8月23日

　　清爽而又明亮的一天，预示着小阳春要到了。德莱尼先生已经离开这里去史密斯农场（Smith Ranch）了，史密斯农场在赫池赫奇山谷（Hetch-Hetchy Valley）下方的托鲁姆涅河上，距离这里有35～40英里远，所以我将一个人孤独地待一个星期或更长时间。对了，也不算真正的孤独，因为卡洛已经回来了。它跑到西北方距离这里几英里的一个营地去了。当我问它去了哪里，为什么没有得到我的同意就离开的时候，它看起来羞怯而又惭愧。它现在极力想让我爱抚它，让我表示我已经原谅了它。多么聪明的狗，令人惊奇！现在我心中如释重负。假如找不到它，我是不能离开山区的。它似乎也非常高兴能回到我的身边。

　　日落时分，天上出现玫瑰色和深红色的余晖，随后，星星出现了，月亮升起，悬在达纳山顶，其威严庄重的仪态动人心魄。我在白色的月光下漫步走到草原高处。乌黑的树影清晰、真切，宛若实体，我时常误把它们当成黑色的焦木，因而竟然抬高脚步迈过它们。

8月24日

　　又是迷人的一天。日出不久后，天气就已温暖而又平静，云量只占天空的1%，只有几束淡淡的卷云，几乎难以觉察。有轻微的霜，颇有小阳春那风和日丽的宜人感觉，山峦的轮廓变得柔和，像梦幻一样朦胧，显然那些粗砺的棱角已经化去。傍晚，天空呈现出柔化过的精美的深紫色，几乎像圣华金平原（San Joaquin plains）上天气稳定时的紫色黄昏。现在月亮正凝视着达纳山的顶峰。空气清新极了，似能怡情养性。我想知道世界上是否还有另外一座海拔高度相同的山脉，也享受着天国赐予的如此美妙的天气，也这样慷慨友善，令人感到可亲，感到容易接近。

8月25日

早晨像往常一样清凉，但又像平日一样，很快转变为宁静而晴朗的天气，显示出充足的温暖和明亮。接近傍晚的时候，西风又凉起来了，把我们送到了篝火边。在山峦的厅堂里，大自然所有铺着鲜花的地毯中，没有哪块比这块冰川草场更加精美。蜜蜂和蝴蝶似乎依旧多得目不暇接，鸟儿也还在这里流连，完全没有迹象显示它们要离开这儿去避寒，虽说霜一定已经让它们想到了这一点。而我，愿意在这里待上整个冬天，或者整个一生，甚至是生生不息的来世。

8月26日

早晨降了霜。草场上所有的草叶和一些松针都闪烁着水晶般的虹彩，它们是光的万千花朵。大量别具一格的云彩像岩石般嶙峋陡峭，在达纳山的上空聚集，它们微红的色彩和山脉本身的颜色不相上下。靠近地平线的一部分天空呈淡紫色，群松把自己的尖梢像蘸着颜色一样映照进去，构成美丽的画面效应。我像往常一样，整天观赏我的周围，观测光线的变化；鉴赏草叶、种子、推迟开花的龙胆根、紫苑和"一只黄"在秋天逐渐成熟的色彩；在草场里四下分布的特殊青草旁停驻，鉴赏然后再分手；俯瞰地面上的青苔和叶苔；端详忙碌的蚂蚁和甲壳虫以及其他小生物做着与森林里的松鼠和熊性质相同的工作和游戏；研究湖泊、草场、冰碛石、山石刻蚀的形成原因,我在所有这些领域都获得了起步者的小小进展。万物的宁静美都使我沉迷。

今天的云格外多,不过,整体来说天算是明亮,因为云彩比平日明澈。云量大概占天空的15%,这在瑞士就可以算作格外晴朗的天气了。阳光自由地倾泻于这座宏伟的山峦间要比倾泻到这世界上我所见到、所听到的所有地方都要充沛丰盈。这里有最晴朗的天气,有冰川打磨得最光亮的岩石,有从壮丽瀑布喷溅出来的最丰沛的虹彩光泽变幻的水花,有银冷杉和松树组成的最生动的森林,有比任何其他山峦更多的星光和月光的璀璨、更耀眼的晶石光芒!它那数不清的明镜般的湖泊,享受着倾泻在它们身上的更多的光,因而其光辉的照耀和光泽的闪烁最为瑰丽!在短暂的夏日阵雨和降霜的夜晚过后,青草和松针都挂上了晶体般的水珠,早晨的阳光泼洒般的照耀在它们身上的时候,是何等熠熠生辉的景象!照在山巅上的晨光和傍晚的彩霞又有何等无法形容的深入心灵的美好风致啊!内华达山脉不应该叫作"雪之山脉",而应称作"光之山峦"。

8月27日

云量只占天空的5%,大部分是傍晚堆积于霍夫曼山尖上的白色和粉红色的积云。早晨有霜。这些晶体在寂静的夜晚以惊人的美丽而又完善的体貌生成,每一颗的打造过程都精心到可与建造最华美神圣的殿堂相比,似乎计划好让它千秋万代地永存。

凝视着在群山间伸展着的如缎带般的溪流,我们不由地想到,万物——包括动物和所谓没有生命的岩石,都像流水一样或向这、或向那地流动。所以，雪在以磅礴的冰川或雪崩的形式创造美的过程中或疾或徐地流淌；空气像壮阔的洪流携着矿物质、植物叶子、种子和孢子，伴随着音乐和香气的飞涌在空中漂流；而地上的溪流则挟着或者已经溶解在水中或者以泥浆微粒形式存在着的岩石、沙粒、鹅卵石以及砾石奔流而下。岩石从火山中涌动，如同水从泉中流出；动物聚集成群，以行走、跳跃、滑动、飞翔、游泳等形式在激流中浮游。而群星则不停浮动在永远搏动不息的太空中，像血液流淌于大自然温暖的心脏之中。

8月28日

黎明是一首雄壮的色彩之歌。天空中一丝云彩也没有，大地像大丰收一样结满了白霜，十点钟以后天气变暖。龙胆根的花瓣尽管看起来娇嫩柔弱，却似乎并不在乎第一次霜冻。花瓣在每天晚上都闭合起来，仿佛进入睡乡；每天早晨在阳光的明媚中醒来，依旧神采奕奕。从上个星期开始，青草的颜色逐渐变成棕黄，不过我还没有看到哪怕是一棵植物因霜咬而变得枯萎。蝴蝶和大群体型小的飞虫每天夜里就会冻僵，但是还不到中午，它们就在阳光下的草场上方轻柔回翔，翩然曼舞，它们嬉戏、欢愉的生命天趣没有一丝一毫的减损。不久，它们就一定会像果园里的花瓣一样飘落、枯槁、萎蔫，偌大的一群竟留不下一只翅膀让空气震颤起来。然而，春天一到，无数崭新的生命会再度飞升，欢愉、快乐，仿佛在嘲笑并蔑视那冷寂的死亡。

8月29日

云量约占天空的5%，有轻微的霜冻，是温和宁静的小阳春天气。

我整整一天都盯着群山，观察光线的变化。群山以光线为外衣，似乎越来越清晰了，白色微染淡紫，中午时分颜色最淡，早晨和晚上则最显浓郁。万物似乎都自觉地显出平和、多思之态，仿佛在忠诚地等待上帝的意旨。

8月30日

今天的天气和昨天一样。几片云彩静止不动，似乎除了要展现自己的天生丽质之外，没有别的事可做。霜很多，足够结成晶体，各片草地上华丽的冰钻石注定只有一夜的寿数。大自然的造物工程是多么奢华啊，拆掉、创造、摧毁，追逐着物质的微粒不断从一种形态变成另外一种形态，永远变化着，永远保持着美。

德莱尼先生今天早晨回来了，他不在的时候我一点也没有感到孤单。正相反，从来没有享受过比这更多的伙伴。整个的荒野似乎都活着，让人有相识相知之感，而且充满人性。岩石本身也仿佛善于谈吐、富于同情心、如同兄弟般的投契。难怪我们都认为，我们拥有同样的祖先。

8月31日

云量占天空的5%，丝绸般的卷云形成细小的花边，让人几乎察觉不出来。草场上又一次像丰收似的结满了白霜的晶体，然而树林里却一点也没有结霜。龙胆根、"一只黄"和紫苑这些花似乎没有感到霜冻的威胁：尽管花瓣和叶子看起来都那么柔嫩，却没受到伤害。它们就像一朵单枝的花一样每天开放、闭合，没有一点声响，不费一丝力气。整个壮丽的大地上焕发着神圣而又平和的光华,就像让圣洁的人容光变得更加纯正端方的那种静穆的愉悦。

9月1日

云占天空的 5%,仿佛凝滞了一样,没有特别的色彩,只是那种不标示任何下雨或者下雪迹象的装饰而已。一整天都很平静。大自然的心脏继续强有力地搏动,使晚熟的花朵和种子成熟起来,这是为了明年夏天而筹谋。它的搏动饱含着生命力,也蕴含着为将要诞生的生命所做的诸多思索和计划,还包蕴着成熟的、洒脱的、与正活着的生命同样美好的死亡,诉说着神圣的智慧、仁爱和不朽。爬上了达纳山,因为回去的时间已近,我急着想尽可能多地看一看。在山顶,视野辽远坦荡,东边可以看到莫诺湖和莫诺沙漠;远处山峦道道,看起来非常荒凉、灰暗、裸露,仿佛是从天空中倒下的一堆堆的灰烬,让人感到奇怪。莫诺湖直径有 8~10 英里,像一面擦得光亮的银盘一样闪闪发亮,它那颜色如灰烬和炭渣的灰白湖岸没有一棵树木。向西看去,壮阔的森林在数不尽的山脊、丘陵上蔓延,把圆顶山和附属山群像女子紧身褡一样围在里面;绕着分水岭山脊形成流苏花边似的又长又弯的盘曲林带,还给因冰川而形成的土壤能够覆盖的所有峡谷填满了绿色生机,不管这土壤是多石抑或是平整滑润。沿着南北走向的山脉中心线,你可以看到高山、峭崖、山尖的辉煌队列,其上覆盖的皑皑白雪是河流的源头,而这些河流向西经过著名的金门大桥流入大海;向东则流入炙热的盐湖和沙漠,在那里蒸发并匆匆回到天空。数不清的湖泊仿佛是沉重的岩石之眉下面的忽闪忽闪着的眼睛;湖岸或是裸露,无草无树;或是有树木流苏似的环饰周围；有的湖泊则镶嵌在黑色的森林中。林中空地上的草场似乎同湖泊一样多，甚至更多。在冰碛石覆盖的山坡往上很远之处及碎裂的岩石之中，我发现了许多娇嫩却耐寒的植物，有一些还开着花。这次旅程最大的收获是我掌握了所研究的课业，那就是在对大地总体收揽的视域下，万物所显示的整体融洽和谐及彼此的关联互动。湖泊和草场，位于古老冰川流经航道的最陡峭部分的底部；在那里，冰川当年对大地挖凿铲轧得最为严重。它们彼此的最大直径大体相同，同时也与森林带的最大直径处大体平行。这些长长的林带分布在侧冰碛和中冰碛上，曲折连绵，向前延伸，并且在"冰河时期"的末期还分布在冰河消退时沉积下来的终冰碛岩基那广阔延伸的野地里。圆顶丘、山脊和横岭的形状也显示了冰川所带来的影响，大休的情况似乎是冰川在或覆盖似的扫荡，或流经，或向下铲磨时产生的最大压力和气势，造成了它们现在的形貌；它们得以幸存，要么是抵抗力最强大，要么就是位于最有优势的地理环境下。所有这一切是多么趣味盎然啊！岩石、山峦、溪流、植物、湖泊、草坪、森林、花园、鸟雀、野兽和昆虫似乎都在召唤我们，邀请我们到它们中间去，去学习它们的历史和相互的关系。然而，我这个可怜的无知学者真的能够有机会学习它们提供的课程吗？这似乎过于美好，让人不敢相信。我很快就要回到低地去了，提供面包的营地很快也将要撤离。如果我有几袋面粉，一把斧头，一些火柴，我会用松木搭建一个小木屋，在它周围堆起大量的柴火，整个冬天留在这里观看可以孕育生命的壮观暴风雪，观察鸟儿和其他动物在如此高的山上是怎样度过寒冬；看森林是怎样被积雪覆盖继而掩埋；看雪崩在塌陷后从山上冲决而下时是挟着怎样的气势，发出怎样的声响。但是，现在，我必须离开因为已经没有多余的给养了。可是我一定会回来，没有任何别的地方能比这片热情好客而又神圣的洪荒世界更令我心驰神往了。

9月2日

红色、玫瑰色、绯红色的妙境胜景造就美轮美奂的一天。我不明白这中间蕴含着什么意义。平日宁静的阳光照耀着的那些紫色清晨和黄昏，以及平静的白晃晃的正午，今天第一次出现了明显的改变。但是并没有暴风雪的迹象。平均云量只占天空的8%，森林里没有风的叹息预示天气的巨变。早晨和傍晚的天空是红色的，那颜色不像平常的紫色光晕浸润濡染开去，而是压在分割开的一片片轮廓鲜明的云上，而这些云片在被锯齿状的山峦像藩篱一样围起的地平线处停着，一动不动。一块边缘参差的云团像一顶深红色的帽子，盖在达纳山和吉布斯山（Mt. Gibbs）上面，这云团逐渐下垂得很低，几乎覆盖了两座山的大部分山基，倒是露出达纳山峰的圆顶，而这圆顶仿佛在绯红色的硕大彩云上独自孤独地飘浮。地处吉布斯山和血峡南面的猛犸象山上面掩映着带状的积雪堆和一丛丛的矮松。这座山也得到了炫目的红色帽子的恩宠，这红色帽子的制作是毫不考虑节约的大手笔，一大片凸出的云团带着完美的绯红色热情，似乎重要得足够可以被送到星辰之中去燃烧，独当一面地发射出绚烂的红光。万千胜境不断地提醒人们思考大自然无限的慷慨和孕育能力，在看似极大的浪费中体现出永不匮竭的穰穰富足。但是当我们仔细研究我们头脑所能了解的大自然的运作时，我们就会明白，它使用的材料没有一丝一毫的靡费或遭到消耗殆尽的命运；一切都在永恒的反复使用中细水长流，从美好转变为更加美好；然后我们很快就不再为浪费和死亡而悲叹，而是为宇宙的生生不息、永不枯竭的财富欢喜雀跃。周围的万物在消融、凋谢、死去，但是我们忠诚地观看并等待着它们的重新出现，而且满怀信心地感到，它们重新出现之时，会比上一次更加超卓，更加绰约多姿。

我心情急切地观看着空中那大地般的红色彩云，而且有新的山峦似的云正在形成。很快，我刚刚描述的这些壮观的、色彩鲜明的云彩就开始为一座座雪峰打扮装饰起来，这些雪峰中间的那些凹穴内卧着托鲁姆涅河、莫塞德河和圣华金河北支（North Fork of the San Joaquin）的最高源泉，这些云彩与其所覆盖的3条河的这些高山源头相互辉映，使景象更加盘错、纷纭。我们营地南边的内华达大教堂峰就像圣经中的西奈山（Sinai）一样处在云雾缭绕之中。我从来没有看到过岩石和云彩在外形、颜色和质感上结合得如此和谐，竟把大地和天空融为了一体；它们还如此富有人性，每一个景象，每一种不同色调的色彩都直入我们的心中，让我们因狂野的热情而呼喊、欢腾，仿佛所有神圣的景象都属于我们自己。身处这样的地方，我们越来越多地感到我们就是大自然的一部分，与万物同源。我今天的大部分时间都在山谷北缘的高处度过，俯瞰一道道红艳艳的煌煌灿灿的云层把它们美妙的光彩散播在所有的盆地上，脚下的岩石、树木和小小的高山植物（Alpine plants）仿佛一下子沉寂下来，陷入沉思，仿佛它们也成了这壮丽的云彩新世界中的观众。

我缓慢地向更高更远处跋涉，发现了散布各处的小块花园和丛生的蕨类植物，它们恰恰位于我们很自然地认为植物不可能生长的地方。然而，如同在莫诺山道口和达纳山顶一样，在最荒蛮、地势最高的地方，生长着最美丽、最娇嫩、最热情的植物。一次又一次地，我流连在这些迷人的植物间，问道：你是怎么来到这儿的？你怎么度过冬天？它们解释道：我们的根深深地扎在积存了夏日温暖的岩石缝隙间，在我们美好的白雪斗篷下，致命的霜寒不能伤害到我们，我们在半年的黑暗冬日中沉睡，在梦中祈望着春天。

自从我可以进入群山之中，我就一直在寻找岩须属植物（cassiopeia），据说它是山石楠中最美丽、最招人喜爱的品种。但是，说来也怪，我还没有找到它。我在高山中行走时，一直喃喃自语："岩须属，岩须属！"虽然我刚到这儿，就有各种绚丽的植物不请自来地到了我身边，可是，岩须属这一名字就像加尔文教徒所说，已经深深烙印在我心中，它似乎是所有矮小的高山山石楠中最崇高的名字。它似乎意识到自己的身价，一直深藏不露。如果我确实想今年一亲芳泽，就必须快点找到它。

9月4日

整个浩瀚的苍穹一片澄清，处处飘游着的只有小阳春那柔和的阳光。松树、铁杉和银杉的球果已经几近成熟，从早到晚纷纷轻捷地落到地上，忙碌的松鼠用咬开的方式"收割"、采集。几乎所有植物的种子都已经成熟，这样，它们夏天的工作已经完成；在夏天大量出生的小鸟和小鹿很快就能在冬天接近、雪花飞扬的时候，跟随自己的父母到山麓丘陵和平原上去了。

9月5日

天上无云，天气清爽、平静、晴朗，似乎还没有准备好发生天气巨变。我整天都在给北托鲁姆涅教堂峰画素描。日落时的霞光绚丽多彩。

9月6日

又是碧空万里、没有一丝云彩的一天，紫色的傍晚和早晨。中午时分在阳光的照耀下，一片清纯宁静。日出后不久，空气就变得温暖起来，无风。人们自然地都要驻足屏息，看一看大自然打算做些什么。安静沉闷、雾气氤氲的天气显示真正的小阳春的到来。黄色的云气虽然显得稀薄，但是这种总体的特征仍然清楚地显示出与东部小阳春的云气一模一样，引起云气独特柔和的部分原因可能是空中飘浮着无数成熟的孢子吧。

德莱尼先生现在持续不断地谈论关于必须离开高山地区的严肃话题，还讲了暴风雪毁了羊群的好几个悲惨故事，他说，我们正在享受着美好的、毫无危险的天气，可是，暴风雪恰恰会在这样的好天气里突然爆发。"不管天气怎么暖和，阳光怎么灿烂，到这个月中旬，我绝不会冒险还停留在这么高的深山里。"他打算先赶着羊群慢慢走，一天走几英里，直到抵达并穿越优胜美地河的盆地后，就逗留在浓密的松树林里，一旦天气变坏，可以马上赶到山麓丘陵，那里的降雪从来不会很深，以致把羊憋死。我当然急于在剩下的几天里尽量在这旷野上多走走，多看看。我再次对自己说，希望将来有一天，我有足够的面包，可以随我所愿地待在这里，想多久就多久，并且远离践踏大自然的羊群，但是我还是非常感谢这个宽宏大量、吃喝不愁、激励人心的夏天。无论如何，我们永远不知道我们应该走向何方，也不知道我们获得谁的指引——是人，是暴风雪，是守护神，还是羊群？整个旷野似乎充满了谋略和计划,驱赶或吸引我们走进上帝的光芒中。

忙着做计划并烘烤了足够的面包,都是为了至少再到高山峰顶不受拘束地畅游一天。我可以肯定,有些人不管怎样神往于财富和名誉并希望成功,其激动幸福的感觉绝对比不了我因展望未来的前景而兴奋、惬意畅怀到这样光宠荣华的地步!

9月7日

天刚亮我就离开了营地,直接到大教堂峰去,准备从那里向东、向南,在托鲁姆涅河、莫塞德河和圣华金河的源头处那些山脊和山峰间漫游。我向山下穿越松林,穿越托鲁姆涅河和草场,在形成托鲁姆涅盆地上方边界那林木繁盛的山坡处往上攀登。我沿着大教堂峰东侧走,中午时分爬上最高尖顶。沿途我边走边研究那些漂亮的松树——双叶松、高山松、白皮松(albicaulis pine)、银冷杉,还有所有常青树中最迷人、最优雅的高山铁杉。地势高、天气清凉、开花期晚些的那些草场,还有小湖,雪崩通道,以及森林上方冰碛石的巨大采石场也拖住了我的脚步。

从大草场(Big Meadows)到大教堂峰底部,整个地面都覆盖着冰碛石物质,左侧巨大冰川的冰碛石肯定曾经完全填满了托鲁姆涅盆地高处。更高处还有残留冰川堆积的几小块终碛石,曾在往前猛推之际与托鲁姆涅主冰川巨大的单块侧冰碛石形成直角。这是研究山石刻蚀和土壤形成过程的一个好地方。从大教堂尖峰(Cathedral Spires)峰顶的任何一个角度观看,风景都非常美好显豁。无数的高峰、山脊、圆顶、草场、湖泊和树林,不管冰川在什么地方留下的土壤可供它们生长,都会有绵长的森林沿着宽阔的田野曲折延伸,而最高的那些山峦斜坡上,则零星散布着一些矮小的植物,依附于岩石间的缝隙中,它们显然不靠土壤也能生存。我发现,大教堂峰顶那些长得像石楠的黑色植物竟然是让白雪覆盖了的矮白皮松,大概3~4英尺高,但看起来显得很老。很多树都结了松塔,叫喳喳的克拉克乌鸦(clarks)正在吃松子。它用像啄木鸟一样长长的喙将松子从松塔中叼出来。在峰峦的山脚,甚至在峰顶的矮松间还有很多花儿依然在盛开,一种开着黄花的木质野荞麦属和一种漂亮的紫苑花开得尤为旺盛。大教堂峰的主体几乎是正方形,峰顶的山坡规整对称,令人感到奇妙,山脊东北和西南走向。这种延伸方向无疑是由花岗岩的构造节理所决定的。东北端的那块三角形山墙般的巨岩尺寸巨大、造型简单,在山脚处,在这山墙式巨石阴影的庇护下有永不消融的巨大雪堆。巨石正面装饰着许多尖形岩石和一座高高的锥形体尖峰,像是工艺独特的装饰品。岩石的节理在决定它们的形状、尺寸和总体布局几个方面也起了重要的作用。据说大教堂峰高度约为海拔11000英尺,然而其立于山脊上的峰体本身则是1500英尺高。在西面大概1英里左右的地方有一泓漂亮的湖,湖边被冰川磨得光润的花岗岩闪耀着明亮的光芒。在一些地方,分辨岩石和水面之间的界线已不容易,因为二者熠熠发光毫无二致。从大教堂峰的锥形尖顶一眼望去,这湖水和银色的盆地以及一片片的草场和树丛,都可以尽收眼底。这里还可以看到特纳亚湖、云憩山(Clouds Rest)、优胜美地南穹隆丘、斯塔尔国王山(Mt. Starr King)、霍夫曼山、莫塞德峰以及沿着山脉中心线南北走向的众多多雪的泉水峰顶。然而,从这里看到的所有宏伟的风景,没有任何一处能与大教堂峰的美妙相媲美。这座神殿似的山峰展示了大自然最精美的石匠工艺,也是最动听的木石垂教类的布道。我多少次地从山顶、山脊,从我短途漫游经过的森林空旷处凝目观看大教堂峰,心中涌起的是虔诚的赞叹、钦敬及随之而来的憧憬。我可以说,这是我在加利福尼亚第一次有了进教堂的感觉,终于给引领到这里来,每一扇门都仁慈地为我这可怜孤独的朝拜者而打开。在我们最好的时刻,一切都进入宗教,整个世界似乎是一座教堂,山峦就是祭坛。哦,终于,在大教堂峰前,见到了享受天国之福的岩须属植物!它们数以千计的花朵摇着它们声音甜美的花钟,是我从未听到过的最悦耳的教堂音乐。我聆听、赞赏,直到下午很晚了,才强迫自己匆匆朝东走去,翻越或嶙峋,或锋利,或状如尖塔,或状如锯齿的各种山峰。它们都像教堂峰一样是由花岗岩构成,上面闪闪发亮的包括各种晶石,例如长石、石英石、角闪石、云母、电气石,等等。我又是走,又是爬,相当艰难地翻越过一座巨大的冰雪悬崖,越往前走,悬崖逐渐越显陡峭,直到几乎无法通行为止。在一个危险的地方我失足滑了下去,幸好在一块张着大口的冰崖边缘,我把脚跟插进融化的冰面才停了下来。我在一个小水池边和一丛弯曲的矮松边扎营,当我坐在篝火边开始记笔记的时候,我看到那浅浅的小水池反射着浩瀚的星空,显得深不可测。而那些似乎在旁观着的岩石、树木、小灌木丛、雏菊、莎草都向前突出于篝火光中,似乎都充满了思想,即将开口大声讲述它们在大自然里生活的故事。这简直是一次奇迹般的难忘盛会,每个与会者似乎都有很有价值的话要讲。在火光之外那静穆的黑暗中,条条小溪从积雪的源头向下面的小河流淌,一路上的欢歌就像教堂礼拜时唱诗班的音乐那么感人!每当我们想到主要溪流之中的每一条都汇集了几千条这样快乐的小溪,内华达的所有河流在奔向大海时都一路欢歌,我们就不会那么惊奇了。

日落时分,我看到一群暗灰褐色的麻雀飞过一大片雪原,到岩石的裂缝处栖息。它们简直是迷人的小登山家!我在距离一道雪堤 8~10 英尺之内发现了一种开着花的莎草。根据地面的情况看,这些莎草露出来接受阳光照射还不足一个星期,一个月左右以后又会被新降落的雪所掩埋,这样一来,它们的冬天长约 10 个月,而春、夏和秋这三个季节就拥挤地在两个月内匆匆度过。独自待在这里是多么让人心旷神怡啊!万物就像天空一样都充满了原始之趣,而且也像天空一样纯洁!我永远都忘不了这充实而又神圣的一天!大教堂山和数千个岩须属的植物花钟,它们周围的景致,树林之上灰色危崖之内我的营地,营地之上的星辰,周围的河流和雪地,都将永存心中!

9月8日

今天一整天,我都在托鲁姆涅河和莫塞德河最高水源的山峰间攀缘、滑行。登上了三座最高的山,我不知道名字,但是它们居高临下,视野恢宏。我还穿越了记不清数目的河流和巨大的冰堆。我也无法计算在高原台地上、山峰中的圆形山谷内,以及连成串的道道峡谷中分散着多少由溪流连在一起的湖泊。一片极具野性的灰色荒野分布着曾遭劈砍和损毁的峭壁、山脊和山峰,而片片云彩笼罩其上或者穿越其间,似乎在它们之中寻找工作。整体看来,整个广袤的圆形山地似乎是一座光秃、赤裸、没有生命的采石场,然而,在那数不清的角落和像花园般的小块土地上,我们到处都可以发现最迷人的花朵。我在这一天里一定走了三四天攀爬的路。接近日落时分,我下山到达莱尔山(Mt. Lyell)山脚下的托鲁姆涅"上峡谷"的时候，距离我们的营地还有 8 ~ 10 英里，我的四肢丝毫不觉得疲倦。在黑暗中，我往高处走，穿越苏打泉穹隆丘的松树林，林中布满了倒伏在地的树木，当我不再因为看到景物而感到兴奋的时候，我感到了疲惫。我 9 点钟到达主营地，很快就仿佛死去般沉沉入睡。

第十一章
回到低地

9月9日

休息过后,疲倦消失,我感觉又热切地希望并就要前往这同一片神奇的旷野,再度过一两个月的远足生活。然而,我现在必须要返回低地了,我祈祷,希望上天会再次把我放回到这里。

我在这么多次的高山远足中学到的最有启迪性的知识就是裂纹节理对大片山脉所起的刻蚀作用。显然,剥蚀作用非常巨大,其必然的结果是精巧的平衡美感。从总体看来,最原始的景观似乎和我们人脸的五官一样,和谐地配搭在一起。的确,不管岩石和积雪如何掩盖它们,这原始景观仍然显得富有人性,放射出灵性的美和神圣的思想。

德莱尼先生几乎没有时间询问我关于行程的感受,虽然整个夏天他都帮助并鼓励我的旅行计划,并声称有朝一日我会成名。但是,他这个好意的猜测对于我这个喜欢在旷野中漫游的流浪者来说,却显得非常奇怪并难以置信。我从来没有思谋过或梦想过成名,只是谦卑地追索、学习大自然的教诲,享受其中的兴味而已。

营地的生活用品已经打好包放到了马背上，羊群也开始朝家里牧场的方向进发。我们这就离开这里，穿过松树林下山，告别我们已经扎营了这么长时间的可爱草场了。我不知道还能不能再次同它见面。草地如此坚韧紧密，羊群对它伤害不大，它们并不喜欢这冰川草场丝绸般柔滑的草，这真是幸运。今天碧空万里，没有云彩，连一丝细微的迹象都没有！也没有风。我想知道，在整个世界，在海拔9000英尺的高处，是否还能找到任何地方天气如此稳定，如此让人信赖地宁静、晴朗和宜人。我们是因为担心遇上毁灭性的风暴而要离开此地的，但是很难想象天气会发生这么大的变化。

虽说现在河流里的水位低了，可是让羊群过河还是像往常一样困难。每只羊似乎都不可克服地下了决心，只要不沾湿它们的蹄子，在陆地上任何一种死法都可以接受。小狗卡洛已经像技术最过硬的牧羊人一样了解赶羊的诀窍。观察它把那些蠢羊或推搡，或吓唬地逼入水中的那些聪明的高招，真是趣味盎然！必须把羊群赶到岸边，聚拢到让它们过度拥挤，无以复加，最后终于有哪只羊因为无路可退，被迫过河的时候，整群羊于是突然间一起不计后果地猛扎水中，仿佛这条河是世界上它们唯一渴望去的地方。若不是看在钱的分上，人们有可能宁可牧放狼群也不愿牧放羊群！羊群一上了对岸，马上开始咩咩地叫着吃草，就好像什么不寻常的事都没有发生过一样。我们穿越一块块草场，把羊群慢慢赶上高处的山谷南缘，还路过我去大教堂峰曾经走过的树林，夜晚在一块侧冰碛的巨石顶端上面一方小水池边扎下了营盘。

9月10日

早晨拂晓时分,整整两千头羊,一只不剩地不见了踪影。检视了足迹后,我们发现,可能有一只熊把它们吓得走散了。几个小时后,我们把所有的羊都找了回来,聚拢到一起,再次成为一群。我仔细观察过一只鹿。与愚蠢、蓬头垢面、乱作一团的羊相比,鹿在各个方面是多么优雅完美啊!在这附近的高地,我又一次饱览了北方的壮观风景——众多的圆顶丘和圆形的山脊像起伏汹涌的大海,群松仿佛是给这些圆顶的山丘镶上了边儿,周围又环绕着无数顶部尖锐的山峰,虽然看起来灰白荒芜,却又充满了如此美好的生命力。今天又是一个平静、无云的日子,早晨和傍晚的天空是紫色的。两三个星期以来,日落时分的余晖都格外鲜明惹眼,可能是所谓"黄道光"(Zodiacal light)吧?

9月11日

无云,有微霜,一片平静。我们适时开始下山,现在就在特纳亚湖的西端草场上扎营——这是一个非常迷人的地方。湖面平得宛若玻璃,蜿蜒几英里长的让冰川磨得光滑的山道和陡峭的山墙在湖面上倒映。我发现紫苑仍然开着花。这里大约是矮种金杯橡树能生长的最高限度了——海拔8000英尺。这就比加利福尼亚黑橡树(the California black oak,学名为 *Quercus Californica*)的上限高出2000英尺。傍晚景色动人,天黑后湖面的倒影异常奇妙,让人无法忘怀。

9月12日

无云之日。整天都是纯净的金色阳光。我们再一次身处伟岸的银冷杉树林之中，此处距离优胜美地的边缘不到 2 英里。我们后来又到了因熊而闻名的葡萄牙营地。这儿附近全都是金杯橡树、石兰和美洲茶属植物的繁盛丛林，托鲁姆涅草场的海拔仅仅比这里略高而已，可是这些树种在那儿却是稀缺之物。这里的双叶松远没有托鲁姆涅草场地区那么丰茸繁茂，但在这一带溪流两侧，以及有沼泽的草场边，它们的身形尺寸臻于最大。伟岸的银冷杉占据了这里所有最好的干燥土壤，它们长到了自己身形尺寸的极限，并形成轮廓鲜明的林带。真是壮观的树！今天晚上，我会用它们的枝条搭一张舒适的铺。

9月13日

今天晚上，我们在靠近优胜美地河边的一块平坦沙原上扎了营，它离我们的旧营地不远。这里的植被已经变成干枯的黄褐色，溪流也快干涸了。我认为，在河岸两侧那些修长的双叶松，是我所见中最漂亮的。第一眼看去，人们很可能把它们看成另外一个品种，但是，它们肯定只是由于在肥沃的土壤里，生长得过于密集、过于迅速而产生的变种而已，其学名叫默雷溪谷松（*Murrayana*）。黄松也同样有变种，也许比双叶松的差异还要多。这里以及 1000 英尺的更高处，黄松生长在破裂的岩石上，枝丫向外宽阔延伸，微红色的树皮褶皱密布，长有硕大的松塔和长长的松针。这是最强健的松树的一种，生命力出奇地旺盛。像穗儿一样成簇生长的修长而又结实的松针在阳光下闪烁着银色的光芒，风把它们吹向一个方向的时候，是壮阔的内华达森林所展示的最雄奇的景观。有些植物学家把西黄松（Pinus ponderosa）这个变种定为一个独立品种——杰弗里松（Pinus Jeffreyi）。这条著名的优胜美地溪周围的盆地异常多石，看起来像是完全由圆顶丘铺就，与一条街道完全由大鹅卵石铺成的情景相似。我思谋着以后自己是不是能有机会好好把它探索一番。它强烈地吸引着我，如果能读出其中的各种教谕，我愿意做出任何牺牲。我感谢上帝让我有顾盼它的荣幸。这些山峦的魅力超越了常理，就像生命本身那样神秘、那样无法解释。

9月14日

几乎整天都待在气象万千的冷杉树森林内，高处枝条上满载着硕大直立的灰色球果，球果上面有纯净的油脂熠熠闪烁。松鼠正快速地把它们从树上咬掉。砰！砰！砰！……我听到它们坠落的声音。松鼠很快就会把它们收集并且储藏起来，做冬天的粮食。这些勤劳的收割者恰好遗漏的那些球果待到完全成熟时，就会离开鳞片和苞叶。人们看着张开紫色翅膀的种子聚成旋转飞舞、欣喜欢快的一群，共同去寻找自己的归宿，感到赏心悦目。在主林带里，几乎每棵树的树干和枯枝上，都装饰着或成簇聚集，或成长为条状的黄色地衣，显得斐然夺目。

今天晚上在靠近莫诺山道岔口的小瀑布溪岸边扎营。石兰科植物的浆果已经成熟。今天云量大概占天空的10%。日落时分的余晖色彩十分浓郁，从树林间的小径远眺，天空中片片的紫色和深红色仿佛腾腾烈焰，十分绚烂招眼。

9月15日

纯金色的天象，云量大概占天空的5%，地平线附近有或成小片状，或成条纹状的白色卷云，我们一天里走了2～3英里，在旋叶松平原扎了营。我在环绕草场的松林背后漫步，发现几种高贵的银冷杉，最高的大约有240英尺，离地4英尺，直径为5英尺。

9月16日

今天缓慢前行了大约4～5英里，穿过壮观的森林，来到了蓝鹤平原，并在此扎营过夜。我们夏天时非常赞赏的森林如今沐浴在柔和的秋天般的阳光下，似乎更加壮美庄严。在可爱的星光之夜，尖塔似的黑亮树梢在夜空的背景下宛若浮雕般突出。我在篝火边依依低回，迟迟不愿回去睡觉。

9月17日

我们早早离开营地，跑过托鲁姆涅分水岭，在"堂吉诃德"的带领下，前往山下几英里处我听说过的一片红杉树林。树林占地不足100英亩，其中的一些仿佛年高德劭的尊贵巨人，四周围绕着伟岸的糖松和道格拉斯杉树。一些没有烧焦、没有折断的完美树种虽然根本不像常规那样刻板，是在整体和谐融洽中体现着无穷的变化，但是又都罕有地显出规则和对称；高贵颀长的树干上有浅浅的凹槽，颜色棕褐，略带微紫，但很浓郁，高耸150英尺左右竟然没有横生的枝条，却也有莲座形的一丛丛针叶零星地给以装饰。最老的那些树的主要分枝歪斜粗糙，都非常粗大，它们迂曲僵硬地向外伸展，仿佛毫无章法，然而出人意料的是，它们又在伸到与主干有适当距离的位置上向下弯曲，分解为一团团浓密的突出小树枝，使整个轮廓规则而又富于变化。这一团团多叶的小树枝呈圆柱状向外膨胀，使树的终端形成庄严的圆顶树冠，它们背倚蓝天，高高隆起于黑压压的松树、杉树和云杉之上，在颇远之处就很容易辨认出来。无论是在尺寸还是凝重轩昂的气宇方面，它们都是针叶树种中的王者！我发现一棵烧黑了的树桩，直径约有30英尺，高度有80～90英尺，这棵古树仿佛是一座醒目的、令人敬畏的纪念碑，它在壮年时代必定是统领丛林的君主。还有许多树苗和幼树在四处生长，繁茂翁郁并充满生机，绝没有种族灭绝的一丝一毫的迹象。除了野火之外，任何不利的气候都不可能威胁到它们的存在，它们是上帝创造的最高贵的树种。非常遗憾，这棵古老纪念碑似的树桩，我没有办法计数它的年轮。

今天傍晚我们在榛木绿地扎营，就在分水岭宽阔的山脊背后，离我们春天上山去的路上所扎的旧营地很近很近。这个山脊上长有我整个美好的夏天之旅所见到的最美的糖松林、石兰丛和美洲茶丛。

9月18日

我们今天在分水岭南侧下山，走了一大段路，到达布朗平原，现在那广阔的森林留在我们身后的高山之上，然而糖松在这儿生长得仍然相当蓬勃丰茂，它们与黄松、拟肖楠以及道格拉斯云杉形成了世界上任何地方都没法比拼的最卓异的森林。

这里的印第安人指着平原上一块古老的花园地带，很严肃地告诉我们不要前往，也许他们部落中有人埋在那里吧。

9月19日

今天傍晚我们在史密斯磨坊（Smith's Mill）扎营，这是我们上山的时候到达的第一个宽阔的台地,也可称为高原。这里的松树长得高大,够得上当作优质木材使用。这里还生长着小麦、苹果、桃和葡萄。主人家用红酒和苹果款待我们。我不喜欢这种红酒,但是德莱尼先生、赶羊的印第安人和另外一个牧羊人似乎认为这东西是圣品。内华达的水是从天堂刚刚到的,新鲜闪亮,相比之下,这酒似乎就是污浊、淡而无味而又愚不可及的饮料。但是,苹果嘛,是水果之王,口味极好!神与人共享都恰到好处。

从布朗平原下山途中,我们在凉亭山洞停留,我在洞里待了一个小时。这是大自然所有洞天福地中最新奇最有趣的地下府第之一。充足的阳光穿过生长在山洞口的4棵枫树的叶子泻进洞中,照亮洞内清澈平静的水池和房间似的大理石石室——这是一个迷人的地方,美丽得令人销魂。令人难过的是,洞内伸手够得着的洞壁上,由于有游人中破坏文物者胡乱涂鸦的名字而大煞风景。

9月20日

仍然是金黄色的、宁静的天气,但是颇为炎热。我们已经到了山麓丘陵。现在,除了灰色的赛宾松外,所有的针叶树都留在了背后。我们在荷兰男孩牧场(Dutch Boy's Ranch)扎营,这里广阔的一大片一大片的大麦田除了灰尘遍布的麦茬什么也没有了。

9月21日

天气热得可怕,灰尘弥漫,烈日炎炎。除了多刺的小枝和灌木丛,羊群什么吃的都找不到了,再在这里盘桓已经没有意义,于是我们赶着羊群走了漫长的一程，在太阳下山之前到达了颜色泛黄的圣华金平原（San Joaquin）上自家的牧场。

9月22日

今天早晨，我们把羊放出羊圈，一只一只地点数。奇怪的是，这群羊经过令人迷惑的岩石堆、树丛和溪流，经历了所有的冒险浪游，曾经因为熊而吓得四处奔逃，又遭到杜鹃花、美国石楠、碱等有毒之物的不少荼毒，可是所有羊的下落都能得到清楚的解释。春天里离开羊圈的是又瘦又弱的2050只羊，而返回家园的是又肥又壮的2025只。损失的情况是熊吃了10只，响尾蛇咬死了1只，1只由于在砾石山坡上断了腿而不得不杀掉，还有1只因为盲目地惊慌逃跑，与羊群意外走散了——算在一起，损失已经有13只了。另外的12只也注定永远回不来了，其中3只卖给了牧场主，9只变成了营地羊肉进了我们的肚子。

我永生难忘的第一次内华达山区之旅在这里结束了。我翻越了"光之山脉"，它肯定是上帝创造的最明亮夺目、最华美瑰丽的山脉，身处它的光宠之中，我开心、欢跃！我还要怀着欣喜和感激之情，充满希望地祈祷我能跟它再次相见！

译后记

约翰·缪尔的山间日记——*My First Summer in the Sierra* 已有 3 个译本（最近在网上又发现一新译本，但手头不备，无法置评）。3 月 28 日晚上 6 点 5 分，我把我们的新译本全部校读完毕。校读的过程催生了不少感触。之后，我又用了半个月的时间把最终凑齐的 3 个译本认真逐字拜读，这期间又有了一些新的感触。

一、关于翻译和复译的若干基本原则

以上 3 个译本因为种种原因都有不少误译，限于篇幅我们只谈具有普遍意义的几个重要问题，而且每个问题一般只举 1 个英汉对照的例子进行分析和说明。为求严谨，我在每个汉语例子后边的括号里面都标有 P. 和阿拉伯数字，以示该例子在所属译本中的页数。

1. 翻译首先要吃透原文

缪尔的原书大体上属于文学文本,翻译文学文本的难度大于翻译普通文本,而作为多学科的科学家,缪尔用了不少科学术语,这又增加了译者的理解难度,因此译者稍一粗心就会产生误解。例如,"……or the sod was full of blue gentians and daisies, kalmia and dwarf vaccinium, calling for recognition as old friends……"三联版的译文是:"因为草地上开满蓝色龙胆、雏菊、山月桂和矮雏菊,它们都已成为我的老朋友,非得驻足问候不可。"(P.198)当代世界版(下称当代版)译为:"路边的草地上长满了蓝色龙胆、雏菊、山月桂和矮雏菊,我不停地驻足问候这些老朋友。"(P.90)人民文学版(下称人文版)的译文是:"草甸上茂密地生长着蓝色的龙胆根和雏菊,以及美国石楠和矮雏菊,它们是需要打招呼的老朋友。"以上3种译文都把"calling"这一现在分词的逻辑主语误解为"我"。我们只要仔细阅读就会发现,无论这句话还是前前后后的语境都已经昭示:"calling"的行为发出者只能是那几种花,而绝不是"我"。而且常识告诉我们,一个成年人只要精神正常,就不会向花"问候"或跟花"打招呼",甚至"不停地驻足问候"。纠正了3种译文的误解,我们的新译文是:"草地上长满了蓝色的龙胆根、雏菊、美国石楠和矮越橘,它们像老朋友一样跟我打招呼致意。"("recognition"不该理解为"承认",而是"致意",有陆谷孙词典 P.1525 第 4 个定义为证)把植物在风中的摇摆拟人为跟人打招呼是修辞手法,可以增加文学情趣,这在文学作品中十分常见。

2. 同形同音异义词的语义选择要十分小心

这个小题也与吃透原文有关，但是仅指词汇层面。英语同形同音异义词即为 perfect homonyms，是指写法和发音均相同，但是语源没有关系的词汇，例如汉语表示粮食的"米"和表示长度单位的"米"，语源毫无联系，后者是音译于英语单词 meter 的首音节，因此这两个"米"字是同形同音异义词。译者如果不能辨别二者的区别，就会出错。例如，"In the center of the rough spiky hut a soft nest is made of the inner fibers chewed to tow and lined with the feathers and the down of various seeds。"三联版的译文是："在粗糙的尖顶茅屋中央有一个柔软的窝，是用树皮内面的纤维做成的，它们把咬下的树皮拖到这儿，和羽毛及取自柳树、马利筋等植物的不同种子的茸毛排在一起，形成了这个窝。"（P.63）当代版则译成："在它们粗糙尖顶的茅屋中央还有一个非常柔软的窝，是用树皮内面纤维做成的，狐尾林鼠将咬下的树皮都拖到了这里，将它们的羽毛及柳树、马利筋等不同植物的种子茸毛排在一起，形成了温暖的小窝。"（P.31）人文版："大钉般粗糙的棚屋中心是柔软的窝，是用树皮内侧咬下并拖回的纤维铺设而成，窝边铺着羽毛和柳树、乳草等不同植物的种子上的茸毛。"（P.45）以上 3 个译本均把同音同形异义词"tow"理解成动词，因此"to"就理解成不定式符号。但是，大家设想，如果作者交代了树皮运到窝内的过程，那么羽毛和各种种子茸毛的运输过程也应当有所介绍啊。后者不交代、不介绍有违写作常规。事实上，作者是强调小窝很软，原因是，树皮经林鼠咬成纤维束后变得柔软，在边上又加了更加柔软的羽毛和种子茸毛。这样理解才语义连贯，合乎逻辑。这里的"tow"是名词，意为纤维束，这是英汉词典内都有的定义。

因此"to"是介词。"chewed to tow"是用来修饰前面的名词"fibers"(纤维)的,这样的交代就强调了其柔软性,与后面羽毛和茸毛的柔软性语义协调一致,符合写作常规。所以我们的新译文是:"在那尖顶的粗糙窝棚中央有一个柔软的小窝,是林鼠把树皮内侧纤维嚼成纤维束,边上再用羽毛和柳树、乳草(milkweed)等各种种子的茸毛连在一起做成的。""中央"前面加上"的"也十分必要,前3个译文都没有这个字,就容易产生歧义,让读者不能立刻弄清"粗糙"等定语到底是修饰"茅屋/棚屋"还是修饰"茅屋中央/棚屋中心"。顺便补充说明,三联版和当代版的汉语句型简化后均是"窝是用……排在一起,形成了……窝",其拖沓烦冗是稍一琢磨就可看出的。当代版在很多的情况下对三联版萧规曹随,可是为了显示译者不是处处照搬,有时就"无中生有"地加进若干成分,这一次体现在两处:一是,"它们的羽毛"放在"狐尾林鼠"后面,其效果就仿佛"狐尾林鼠"也有羽毛;二是,加上了原文根本没有的"温暖的"。对当代版的这一倾向我们在后文从别的角度还会提到。人文版"大钉般"的语义选择有误,尽管译者使用"大钉般粗糙的棚屋",本意是用"大钉般"和"粗糙"并列地修饰名词"棚屋",但是由于忘记加上标点符号,就容易让人有"大钉般地粗糙"的误解,因此显然不妥。此外,"是用树皮内侧咬下并拖回的纤维铺设而成"不提行为主体"林鼠",也属于行文不严谨,有一时被误解之虞——似乎"咬下并拖回"的行为主体是"树皮内侧"。第三,用"铺设"这个大词修饰小动物"林鼠"的筑巢行为也有用词不当之嫌。

3．译文中要敢于使用英文中没有的语气助词

本书 6 月 4 日日记中有句话："As soon as the mother ewe arose, her lamb came bounding and bunting for its breakfast……"三联版的译文是："母羊一站起来，小羊就立刻蹦蹦跳跳地跑过来，用头磨蹭母亲，跟她要早餐吃。"（P.9）当代版："母羊一站起身，小羊立刻就蹦蹦跳跳地跑过去，用头磨蹭着母亲要早餐吃。"（P.4）人文版："母羊一起身，小羊就立刻蹦蹦跳跳地跑过去，顶蹭着母亲要早餐吃。"我们的新译版："母羊刚一起来，小羊羔就蹦蹦跳跳地靠过来，用头顶啊、蹭啊地从妈妈那儿要早餐吃了。"这种在非感叹句中使用的、起列举作用的"啊"字使译文像在生活中的聊天一样清新、自然而富有情趣！这恰恰是文学译本必须具有的气质！我们新译版中语气助词的使用还包括表猜测的"吧"、表列举的"啦"、表感慨的"喽"和"噢"以及表陈述的"呢"。最后的"呢"字须予特殊说明，它不是指用于疑问句中的"呢"，例如"人呢？"这一表示疑问的用法其余 3 个译本都有使用过的例子。我们这里指的是"我非常高兴，因为我正盼着能尽量多游览一下呢"（7 月 12 日日记）的陈述用法。而以上的共计 6 种语气词在其他 3 种译本中都尽付阙如。原因可能是因为英语中根本没有汉语的这种语气词吧。（表猜测的"吧"字的一个实例）由于英语中没有相应的语言现象，因此译者在行文中就没有想到，或者不敢使用，这就使得以往的 3 种译本在口气俏皮、生活情趣浓厚方面打了不少折扣。新译版中这 6 种语气词的使用请看本书中 6 月 1 日、3 日、6 日、7 日、9 日；7 月 1 日、2 日、7 日、11 日、12 日、20 日、26 日；8 月 9 日；9 月 6 日；10 月 18 日日记中的 20 多个译例。

4．要认真推敲并锤炼译文语言

即使我们不对照原文，人文版下面的3个例子也能让我们清晰地感觉到其语言锤炼不够的问题。例1，"另一些则灰扑扑的，宛如那些供它们猎食、晒太阳的满是地衣的岩石。"（P.26）（新译版：另一些蜥蜴则呈灰色，跟遍布地衣的岩石颜色一样，而它们猎食啊，晒太阳啊，就在这些岩石之上。）人文版使用长定语，而不用两个分句处理，其效果仿佛是"岩石"可供蜥蜴"猎食"。例2，"雄辩家们此时大概已经噤声，滔滔辩才已被驱走。"（P.47）（新译版：此时"演说家"高谈阔论时的雄辩已经平息下来，或者已经随风而逝。）例2这段话只是说，头一天牧羊人因为没有面包吃而义愤填膺时说的一番话现在已经成为过去。人文版译文的效果却似乎是有什么外力使人"噤声"，并且"驱走"了什么。这就与原文气氛大相径庭，而且"驱走"与抽象名词"辩才"的搭配也属不当。例3："它们狂热地向前奔跑，挤过灌木丛的缺口，欢腾跳跃宛如决堤时欢欣鼓舞的洪水般。"（P.54）（新译版：……于是在前面疯狂地奔跑，拥挤着穿过灌木丛的豁口处，时而连蹦带跳，时而又翻身打滚，如同从堤坝的裂口冲决而过的欢腾洪水。）人文版的这段译文问题很多：它没有译出来原文中"tumble"（打滚）的信息；说羊"狂热"地"奔跑"也颇为不妥；"洪水般"3个字结尾，读起来尤为别扭，其实"洪水般"放在前面修饰名词就可以接受，但是放在结尾则违反语感。不过"般"字前面加上个"一"字，构成"宛若……一般"的常规句型，就符合现代汉语的偶数音节词语结尾的习惯了（但是有了"了"和我们上文提到的"吧"等其他助词的情况除外）。人文版的译者在前面已有两个译本可资借鉴的情况下还译出这样的文字只能说明译者的语感不够细腻。人文版语言锤炼不够的例子如"密密挨挨地交叠"（P.25）、"羊这种造物"（P.38）、"高处遍生着加拿大榛树"（P.40）、"呼吸着乐章"（P.41）、"羊们"（P.61）、"无比广大的一日"（P.64）、"以食草的平静咀嚼着反刍的食物"（P.66）、"我担心其会脱落"（P.73）、"溪水多源于雪库"（P.101）、"从低劣的床上"（P.121）、"挤于一处的羊群几乎掉下河去"（P.129）、"一个羊群"（P.129）、"蚊子和昆虫大概会将无助的人吞没"（P.135）、"为自己滋润的植物所分泌的汁液所浸润的小溪"（P.147）等等。三联版有"狗儿们"（P.101）、"雨滴们"（P.115）、"泥泞的蠕虫"（P.73）、"午时常见的雷声"（P.174），等等大量缺少推敲功夫的例子。而当代版的问题相比较最为突出。我们在下面会提到其中的若干倾向。

5．要敢于用汉语的不同词汇翻译英语的相同词汇

英语有些常用词语义非常丰富，例如"nice"在陆谷孙词典中竟有16个定义。所以我们决不可碰上"nice"就译成"美好"，碰上"beautiful"就译成"美丽"。三联版有一个例子很典型，译者把"better and more beautiful"译成"只能变得更加美好与美丽"（P.223）。在5个字内就重复使用"美"字，总给人以词汇周转不灵的遗憾之感。"更加美好与美丽"在新译本中的处理是"更加超卓，更加绰约多姿"。关于"美丽"我们在新译本中根据具体语境，分别用过"风姿绰约""袅娜""明丽""瑰丽""绮丽""秀美""绚丽""英挺""柔美""曼妙"等等。原书中不断使用的"wilderness"，我们也根据语境分别译作"旷野""荒原""蛮荒之地"和"洪荒世界"等。

6. 复译者不能为了不同而不同

人文版译本的题目是《夏日漫步山间》，可能是为了与以前出版的两个译本有所不同。但是，我们要想到，题目都有高度的概括性，所以这一题目给人的印象是：作者在夏日里走过山间的过程是漫步般的潇洒雍容。事实远不是这样！译者只要想到作品中多人多次赶着两千多只羊过河的艰难，熊吃了不少羊之后给大家造成的烦恼和惊吓以及防范措施总不见效时的无奈，特别是缪尔探险过后的后怕和噩梦，就会深深感到"漫步"一词选得不妥！而首译者陈雅云女士所选的"走过"则着最大程度的包容性。译者为不同而不同的实践在当代版中的表现最为突出。该译本对三联版因袭的成分过多。三联版因为不小心而译错的地方，当代版也大多亦步亦趋地跟着译错。试看，三联版把"alkaline waterholes"（碱性池塘）因粗心错译成"咸水池塘旁"（P.7），当代版译成"咸水塘边"（P.3）；三联版把"plunder the stores of……Diggers"（劫掠掘食族印第安人储存的物品）错译成"劫掠他们的商店"（P.25），当代版译成"掠夺他们的商店"（P.12）。事实上，在19世纪，掘食族印第安人还很原始，还没有"商店"的概念和商业组织。粗略地统计一下后，我们发现当代版这种陈陈相因的袭用例子至少有30个，限于篇幅，无法胪列。而当代版有时候为了显示自己并非总是套用，就为了不同而不同，做出"莫须有"的改动。上面的例子已经露出端倪。下面的例子更加典型："The sculpture of the landscape is as striking in its mainlines as in its lavish richness of detail."三联版的译文是："这片大地的刻蚀痕迹，无论是主要线条，或是精雕细琢之处，都同样出色。"（P.12）三联版此处把"sculpture"译成"刻蚀痕迹"是一失误。诚然，"sculpture"

在地质学上有"刻蚀"的含义。我们的新译版在别处也曾把这个英语词译成"刻蚀"。但是在这里，作者纯粹是把大地比做雕刻作品的一种隐喻，使用地质学术语翻译是与这个句子前后的语境不相协调的。其次，用"精雕细琢之处"翻译"its lavish richness of detail"也只是约略地译出了其中"detail"一词的一点信息。可是，"lavish richness"本来意在呼应此句上下文中的绿色树丛和山峦以及河水中潋滟水光的浓郁色彩，而"精雕细琢之处"却无法再现"lavish richness"所包含的"浓郁"和"富丽"的信息。此外，三联版把"as……as"句型译成"无论……或是"虽无不可，但是已经出人意料。当代版"这片景致的雕琢痕迹，无论是挥毫泼墨的主要线条还是心思尽用的点睛之笔，都同样引人入胜。"（P.5）也基本套用了这一汉语句型！其大趋势上的照搬于此可见一斑。但是为了显示自己并非总是对三联版亦步亦趋，当代版在没有定语的"mainlines"前面无中生有，加进了"挥毫泼墨"，而"点睛之笔"更是毫无根据！这两处乱译的最大弊端是，仿佛19世纪的美国人竟然也使用东方的毛笔（"挥毫"）和墨水来画中国的水墨画，也懂得"画龙点睛"！这就恰好造成了西方学者所说的"anachronism"（时代错误）和中国学者们批判的"时空错乱"！另外我们还要顺便指出当代版与此无关的另一错误："雕琢痕迹"在汉语中是带有贬义的词组，可是后面又用褒义的"引人入胜"作结，这就产生了西方学者所说的"semantic conflict"（语义冲突）。纠正以上两个译本的错误，补上它们缺失的信息，新译版的译文是："大地这份雕刻作品的主线条同它色彩浓郁的富丽细部都同样别具意匠。"

复译者不可为不同而不同，但是有必要的不同还是可以并且必须坚持的。我们的新译本还是把陈雅云女士的首译本中的题目《夏日走过山间》改了一字，成为《夏季走过山间》，原因是：题目要有高度的概括性，我们要争取让读者不必仔细看书就能猜测并理解书中的大致内容！而"夏日"在初见时容易产生"一天"或"一个夏日"的误解。"夏季"则可以在直观的层面上避免这样的误解！

二、关于我们新译本的情况说明

我的合作者——女儿刘路易从小喜欢文学，我记得她上大一的时候，在《深圳晚报》上发表过一篇1000字左右的小小说，当时她那种"新新人类"的清新、俏皮的文笔给我留下十分深刻的印象，让我顿生自叹不如的感慨。她大学读的是英语专业，毕业后的工作压力使她没有太多的余力从事文学写作。但是她内心需要文学的星空和地平线，2004年她在学习工作之余翻译并出版了美国著名惊险小说家R.L.斯坦所著的《恐怖魔术兔·倒霉相机II》（两本书合出，第一本《恐怖魔术兔》刘路易、朱蒂和张宁合译；第二本张宁和刘路易合译，南宁：接力出版社，2005年）。2009年10月，她在加拿大的多伦多开始翻译美国《夏季走过山间——内华达山区盛夏日记》。在她着手翻译的开始，我们就商讨了翻译的基本原则，她总体上译得很好，有些处理很有创意，例如"啊"等语气词就是她根据自己的写作习惯，在译文中全面使用的。这至少在本书已有的3个版本中算是自出机杼的创新。她在本书翻译过程中的贡献决定着她第一译者的地位。

我要感谢我在深圳大学的同事Susan King博士。她在解决我校读的过程中碰到的疑问方面,对我帮助甚大!有的词汇在所有词典上都找不到,她会立即指出这是个苏格兰词汇,并立即告诉我它的含义。我发现旧译本有的句型似乎有理解上的错误,但是没有把握敲定,经过她的确认,我的笔落下来就没有丝毫的忐忑了。她给我解答的问题有100个以上,而且她的回答有2/3都是通过电子媒介。我发去问题,绝大部分都是当日就得到回答!我要向她致以衷心的谢意!

书中有5个英语典故。由于数量太少,我们没有采取脚注的形式,而是在文内加上解释性说明予以译出,然后紧接着附上英文原词,例如7月8日日记中的"可是它们在饥饿难耐状况下竭力奔跑的表现与**圣经中所述的因为有了鬼而坠海而死的'加大拉猪群'**(Gadarene swine)相去无几"。其中黑体字就是我们的解释性说明。

书中还有为数不少的植物、动物、矿物以及不常见的地名、人名,我们没有设置索引,因为那样太间接,会给阅读造成障碍。我们学习三联版和人民文学版的做法,直接在英语原词后面加上带括号的英文单词。

我们还要向三联版的译者陈雅云女士致以衷心的敬意,虽然她的译本中有不少理解上的失误和推敲不够的缺憾,但是她作为首译者的筚路蓝缕之功不可抹杀!此外,她除了在正文中给专有名词后加上括号,内附英文单词之外,还在书的末尾专门附上了台湾大学植物系郭城孟教授的《植物译名索引》。我们在确定植物译名时从中受益不浅。

我们特别要向北京创美时代国际文化传播公司表示敬意,该公司的总负责人表示他们出这一类书不是为了赚钱,而是出于社会责任感和人文情怀,因此,在缪尔的山间日记已经有了4个译本的情况下,他们还乐于再次出版新的译本,这充分地体现这一公司宏阔的精神视野和美好的人文追求!他们可贵的价值观和对我们的信任是我们认真做好这份翻译工作的力量源泉。

刘英凯